Ehr

Die Originalausgabe erschien unter dem Titel
Czcij kata swego
bei CKH Szczecin

Umschlaggestaltung: Aleksandra Peter
ISBN: 978-99959-0-071-7

P. R. Jas

Ehre deinen Henker

Roman

Aus dem Polnischen von Aleksandra Peter

Danksagung

Früher dachte ich, Bücher schreiben sei eine Sache fürs stille Kämmerlein – heute weiß ich, dass genau das Gegenteil der Fall ist. Der Beitrag Anderer hilft dem Autor, sich vom eigenen Text zu lösen und ihn kontinuierlich zu verbessern. Deswegen möchte ich mich bei den Menschen bedanken, die sich am Reifeprozess des vorliegenden Romans beteiligt haben.

Auf Platz eins meiner Dankesliste steht unbestritten meine Mutter. Sie war diejenige, die vor langer Zeit meine Leidenschaft fürs Schreiben erweckte und über Jahre geduldig pflegte, bis diese begann, Früchte zu tragen. Bei jeder folgenden Zwischenfassung war auch sie die erste Rezensentin – dank ihrer Hinweise konnte ich den verbesserten Text mit einer gewissen Gelassenheit weiteren Korrektoren geben.

Ebenfalls möchte ich mich bei Pawel Buczyński und Katarzyna Sobiecka für ihren Beitrag an der Entstehung von „Ehre deinen Henker“ bedanken.

Ein großes Lob gebührt auch an dem Verlag CKH Szczecin – vor allem Frau Magdalena Misior, die mit viel Geduld und nicht weniger Begeisterung die Herausgabe der polnischen Fassung in der Endphase betreute.

Was die deutsche Übersetzung angeht, die jetzt, lieber Leser, in Deiner Hand ruht, sie wäre nicht möglich gewesen ohne die Hingabe, Präzision und Sprachkunst der Übersetzerin Aleksandra Peter – die Zusammenarbeit mit ihr war mir ein großes Vergnügen. Nicht nur der vorliegende Text, sondern auch der Umschlag der deutschen Fassung, den sie nach der Lektüre des Originals erstellt hat, entstammen ihrer Feder. Schließlich möchte ich Nicolas Espeel danken. Er leistete mir unschätzbare Hilfe und Beistand bei der Herausgabe der deutschen Fassung.

Der Autor

Meinen Eltern

I

Als ich noch ein kleiner Junge war, wartete ich ungeduldig aufs Erwachsensein. Ich wollte endlich aus dem Kokon der Kindheit schlüpfen, der mich einengte. Ich schämte mich seiner. Ich träumte von Selbständigkeit. Ich wollte mich selbst verteidigen können. Als ich klein war, gab es niemanden, der mich verteidigt hätte. Die Welt der Erwachsenen erschien mir so einfach. Man konnte sich alles erlauben. Man konnte das tun, wonach man sich sehnt. Es gibt keine Hindernisse, die dich aufhalten können ...

»Die Sache Pański verzögert sich um eine halbe Stunde«, rief eine Frau mit verbrannter Stimme in den Flur hinein. Sie stand ein paar Meter entfernt von mir. Zerfressen vom Leben. Ausdruckslos. Grau. Wie eine angebissene, schimmelige Scheibe Brot, von jemandem weggeworfen, eine Scheibe, auf die sich nur ein Verhungernder stürzen würde. Früher war sie vielleicht eine schöne Frau. Doch Sorgen und Perspektivlosigkeit hatten ihr Gesicht gezeichnet. Hätte mir jemand aufgetragen, sie eine halbe Stunde später wieder zu identifizieren, ich wäre dazu nicht in der Lage gewesen.

Ich verkroch mich tiefer in meine Ecke. Ich konnte mich nicht auf einen einzelnen Gedanken konzentrieren, also blieb mir nichts anderes übrig, als an alles gleichzeitig zu denken.

Es ging darum, überhaupt zu denken und die Angst zu verdrängen.Eine Angst, vor der ich mich so fürchtete. Die sich in den unpassendsten Momenten immer wieder in mein Leben schlich. Ich kannte sie gut. Zu gut. Man könnte fast sagen, ich hatte sie verinnerlicht. Am Anfang bekam ich immer leichte Darmkrämpfe. Aber nicht solche, die man bekommt, wenn sich darin die Luft bewegt. Andere. Ein wenig, wie soll ich es ausdrücken, ... sanftere. Oft waren sie sogar in gewisser Weise angenehm. Später kamen die Bauchschmerzen hinzu: leicht, stärker, heftig. Zum Schluss unerträglich.

Das Herz schlug immer schneller. Der Atem stockte in der Brust. Er wollte einfach nicht mehr heraus. Dann musste ich mich doppelt anstrengen. Einatmen. Ausatmen. Einatmen. Ausatmen.

Und dann auch noch diese wachsende Unruhe: steife Hände, stark erweiterte Pupillen und pulsierende Schläfen.

Das Adrenalin raste durch meine Adern wie der TGV von Paris nach Marseille.

Schon als Teenager hatte ich gelernt, diesen Zustand für „meine Zwecke" einzusetzen.

Ich lief die 400 Meter. Wenn ich am Start stand und meine Gegner auf den anderen Bahnen sah, versuchte ich an etwas zu denken, wovor ich Angst hatte. Zum Beispiel an meinen Vater.

Augenblicklich spürte ich, wie mein Hirn die Nebennieren stimulierte, Adrenalin auszuschütten.
»Auf die Plätze! Fertig! Los!« — Die ersten Meter waren immer schwierig. Es bedurfte einer Menge Energie, um die bleiernen Beine in Bewegung zu setzen. Aber wenn ich einmal in Fahrt kam ...
Am liebsten lief ich auf der Innenbahn. Dann waren alle meine Gegner vor mir. Bis zur letzten Kurve sah ich klar und deutlich, wer mir davonrannte, und gleichzeitig musste ich mich nicht umsehen, um nachzuschauen, ob mich jemand einholte. Nach der letzten Kurve jedoch wendete sich das Blatt. Auf einmal fielen die Vorderen, die auf den äußeren Bahnen liefen, nach hinten zurück. Ich sah niemanden mehr vor mir. Ich gab alles, damit es so blieb. Das waren die schlimmsten Augenblicke im ganzen Rennen. Die Beine waren schwer wie Blei, in der Lunge das letzte bisschen Sauerstoff verbraucht. Der Speichel lief aus dem zu einer schmerzhaften Grimasse verzerrten Mund. Meine Augen waren vor Anstrengung so angeschwollen, dass ich Angst hatte, dass sie jeden Moment platzen, wie ein zu stark aufgeblasener Luftballon.
Ich versuchte immer, mich mit den Besten zu messen, auch wenn ich wusste, dass es mir schwer fallen würde, ihr Tempo bis zum Schluss mitzuhalten.
Ich peilte den Favoriten an. Er war mein Ziel. Wenn ich

am Ende schneller lief als er, linderte das die Unzufriedenheit darüber, dass ich eine bessere Zeit hätte erreichen können. Wenn nicht, hatte ich einen Grund, mich ohne Gewissensbisse bis zum nächsten Rennen zu schelten. Zwei, drei Wochen lang.

Leider gelang es mir nur sehr selten, die Ziellinie als Erster zu überlaufen. Oft war ich Zweiter, noch öfter Dritter oder Vierter. Mitten im Feld also. Das befriedigte mich in keinster Weise. Mein ganzes Leben lang wollte ich der Beste, der Schnellste, der Höchste sein. Aber es fand sich immer jemand, der besser, schneller oder höher war als ich.

Auf dem Stuhl neben dem Polizisten, der mich hergebracht hatte, ließ sich ein Typ nieder. Sofort reagierte der zweite Gesetzeshüter heftig, der bis dato mit seinen breiten Schultern die Wand vor dem Einsturz bewahrt hatte:

»Stehen Sie bitte auf! Sie dürfen hier nicht sitzen! Sehen Sie nicht, dass wir den Angeklagten bewachen?«, seine rechte Hand glitt instinktiv in Richtung Holster.

»Tut mir Leid, das habe ich übersehen«, stammelte der Eindringling, wurde weiß wie eine Wand und entfernte sich hastig.

Ich musterte den Polizisten mit kritischem Blick und verzog dabei den linken Mundwinkel. Ich hatte aufgesprungene Lippen. So waren sie immer im Winter.

Zu allem Übel bekam ich oft Faulecken. Mama sagte immer,

das komme vom Mundablecken an der kalten Luft. Aber ich weiß nicht, ob das stimmt. Ich kann mich auch nicht erinnern, mir jemals draußen die Lippen abgeleckt zu haben.
»Was regen Sie sich denn so auf?«, der Polizist sah mich an. »Sie verstehen doch, so sind die Vorschriften. Ein Zigarettchen vielleicht? Władzio, lass mal 'ne Kippe springen«, bat er seinen Kollegen, ohne meine Antwort abzuwarten.
Ich nahm die Zigarette, zündete sie an, nahm ein paar Züge, warf sie auf den Boden und trat sie mit dem Fuß aus.
»Was'n los? Schmeckt's nicht?«, wunderte sich Władzio. »Das sind Marlboro! Die roten.«
»Schmeckt schon«, erwiderte ich. »Ich habe jetzt nur keine Lust zu rauchen ...«
Meine erste Zigarette habe ich zusammen mit meinem Bruder geraucht, als ich acht war. Oder vielleicht sieben? Ich weiß es nicht mehr. Meine Eltern hatten eine Schachtel „Klubowe" in dem kleinen Sekretär liegen. Irgendwann hatte ich sie entdeckt und zwei davon stibitzt. Wir rauchten sie draußen. Ich erinnere mich, als wäre es erst gestern gewesen. Es war Winter. Alles war von einer dicken Schneeschicht bedeckt. Und wir kauerten hinter dem Haus, schauten uns nervös um, wie Verschwörer, zogen an den Kippen und verschluckten uns an den weißen Qualmwölkchen.
Wir rauchten beide tapfer auf. Danach hatte ich für viele

Stunden einen bitteren Geschmack im Mund und Bauchweh. Mama musste unsere Missetat bemerkt haben, denn sie kam zu uns ins Zimmer und fragte, ob wir vielleicht schon mal geraucht hätten.

Mein Bruder und ich sahen uns vielsagend an und verneinten einstimmig. Sie antwortete, dass das gut sei, denn Rauchen sei ungesund und wenn wir es mal probieren wollten, wäre es besser, sie wäre dabei. Wir nickten zustimmend und Mama ging wieder.

Ich war damals überzeugt, dass sie nichts bemerkt hatte. Dass wir noch einmal ungeschoren davongekommen waren. Nichts weiter als kindliche Naivität. Heute, nach so vielen Jahren, bin ich mir hundertprozentig sicher: Sie wusste ganz genau, dass wir gelogen hatten.

Danach rauchte ich nie wieder. Na ja, vielleicht den kurzen Zeitraum vor dem Abitur ausgenommen, als der Stress mich auffraß. Ich konnte jedoch gar keine schlechten Gewohnheiten annehmen, denn dann kam die Uni und chronischer Geldmangel. Es reichte kaum, um das Wohnheim zu bezahlen und den Kühlschrank halbwegs zu füllen.

Ich lebte wie ein armer Schlucker. Ich sparte eisern drei Wochen des Monats, um mir in den paar Tagen, wenn mich meine Freundin besuchte, alles leisten zu können.

Sie war fast jeden Monat da. Heute ist sie meine Frau.

Noch ... Wir hätten vielleicht bis ans Ende unseres Lebens glücklich sein können, wäre da nicht meine Wut ...
Sie wird bestimmt auch bald im Gericht auftauchen. Ich weiß, dass sie mich immer noch liebt, und das, obwohl ich es nie geschafft hatte, mich selbst zu lieben. Und weil ich mich selbst nicht liebte, so liebte ich in Wirklichkeit auch niemanden sonst. Es schien mir nur, als sei es so. „Liebe deinen Nächsten wie dich selbst", sagte einst ein gewisser, bekannter Typ. Leider brachte ihm seine Einstellung nichts außer Leid. Und diejenigen, die er liebte, kreuzigten ihn.
»Sławej Szrympa und alle in der Sache Vorgeladenen werden in den Gerichtssaal gebeten«, riss mich eine vertraute Stimme aus meinen Gedanken. Na bitte, ich habe die Gerichtsdienerin doch erkannt. Sie war genauso grau wie schon zuvor, nur mit dem Unterschied, dass mir nun ihre marineblaue, verblichene Uniform ins Auge sprang. Früher – so vor zwanzig Jahren, als sie neu und glänzend war, hatte sie sie sicherlich mit Stolz angezogen, wenn sie zur Arbeit ging. Heute schlabberte sie um ihre ausgemergelten Schultern herum. In den letzten zwanzig Jahren muss sie sie mindestens zehn Mal geändert haben.
»Also? Aufstehen, Sławej!«, lächelte Władzio. »Es wird Zeit für uns.«
Als er sah, dass mir das schwer fiel, griff er nach meinem Arm.

»Was machen die Handschellen? Drücken sie nicht allzu sehr?«
»Nein«, antwortete ich automatisch.
Merkwürdig, diese Polizisten. Ich hatte den Eindruck, dass sie sich die ganze Zeit bemühten, freundlich zu sein. Ich hatte vorher noch nie einen Polizisten gesehen, der im Dienst freundlich war. Privat kannte ich ein paar. Ganz nette Jungs.
Wir gingen hinein. Im Saal wartete schon mein Verteidiger. Man hatte mir nicht erlaubt, heute vor der Verhandlung mit ihm zu sprechen. Aber das machte für mich auch keinen Unterschied mehr, denn er wusste seit langem, was ich von ihm erwartete.

II

»Herr Szrympa, erheben Sie sich!« Der Richter musterte mich aufmerksam. »Sind Sie bereit für die Eröffnung der Verhandlung?«

»Ja.«

»Herr Staatsanwalt, bitte verlesen Sie die Anklageschrift«, fuhr der Richter hastig fort, als ob er Angst hätte, dass ich es mir noch mal anders überlegen würde.

Ich sah zu dem betagten Mann hin, der zur Linken des Richters saß. Er reagierte anfangs nicht auf die Aufforderung, als ob er sie nicht gehört hätte. Vielleicht hatte er sein Hörgerät vergessen. Oder es war kaputt. Ich habe immer wieder mal darüber nachgedacht, wie es sein muss, wenn der Mensch sich, um normal leben zu können, auf ein Gerät verlassen muss, das jederzeit den Geist aufgeben kann. Die Batterie wird schwach und aus die Maus. Dann geht so einer mit seiner schwachen Batterie über die Straße, hört die Hupe nicht, und schon liegt er auf der Motorhaube eines vorbeifahrenden Wagens.

Oder noch besser. Irgendjemand telefoniert mit dem Handy und dem Herrn mit dem Hörgerät klingeln die Ohren vor lauter Störungen.

Früher, als ich nach der Hochzeit eine Zeit lang im Ausland gelebt hatte, geriet ich sogar mal in eine ähnliche Situation.

Ich war auf dem Heimweg vom Krankenhaus. Ich fühlte mich miserabel. Ich stieg in eine Straßenbahn und wollte meiner Frau Bescheid geben, dass ich früher entlassen worden war als geplant. Neben mir hörte ein junger Kerl gerade auf zu telefonieren und spielte mit seinem modernen Handy. Ich besaß damals so ein Riesenteil, dessen Namen ich lieber beschämt verschweige. Ich tippe gerade die Nummer ein, da fängt ein älterer Herr an, sich über mich zu brüskieren, aber ich habe keine Ahnung, was er eigentlich von mir will. Meine Frau geht ran, also halte ich das Handy ans Ohr und fange an, mit ihr zu reden ... Auf einmal will sich der alte Herr auf mich stürzen. Er versucht, mir die Arme umzudrehen und das Telefon aus der Hand zu reißen, das ohnehin keine Verbindung mehr hat.

Ich sehe ihn an, halb erstaunt, halb fassungslos. Und er sagt zu mir:

»Mach dieses Ding aus. Das stört das Hörgerät.«

Aber ich sehe nicht, dass er eines trägt.

»Als der Junge da telefoniert hat«, ich deute auf den jungen Kerl, »hat Sie das nicht gestört. Übrigens tragen Sie kein Hörgerät. Außerdem kenne ich Sie nicht, also duzen Sie mich bitte nicht.«

»Aber irgendjemand in der Straßenbahn könnte eines tragen«, schäumt der Rentner.

In der Zwischenzeit klingelt das Handy erneut.

Meine Frau fragt bestürzt, ob alles in Ordnung sei. Sie hat Geschrei gehört und befürchtet, dass mich jemand überfällt. Ich komme nicht mal dazu, ihr zu antworten, denn der betagte Herr mimt wieder den wilden Stier und stürmt mit gesenktem Kopf auf mich zu. Ich werde wütend und stoße ihn wieder weg.

»Sind Sie blöd, oder was? Was wollen Sie? Ich will meiner Frau nur sagen, dass es mir gut geht. Sie haben sie mit ihrem Geschrei erschr...«

Ich komme nicht dazu, den Satz zu vollenden, denn auf einmal merke ich, dass mich jemand am Ärmel zerrt. Es ist ein Betrunkener, der vier Reihen weiter vorne gesessen hatte. Während der Rangelei mit dem Rentner muss er sich zusammengerissen haben und in meine Richtung getorkelt sein. Dass er das in dem Zustand überhaupt geschafft hat.

»Hassste nich' gehört, wasss der Herr zu dir sssasagt?«, schnaubt er mich an. Sein Atem schüchtert mich ein wenig ein. Gott bewahre, in der nächsten Runde landen außer dem Gestank die Reste seines Frühstücks auf meinem Mantel. Falls er überhaupt gefrühstückt hat. Ich nehme meine Tasche und gehe in Richtung des Straßenbahnkopfes. Es hat keinen Sinn, sich mit zwei Idioten zu streiten. Als ich an den Sitzen direkt an der Gelenkplattform der Straßenbahn vorbeigehe, auf denen irgendwie zufällig auch ein Rentnerpaar sitzt, höre ich, wie er zu ihr sagt:

»Diese beschissenen Ausländer!«

In diesem Augenblick hält die Straßenbahn. Ich steige hastig aus, obwohl es nicht meine Haltestelle ist. Draußen ist es kalt. Es ist November. Es regnet. Die Straßenbahn fährt davon. Ich versuche, tief zu atmen, denn ich merke, dass ich gleich losheulen könnte. Mir wird übel.

Es war nicht das erste Mal, dass mich in der Fremde jemand so behandelt hat. Trotzdem kann ich mich immer noch nicht daran gewöhnen ...

»Herr Staatsanwalt«, die Stimme des Richters riss mich aus meinen Gedanken. »Sie sind an der Reihe.«

»Gleich, gleich, Hohes Gericht«, die Stimme des Staatsanwaltes war sonor und unerwartet tief. Sie passte überhaupt nicht zu seiner Erscheinung. Er sah eher nach Fistelstimme als nach Bass aus. Ich dachte immer, dass nur bärtige Dickwänste Bässe sind. Er aber war groß und schlank. Er hatte eingefallene Wangen und erinnerte mich ein wenig an meinen Großvater.

»Hohes Gericht«, der Staatsanwalt erhob sich und warf einen kurzen, strengen Blick in meine Richtung. »Wir haben uns hier versammelt, um eines der grausamsten Verbrechen zu verhandeln, das es überhaupt gibt.

Im Laufe der Verhandlung werden Gutachten und Beweise vorgelegt, die für die Tatsache sprechen, dass der Angeklagte zum Zeitpunkt der versuchten Ausführung einer Straftat mit Vorsatz gehandelt hat und voll zurechnungsfähig war. Ich plädiere für die Höchststrafe.«

Ein leises Raunen ging durch den Saal, verstummte jedoch, als der Richter energisch mit dem Hammer auf das Pult schlug.

»Ruhe, bitte!« Sein strenger Blick wanderte über die Versammelten, um dann wieder auf dem Greis zu ruhen. »Herr Staatsanwalt, möchten Sie noch etwas hinzufügen?«

»Nein.«

»Herr Verteidiger, Sie sind an der Reihe«, der Richter wandte sich Kowalski zu. »Bitte erläutern Sie den Standpunkt der Verteidigung.«

Mein Anwalt war ein Mann in den besten Jahren, mittlerer Größe, stämmig und leicht buckelig. Er hatte rosige Pausbacken und eine kleine Kartoffelnase, in die er seine eckige Brille fest hineindrückte. Ich kannte ihn seit meiner Kindheit. Wir wohnten in der Nachbarschaft. Ehrlich gesagt, ich mochte ihn nicht. Er war ein paar Jahre älter als ich und erwiderte nie meinen Gruß, wenn wir uns begegneten. Letzten Endes geschah das selten, denn er hatte nie Zeit, aus dem Haus zu gehen. Er war ständig mit Lernen beschäftigt. Ich habe ihn auch nie für besonders intelligent gehalten. Einer dieser Streber. Aber er wusste immer, was er wollte und erreichte, was auch immer er sich vorgenommen hatte. Manchmal, indem er direkt auf das Ziel zusteuerte, manchmal, indem er abseits stand und auf grünes Licht wartete. Ich hatte ihn ausgesucht, weil ich wusste, dass er nicht ruhen würde, bis er das Verfahren mit dem Ergebnis abschließen würde, für welches ich ihn bezahlte.

»Hohes Gericht! Wir haben soeben den Standpunkt der Anklage gehört. Er ist hart. Allerdings kann nicht ausgeschlossen werden, dass das Verhalten des Angeklagten von schmerzlichen Erinnerungen an die letzten Jahre seines Lebens beeinflusst wurde. Mehr noch, wir werden versuchen zu beweisen, dass die am weitesten zurückliegenden, gleichwohl traumatischen Erlebnisse aus der Kindheit einen Einfluss auf den Entschluss des Angeklagten hatten. Deshalb beantrage ich, die Anklage abzuweisen und Sławej Szrympa freizusprechen ...«, der Verteidiger machte eine Kunstpause, wie ein Kabarettist, der nach einer gelungenen Pointe auf den Beifall des Publikums wartet. Das hatte ich mir gedacht. Dieses Schauspiel musste wohl stattfinden. Letzten Endes ging es nicht um Schuld oder Freispruch, sondern um den Kampf zweier Gelehrter, deren Ziel es war, ihr Ego zu messen. Vielleicht war das der Grund, warum ich immer eine Parallele zwischen Juristen und Boxern gezogen habe. Mit dem kleinen Unterschied, dass die Duelle der einen mit Worten, und die der anderen mit Fäusten entschieden werden ...

»Bitte fahren Sie fort«, sagte der Richter monoton.

»Danke. Ich habe nichts hinzuzufügen«, Kowalski verbeugte sich theatralisch in Richtung „Altar".

»Wenn das so ist, rufe ich den ersten Zeugen der Anklage auf.« Hier machte auch der Richter eine kurze Pause. »Herrn Szrympa Senior.«

Nun, nach dem Prolog beginnt der erste Akt der Vorstellung. Auf meinen Vater konnte ich immer zählen. Wenn es darum ging, mich so richtig fertig zu machen, gab es keinen Besseren!

Schon als ich Kind war, war er stets darum bemüht, dass ich immer schön die Windeln voll hatte. Es reichte, dass ich ihn von Weitem sah, und schon machte ich mir ein.

Auch in meiner allerersten Kindheitserinnerung spielt er die Hauptrolle.

Ich erinnere mich nicht, wie alt ich damals war. Ich stand in meinem weiß gestrichenen Kinderbettchen und lehnte mich an das Gitter. Das Möbel stand in der Ecke des einzigen Raumes in der Wohnung, die meine Eltern damals gemietet hatten. Eingequetscht zwischen einem braunen Holzschrank und einem Stuhl am Küchentisch. Von der Decke in der Ecke über dem Bettchen kroch ein riesiger Schimmelpilz über beide Wände. Er nahm schon die halbe Wand in Beschlag ...

Auf dem oben erwähnten Stuhl saß *Er*. Er unterhielt sich mit meiner Mutter. Helles Licht aus dem gesprungenen Leuchter durchflutete das Zimmer. In der rechten Hand hielt ich einen Holzlöffel und spielte Roboter. Mit einer mechanischen, eckigen Bewegung schlug ich damit an die Sprossen. Ich machte dabei ein spezielles Geräusch:

»Trrrrrrt.«

Ich weiß bis heute nicht, warum ich ausgerechnet dieses Geräusch gewählt hatte. Eigentlich ist es auch unwichtig. Es musste einfach irgendetwas daran gewesen sein, das mir gefiel. Danach drehte ich mich steif in Richtung meines Vaters und berührte seinen Kopf mit dem Küchenutensil:

»Trrrrrt.«

Und so immer wieder, weiß Gott, wie lange.

Bei einem Mal, als ich wieder seinen Kopf berührte, kam aus meiner Kehle ein anderer Laut, dessen Bedeutung ich bis dahin nicht kannte.

»Trrrrottel!«

Ich hatte keine Zeit zu reagieren, denn meinen Vater riss es vom Stuhl hoch. Seine Augen blitzten gefährlich. Er hatte Schaum vorm Mund. Er kam langsam auf mich zu und schüttelte dabei seine ewig ungestutzte Mähne. Der Schatten seines zwei Meter großen Leibes fiel auf das ganze Bettchen und schnitt mich vom Licht und dem Rest der Welt ab.

»Was hast du gesagt?!«, knurrte er. »Hast du mich einen Trottel genannt?!«

Er hatte schon zum Schlag ausgeholt, aber meine Mutter

sprang auf. Sie stellte sich zwischen ihn und mich, wie eine Gazelle, die ihre Jungen vor einem wütenden, hungrigen Löwen beschützt. Er hätte sie jederzeit schlagen können. Aber sie stand da. Trotz der Gefahr. Starr. Angespannt. Nach einer Weile brachte sie leise heraus:

»Komm schon. Lass ihn. Das war doch nur ein Zufall. Überleg mal! Woher soll er denn wissen, was „Trottel" bedeutet?«

Ich machte mich in einer Ecke des Bettchens ganz klein, unter dem schwarzen Pilz, und wartete darauf, dass seine Hand sie jeden Moment vom Gitter wegschubst und mir einen Schlag versetzt. Doch die Hand zitterte noch eine Weile und sank dann herab. Er schlug mich nicht. Dieses Vergnügen hob er sich für irgendwann später auf.

An diesem Tag hatte ich gelernt, dass ein Trottel etwas Böses ist.

»Herr Szrympa.« Als ich meinen Namen vernahm, fuhr ich zusammen, es wurde mir jedoch schnell klar, dass das Hohe Gericht sich an meinen Erzeuger wandte. »Schwören Sie, die Wahrheit zu sagen und nichts als die Wahrheit?«

»Ja«, antwortete mein Vater und streckte theatralisch seinen Rücken durch.

III

Die Uhr zeigte 2:38, als mich ein weiterer Albtraum aus dem Schlaf riss. Wie immer erwachte ich mit einem schmerzhaften Stechen links des Brustbeins und einem Gefühl, als ob meine Brust von einem riesigen Felsen zusammengequetscht würde. Jeder Atemzug wurde von dieser gewaltigen Last begleitet. Ich blickte zu meiner Frau hinüber. Sie schlief wie ein Stein. Gott sei Dank! Ich machte mir immer Sorgen, dass ich sie wecken könnte, wenn ich Albträume hatte. Ich wollte nicht, dass sie davon weiß.
Ich griff nach dem Glas Wasser. Es war lauwarm. Die schwülen Augustnächte machten sogar aus Wasser innerhalb weniger Stunden eine ungenießbare Substanz.
Leise stahl ich mich aus dem Bett und schlurfte los, um mir etwas zu Trinken zu holen. Mir war unglaublich heiß und ich bekam kaum Luft. Der Geruch von nächtlichem Schweiß und ungelüfteter Bettwäsche erfüllte die Wohnung.
Ich leerte das Glas in einem Zug, füllte es noch mal auf und ging auf der Suche nach einer frischen Brise auf den Balkon.
Die Nacht war herrlich! Beherrscht wurde sie jetzt von erhabener Ruhe, gehüllt in den Duft frisch gemähten Grases. Nicht eine einzige Wolke befleckte den Himmel. Irgendwo aus der Ferne leuchteten Millionen Sterne. Manche schwächer, andere stärker. Aber alle leuchteten still. So still,

dass sie nicht in der Lage waren, den Schlaf von Milliarden von Menschen auf der ganzen Welt zu stören. Das Majestätische des Himmels hatte mich schon immer fasziniert ... Auf der anderen Seite, nur ein paar Meter entfernt, wiegte sich die dunkle Silhouette eines breit gewachsenen Baumes im Wind. Er streckte sein Astwerk hoch bis über den zweiten Stock hinaus, aus dem ich jetzt herunterblickte. Die Äste berührten fast die Pflanzen auf unserem Balkon. Ganz so, als schmiegten sie sich aneinander ...

Ich weiß nicht, was es für ein Baum war, ich war nie besonders gut in diesen Dingen. Bedauerlicherweise hatten die Nachbarn vor, ihn zu fällen, weil er zu viel Schatten warf. Trotz meiner inständigen Bitten waren sie nicht bereit, sein Dasein zu verlängern, das schon sehr viel länger währte als das Leben der ältesten Hausbewohner. Ein Wesen, das fast schon zur Familie gehörte. Schützte es doch einst im Schatten seines Geästs die Väter dieser Menschen, ihre Großväter, vielleicht sogar ihre Urgroßväter. Das Haus war uralt. Wer weiß, wie viele Generationen darin gelebt hatten. Vielleicht hatten sie in dem Baum gespielt. Vielleicht haben sie gerade hier zum ersten Mal Liebe, Trauer oder Freude erfahren. Vielleicht ruhten sie sich auch einfach unter ihm aus. Aber heute bedeutete das nichts mehr. Der Baum sollte in ein paar Tagen gefällt werden.

Das kalte Wasser und die frische Luft linderten erfolgreich das Gefühl der Atemnot, das mir noch bis vor einem Augenblick zugesetzt hatte. Ich streckte mich im Liegestuhl aus und schloss die Augen. Nichts außer Dunkelheit. Dunkelheit und Stille. Wie sehr sehnte ich mich danach, jede Nacht so zu verbringen. Keine Lichter. Keine Menschen. Kein Geschrei. Leider überkam mich fast jede Nacht derselbe Traum:

Ich gehe eine Straße entlang. Die Straße sieht im Traum jedes Mal anders aus. Einmal ähnelt sie der Hauptallee im Zentrum, dann wieder dem Gehweg vor meinem Elternhaus. Jedoch spielt er sich immer in meiner Heimatstadt ab. Dieses Mal laufe ich durch die Siedlung zum Bus. Es ist menschenleer und hell. Die Sonne scheint.

Wenn ich an der Haltestelle ankomme, sehe ich dort eine Menschenmenge stehen. Sie drängt sich unter eine winzige Überdachung. Ich steuere noch einen kleinen Kiosk direkt daneben an, um mir eine Fahrkarte zu kaufen.

Auf einmal läuft eine kleine Gruppe Männer auf mich zu. Sie umzingeln mich. Ich sehe sie stumm an. Ich weiß nicht, was sie von mir wollen. Einer von ihnen fängt an, an mir zu zerren. Die anderen schlagen zu. Überall hin. Ich schreie, aber der Schrei erstirbt in meiner Kehle. Ich versuche, mich loszureißen, aber die Verfolger halten mich fest. Ich sehe zu den Menschen an der Haltestelle. Sie sehen auch zu mir, reagieren aber nicht. Dabei stehen sie doch gleich nebenan. Ich schreie noch einmal mit flehender Miene um Hilfe. Diesmal entflieht meiner Kehle nur ein kaum hörbares Flüstern. Also versuche ich weiter, mich zu befreien. Diesmal etwas entschlossener. Doch je mehr Kraft ich aufwende, desto stärker schließen sich die Hände um meinen Nacken und Gelenke.

Auf einmal wird der Himmel ganz dunkel. Wolken ziehen auf. Die Nacht bricht an. Die Haltestelle leert sich.

»Hiiilfeee!« Mein Schrei wird immer lauter. Doch nichtsdestotrotz ist er nur ein schwaches Echo dessen, was er sein sollte. Keiner der noch an der Haltestelle wartenden Menschen eilt mir zu Hilfe.

Ich sehe die Gesichter der Angreifer. Sie lachen gehässig und zufrieden. Ganz so, als ob sie sich nährten von meiner Angst. Jetzt umkreisen sie mich. Ihre stählernen Krallen geben meinen Körper frei. Ich nutze die Gelegenheit und versuche, mich aus dem Kreis zu befreien, aber sie schubsen mich jedes Mal wieder hinein.

»Hiiiiilfeeee!« Immer noch zu leise, aber noch ein Versuch, und mein Schrei zerreißt die Luft wie der eines Nazgûl.

Der Rädelsführer durchbohrt mich mit einem hasserfüllten Blick. Dann greift er in seine Jackentasche. Als er eine Pistole herauszieht, wird mein Gesicht bleich. In meinen Augen spiegelt sich Entsetzen. Ich schlage um mich wie ein Kalb vor dem Schlachten, obwohl mir klar ist, dass das nichts bringt. Ich versuche mit letzter Anstrengung, Kräfte für einen Verzweiflungsschrei zu sammeln. Oder eher für ein Brüllen, das meine Angreifer paralysieren, sie mit Angst erfüllen und in die Flucht schlagen würde.

Aber es wird keinen nächsten Schrei mehr geben. Die Kugel durchschlägt den linken Lungenflügel. Ich fühle, wie der gewaltige Schmerz desto größer wird, je mehr mich meine Seele verlässt.

Plötzlich wache ich auf. Keine Spur von der Kugel, aber mein Brustkorb tut bei den ersten paar Atemzügen so weh, dass ich anfange, nach dem Einschussloch zu suchen ... Unglaublich, welchen Einfluss der Zustand unserer Seele auf den Körper hat ...

Ich atmete tief durch und machte die Augen auf. Die Sterne leuchteten immer noch ganz still aus den unterschiedlichsten Ecken des Weltalls. Viele von ihnen existieren bestimmt seit Tausenden von Jahren nicht mehr. Zur Erde gelangt nur ihr Schein, der Millionen von Lichtjahren braucht, um uns an die Momente der Herrlichkeit zu erinnern. Daran, dass irgendwann, irgendwo im Weltall, auch Leben existierte. Voller Glanz, aber trotzdem zerbrechlich. Denn irgendwann erlöschen auch die hellsten und mächtigsten Sterne. So wie auch ein Mensch in dem Moment anfängt zu sterben, in dem er geboren wird.

Als ich sie in dieser stillen Sommernacht betrachtete, fing ich an zu überlegen, ob wir nicht auch so sein wollen wie sie. Ob auch nur ein Mensch existiert, der nicht davon träumt, auch nur die geringste Spur zu hinterlassen? Ein Aufleuchten, das den Himmel, wenn auch nur für eine Sekunde, nach seinem Tod erhellen würde. Ich denke, es gibt nur wenige solcher Menschen. Für die einen sind die eigenen Kinder ein solches Leuchten. Für andere ist es ihre Arbeit. Manche machen sich durch ihr künstlerisches Schaffen oder sportliche Leistungen unsterblich. Oder indem sie anderen Menschen helfen. Letzten Endes sind wir eine Gattung, deren Vertreter sich mit nichts anderem beschäftigen, als mit dem Streben nach Verewigung in den Annalen der Weltgeschichte. Auch wenn der Platz darin knapp würde, müsste man einen Weg finden, doch noch welchen zu schaffen. Ein paar neue Seiten hineinkleben. Ein paar alte Namen ausradieren. Oder sich auf einer schon eng beschriebenen Seite dazutragen. Wenn auch nur in der linken oberen Ecke. Oder sich zwischen zwei andere Einträge quetschen. Wenn auch nur durch die Teilnahme bei Big Brother. Für eine Sekunde. Um jeden Preis.

Doch ist der Preis, den wir dafür zahlen sollen, Wucher. Dieser ständige Kampf. Ein Rattenrennen. Catch-as-catch-can. Sich gegenseitig Gruben graben. In allen Bereichen des Lebens. Und was ist mit denen, die nicht bereit sind, alle Mittel einzusetzen? Die nicht so rücksichtslos sind, um um jeden Preis auf die Titelseiten der Zeitungen zu kommen?

Macht nichts. Kampf ist Kampf. Wenn du nicht kämpfst, freuen sich diejenigen, die es tun. Umso leichter werden sie dich zertreten können. Aus der Bahn werfen. Zerstören. Einer, der heutzutage verliert, ist nicht einmal mehr geschlagen. Einer, der heutzutage verliert, verdient es in den Augen anderer nur noch, armseliger Loser genannt zu werden. Ich wollte immer Erster sein, aber nicht so. Ich mochte Wissen. Lange Stunden, verbracht mit Nachdenken über Gott und die Welt.

Ich ging in den Park spazieren statt in die Disco. Ich mochte die Natur lieber als die neuesten Modekreationen. Meine Dates hatte ich mit Nałkowska, de Beauvoir oder Dąbrowska und nicht mit der schlanken Blondine aus dem dritten Stock im Nachbarblock. Ich war überzeugt davon, dass Wissen mir dabei hilft, etwas im Leben zu erreichen.

Und doch irrte ich mich. Wissen ist Intelligenz. Intelligenz ist das Bewusstsein, wie zerbrechlich und kurz unser Leben im Vergleich zu der Geschichte und der Macht des Universums ist. Wie schnell kann man es verlieren. Ein Mensch, der sein Leben nicht verlieren will, schätzt das der anderen. Er achtet andere Menschen und ihre Rechte. Doch in unserer Welt, in der nur Rücksichtslosigkeit zählt, gewinnt niemand mit so

einer Lebenseinstellung. Ob ich wollte oder nicht – ich wurde ein Loser. Unfähig zu kämpfen. Ich achtete andere Menschen. Und sie dankten es mir mit Verachtung.
Ich ertrug es. Aber ich wollte nie leichte Beute für irgendjemandes Siege sein. Ich will selbst entscheiden, wie mein Ende aussehen soll. Das ist mein Recht. Das letzte Recht, das ich noch habe. Ich habe das Recht zu sterben und nicht die geringste Spur zu hinterlassen. Wie lange kann man diesen ständigen Kampf aushalten? Diese Anspannung? Das ist wie Seillaufen über einem Abgrund. Ein falscher Schritt und das war's. Wozu auf dem Seil laufen? Wozu ständig dieses Risiko auf sich nehmen? Das kostet doch so viel Kraft. Ist es nicht besser, abzustürzen? Viele Menschen wären dazu nicht in der Lage. Entweder lieben sie das Leben zu sehr oder sie haben Angst vor dem Tod. Ich fürchte ihn nicht. Früher einmal, ja. Heute nicht mehr. Der Augenblick ist gekommen, über mein Schicksal zu entscheiden ...
Ich erinnere mich daran, dass ich kurz zögerte, als ich mit dem Messer in der Hand das Haus verließ. Meine Frau. Kann ich ihr das antun? Habe ich ein Recht dazu? Kann ich ihr diesen Schmerz zufügen? Sie liebt mich doch. Sie würde alles für mich tun. Aber ist sie bereit, mit mir zusammen ein Leben lang zu leiden? Zuzusehen, wie es mit mir bergab geht? Wie ich unentwegt verliere? Was kann man denn einem Leben mit einem Loser Positives abgewinnen?

Ist es nicht besser, ihr dieses Leid zu ersparen? Ja, es ist besser, es jetzt zu beenden. Ihr Schmerz wird heftig, doch kurz sein. Sie ist noch jung. Sie wird es verstehen. Sie wird sich wieder fangen und ihr Leben neu ordnen.

Das Gras im Garten war feucht. Ich mochte es schon immer, barfuß darüber zu laufen. Ich zog die Hausschuhe aus, um mich ein letztes Mal an diesem Gefühl zu erfreuen.

Ich erreichte meinen Baum und sah nach oben. Die Sterne leuchteten nach wie vor. Millionen. Ganz still. Das ganze Haus schlief.

Ich lauschte in die Stille hinein, setzte mich ins Gras, lehnte mich bequem an den Baumstamm und begann, langsam und mit einem gewissen Wohlgefühl, die Wurzeln meines geliebten Wesens mit meinem im Mondlicht silbrig glänzenden Blut zu begießen.

IV

»Herr Szrympa.« Ich zuckte zusammen, als ich meinen Nachnamen hörte, es wurde mir jedoch schnell bewusst, dass sich der Richter an meinen Vater wandte. »Schwören Sie, die Wahrheit zu sagen und nichts als die Wahrheit?«

»Ja«, antwortete er mit theatralisch durchgedrücktem Rücken, die rechte Hand feierlich auf eine Bibel gelegt.

»Also können wir anfangen.« Der Richter nickte dem Gerichtsdiener zu, zum Zeichen, dass dieser sich entfernen könne. »Herr Szrympa, erkennen Sie den Angeklagten?«

»Ja. Das ist mein Sohn«, brummelte mein Vater in seinen Bart und warf mir einen verstohlenen Blick zu. Ich fing ihn auf, lächelte still und nickte langsam, um meinem Vater zu signalisieren, dass alles gut wird. Ich sah, dass ihn der Auftritt vor so großem Publikum stresste. Der Saal war voll.

»Sie haben sich entschieden, als Zeuge der Anklage auszusagen. Können Sie mir sagen, warum?«

»Mein Sohn hat mich darum gebeten. Zuerst wollte ich nicht, aber da ihm viel daran lag, habe ich mich entschlossen, ihm zu helfen.«

»Herr Szrympa.« Der Blick des Richters wurde auf einmal strenger und begann, die Stirn meines Vaters zu durchbohren. »Können Sie mir erklären, wie man jemandem als Zeuge der Anklage helfen kann?«

»Ähhhm, ähh.« Schweißtropfen sammelten sich langsam auf den Schläfen des Alten. Mein Gott, ist er schwach. Die Verhandlung hat noch nicht einmal richtig begonnen und ihm bricht schon der Schweiß aus. Es bleibt zu hoffen, dass er gebadet hat, denn wenn nicht, dann müssen gleich die Fenster geöffnet werden. Vor wem hatte ich nur mein ganzes Leben solche Angst?

»Na ja, es geht nämlich darum, Hohes Gericht, dass die Welt die ganze Wahrheit über meinen Sohn erfahren soll. Viele Leute hielten ihn nämlich immer für einen ehrbaren Menschen, bis ... na ja ... bis er versucht hat, Selbstmord zu begehen. Und das Hohe Gericht weiß doch, nicht wahr, dass nicht die Kleider Leute machen. Hinter einer schönen Fassade kann sich ein verdorbenes Inneres verbergen ... Denn sogar in einem gesunden, auf den ersten Blick saftigen Apfel kann ein Wurm sitzen. So wie es beispielsweise ein gewisser griechischer Philosoph sag...«

»Herr Szrympa«, fiel ihm der Richter scharf ins Wort. »Was sinnieren Sie hier über irgendwelche Philosophen und Würmer? In diesem Gerichtssaal sollen heute noch vier Verhandlungen stattfinden. Bleiben Sie bitte sachlich!«

»Natürlich.« Der Alte errötete wie ein junges Mädchen. »Ich bitte vielmals um Entschuldigung. Ich werde mir Mühe geben, dass das nicht wieder vorkommt.« Nach einer Weile vielsagenden Schweigens und mit noch stärkerer Röte im Gesicht fügte er unsicher hinzu: »Es tut mir leid. Aber dürfte ich das Hohe Gericht um eine Wiederholung der Frage bitten, denn sehen Sie, Herr Richter, irgendwie hat mich diese Bemerkung völlig aus dem Konzept gebracht, sodass ich vergessen habe, worum es eigentlich geht.«

Ein leises Kichern huschte fast unbemerkt durch den Saal. Es war klein, schlank, hatte helles, dünnes Haar und einen spöttischen Gesichtsausdruck. Obwohl es sich größte Mühe gab, nicht aufzufallen, bemerkte es der Richter und beschloss, entschieden mit ihm abzurechnen.

»Ich bitte Sie alle um Ruhe! Ich darf um Respekt vor dem Hohen Gericht bitten! Hier ist kein Platz für Kichereien. Würden Sie ihn bitte hier rausführen!« Er nickte dem Kleinen zu. Dieser wartete nicht, bis ihn die Wachleute erwischen und sauste flink zur Tür hinaus. An seiner statt zog majestätisch bedrohliche Stille ein. Sie erinnerte ein wenig an den Sensenmann und war abstoßend, also fingen alle gleichzeitig an, Löcher in den Boden zu starren, um sich den Appetit nicht so kurz vor dem Mittag verderben zu lassen.

»Herr Szrympa, sagen Sie mir doch bitte, warum Sie heute hierher gekommen sind?«, fuhr der Richter fort.

»Nun ja, um als Zeuge der Anklage auszusa...«

»Na, genau. Also ersparen Sie uns bitte diese Vorstellung und fangen endlich an, vernünftig mit mir zu reden. Was hat

Sie dazu bewogen, als Zeuge der Anklage auszusagen? Fassen Sie sich bitte kurz und bündig.«

»Verzeihung, aber will mir das Hohe Gericht unterstellen, dass ich mich etwa nicht klar ausdrücke?« Mein Vater blickte sehr verwundert. »Ich verstehe nicht, was Sie meinen? Ist meine Aussprache falsch? Spreche ich zu schnell? Vielleicht zu leise? Na, ich denke doch, ich rede ganz logisch. Schließlich habe ich fast zwei Fakultäten absolviert und das sollte schon in gewisser Art und Weise ein Ausweis meiner Beredsamkei...«

»Herr Szrympa.« Die Ader auf der linken Schläfe des Richters schwoll plötzlich an und das Blut schoss ihm ins Gesicht. »Ich warne Sie: Entweder Sie fangen an auszusagen oder ich lasse Sie aus dem Saal entfernen und verhänge ein Bußgeld wegen vorsätzlicher Verzögerung des Verfahrens!«

»Aber ...«

»Nichts aber!!!«

Das Gesicht meines Vaters wurde unnatürlich lang und für einen Augenblick hatte ich den Eindruck, dass er gleich losheulen würde.

»Papa, jetzt sag halt endlich, was du zu sagen hast, dann ist alles vorbei«, hörte ich plötzlich meine Stimme.

»Herr Szrympa, ich bitte um Ruhe!«, schrie der Richter in meine Richtung.

»Aber ich habe doch gar nichts gesagt!«, schluchzte mein

Vater erschrocken auf.

»Herr Szrympa Senior, ich meine nicht Sie!« Jetzt platzte dem Richter der Kragen. »Sie sehen doch, dass ich die Bemerkung an Ihren Sohn gerichtet habe. Herr Szrympa, geht es Ihnen gut? Ich weiß nicht warum, aber ich habe den Eindruck, dass Sie neben sich stehen? Haben Sie Beruhigungsmittel genommen? Oder stehen Sie vielleicht unter Alkoholeinfluss?«

Mein Vater nahm ein zerknülltes Taschentuch aus der Sakkotasche und wischte sich damit langsam über die Stirn. Er krallte sich in die Ecke des Pultes. Ich hätte wetten können, dass er sich vorher mit diesem Taschentuch in der Nase gebohrt hatte.

»Ehrlich gesagt, Hohes Gericht, ich war heute früh etwas nervös. Denn wissen Sie, Hohes Gericht, auf mir lastet ja eine so große Verantwortung. Schließlich sagt man nicht oft aus in solch einer wichtigen Sa...«

Der Richter atmete tief durch und blickte streng in den Saal, als ob er vorbeugend eine weitere Lachattacke im Keim ersticken wollte.

»Was haben Sie eingenommen?«

»Na ja, ich hatte Kopfschmerzen und hab eine Aspirin genommen und dann hab ich das vergessen und noch eine Valium geschluckt. Glauben Sie, Hohes Gericht, dass diese Mischung schädlich ist und Einfluss auf die Qualität meiner

Aussage haben kann? Denn wenn ja ...«

Der Richter sah den Alten so vielsagend an, dass dieser mitten im Satz abbrach. Die Beine sackten ihm weg. Ich dachte, es haut ihn gleich auf den Estrich, aber er stützte sich im letzten Augenblick auf das Geländer. Er gab ein langes Keuchen von sich. Der Schweiß rann mittlerweile in Strömen an ihm herab.

In diesem Augenblick, ihrer Stellung nun sicher, breitete die Stille endgültig ihre Herrschaft über den Saal aus, alle auf einmal und jeden für sich in Schach haltend. Doch nach einer Weile beging ein Gerichtsdiener eine Insubordination, indem er aufstand und ein Fenster öffnete.

Ich wusste es! Der Alte hatte am Morgen nicht gebadet. Ach du Sch..., was für eine Schande!

Es war immer so. Mein Vater badete nie. Ha, wenn er sich wenigstens waschen würde. Aber nicht einmal dazu hatte er Lust. Vor allem im Sommer war das unangenehm, denn kaum hatte er die Schwelle der Wohnung überschritten, schon war der ganze Flur von seiner besonderen Duftnote erfüllt. Das war ein wirklich sehr unangenehmer Geruch, um nicht zu sagen Gestank. Mein Vater arbeitete in irgendeiner Reparaturwerkstatt. Das heißt, er nannte es Arbeit, doch wenn man mal die Zeit betrachtete, die die Jungs dort mit Kaffeetrinken und dummem Geschwätz verbrachten, während sie auf irgendeine Bank oder ein Bücherregal warteten, die es zu reparieren galt, kämen vielleicht gerade mal dreieinhalb Stunden „echte" Arbeit zusammen. Aber anscheinend war schon das genug für meinen Vater. Bis heute kann ich mich daran erinnern, dass er immer, wenn er nach Hause kam, seine schweißnassen Hemden auszog und sie, anstatt sie in die Wäsche zu tun, im Wohnzimmer zum Auslüften über einen Stuhl hängte. Meine Mutter versuchte jedes Mal aufs Neue, seine Sachen auf den Balkon auszulagern, aber er verbot es. Auf die Art und Weise wollte er zeigen, wer der Herr im Haus ist. Und später aßen wir in demselben Zimmer zu Mittag. Schnitzel. Kartoffeln. Eingelegte Gurken. Kompott. Und all das hatte erstaunlicherweise keinen Eigengeschmack. Nicht wirklich überraschend. Seine Hemden neutralisierten den Geruchssinn dermaßen, dass die Geschmacksknospen der Zunge keinerlei Freude mehr am saftigen Fleisch empfanden. Letzten Endes sind Geruchs- und Geschmackssinn ja angeblich miteinander verbunden. Und am nächsten Tag ... Zack, und schon wieder hatte er dasselbe Hemd an. Frisch. Durchgelüftet. Und das so lange, bis er letztendlich der Ansicht war, es sei schmutzig.

Ich kann mich daran erinnern, wie ich das erste Mal so ein schmutziges Hemd gesehen habe. Ich ging ins Badezimmer, auf der Suche nach einem Scheuerlappen, um ihn meiner Mutter zu bringen. Ich fand etwas in der Ecke. Ohne lange zu überlegen, nahm ich es in die Hand und ging raus. Der Stoff war seltsam fettig. Er klebte fast an den Händen. Ich wunderte mich, dass meine Mutter mit so einem Ding den Boden wischte. Als ich endlich erkannte, dass es ein schmutziges Hemd meines Vaters war, bekam ich einen Schock.

Unglücklicherweise waren Hemden nicht die einzigen Sachen, die diesem Prozedere unterzogen wurden. Es passierte mit allem, angefangen bei Mänteln, bis hin zu intimeren Kleidungsstücken. Ich wunderte mich immer, wie man so räudig sein kann. Das Haar zerzaust und ungeschnitten, die Klamotten dreckig. In den Zähnen Loch an Loch. Bart und Schnurrbart ungepflegt. Der Körper ungewaschen.

Wie kann man in einem solchen Zustand glücklich sein?

Wie konnte sich meine Mutter überhaupt in einen solchen Menschen verlieben? Das ist doch widerlich! Jedes Mal, wenn ich sie darauf ansprach, sagte sie mir, dass er anders gewesen sei, als sie ihn kennen gelernt hatte. Er sei zwar nicht die Sauberkeit in Person gewesen, aber ordentlich und gepflegt. Und dazu noch freundlich und charmant. Da ich meinen Vater so kannte, wie ich ihn eben kannte, fiel es mir schwer, das zu glauben. Aber wenn sie die Wahrheit gesagt hatte, dann verstehe ich nicht, wie man sich so verändern kann. Was bringt einen Menschen soweit? Meine Mutter hatte immer versucht, sich um ihn zu kümmern, so gut wie sie nur konnte. Im Schrank lag immer ein Stapel frische Unterwäsche für ihn bereit, und saubere Kleidung. Jeden Monat bot sie ihm an, ihm die Haare zu schneiden. Regelmäßig bereitete sie ihm ein Bad. Doch er lehnte immer ab.

Nur wenn er mal wieder zu einer seiner Tussen fuhr, war es anders. Dann wunderte meine Mutter sein plötzlicher Wandel. Er war freundlich. Bestand auf einen Haarschnitt. Badete stundenlang. Und wenn er das Bad verließ, breitete sich eine Wolke von „Brutal"-Duft im ganzen Raum aus und brannte in der Nase.

Er zog sich elegant an und ging. Wenn meine Mutter fragte, wohin er geht, antwortete er ihr, dass er mit seinen Kumpels um die Häuser ziehen werde oder dass es sie nichts anginge. Später, nach Wochen, fand sie in seinen Jacketts Liebesbriefe und Zettel mit Telefonnummern ...

»Herr Szrympa, bitte entspannen Sie sich. Hier will sie keiner foltern. Sie glauben doch nicht etwa, es mache mir Spaß, Sie zu befragen? Es geht darum, dass Sie einige Fragen im Zusammenhang mit Ihrem Sohn beantworten. Das ist alles. Haben Sie das verstanden?«

»Ja.« Mein Vater flüsterte wie ein Erstklässler, der von seiner Lehrerin erwischt wurde. In seiner Stimme erkannte ich die Bereitschaft zur Zusammenarbeit.

»Ich werde versuchen, kurz und bündig zu antworten.«

»Gut«, sagte der Richter. »Also, fangen wir noch mal von vorne an. Warum haben Sie sich entschlossen, als Zeuge der Anklage auszusagen? Sie wissen doch, dass der Staatsanwalt eine harte Strafe fordern wird. Deswegen wundert es mich, dass Sie bereit sind, hier Argumente vorzubringen, die uns davon überzeugen sollen, dass ihr Sohn diese Strafe auch verdient.«

V

Im Saal wurde es wieder mucksmäuschenstill. Nur der schwere, pfeifende Atem meines Vaters drang an mein Ohr. Er stand da, gebeugt, die rechte Hand auf das Pult gestützt. Seinen Kopf hielt er gesenkt. Anscheinend dachte er nach. Ich erschrak bei dem Gedanken, dass er einen Rückzieher machen könnte.

Ich sah, wie seine Schläfen vor Anstrengung pochten. Seine linke Hand wanderte zum Gesicht. Mit einer ruhigen Bewegung strich er sich vom Kinn aufwärts zu den Augenhöhlen und fing dann an, seine Augen mit Daumen und Zeigefinger zu massieren.

Als er damit fertig war, blickte er kurz zu mir. Sein Blick war nicht streng. Er war stolz, vorwurfsvoll und voller Groll. Er wird aussagen ...

»Hohes Gericht.« Von einem Augenblick zum nächsten holte der Alte tief Luft und richtete sich auf. »Ich weiß nicht, wo ich anfangen soll, also fange ich mit dem an, was mir am wichtigsten erscheint. Mein Sohn ist ein kalter, berechnender Mensch. Er gibt nichts auf die Meinung anderer. Er vertraut ausschließlich seinem eigenen Urteil. Was das betrifft, so kann man wohl sagen, dass er hochmütig ist. Er ist ein großer Egoist, der in erster Linie nur an sich selbst denkt und erst dann an die anderen. Dazu ist er noch schroff und unnachgiebig. Wenn er erst einmal ein Urteil über jemanden gefällt hat, ändert er nie wieder seine Meinung. Er wird dann alles tun, um den anderen zu beweisen, dass er sich nicht geirrt hat. Dass die Person, über die er geurteilt hat, auf die Art und Weise bestraft wird, die er für richtig hält. Er ist streng, gefühllos und kann nicht verzeihen. Mit anderen Worten, man kann ihn leicht verletzen und er trägt es einem ein Leben lang nach.«

Jetzt hat's mir der Alte aber so richtig gegeben. So wie ich es erwartet hatte, in der Hinsicht konnte man sich auf ihn verlassen. Ehrlich gesagt, er hat meine kühnsten Erwartungen übertroffen.

»Herr Szrympa.« Der Richter musterte den Alten. »Ich verstehe genau, was Sie meinen. Aber können Sie irgendwelche konkreten Beispiele anführen, die die von Ihnen beschriebenen Charaktereigenschaften Ihres Sohnes belegen würden?«

Die Augen meines Vaters blitzten auf. Ich wusste genau, wovon er erzählen würde.

»Ja, Hohes Gericht. Ich kann hier ein gutes Beispiel anbringen. Also, vor fast zwanzig Jahren verschwor sich mein Sohn auf hinterlistige Art und Weise hinter meinem Rücken mit seiner Mutter, also meiner Exfrau, gegen mich, um mich wegen Misshandlung meiner Familie zu verklagen. In Wahrheit ging es ihm um Rache. Meine Exfrau hatte ihm einen Haufen Blödsinn erzählt, dass ich sie misshandeln und schlagen würde, und dass ich Geliebte hätte.

Es war ein Teil ihres Plans, mich aus dem Hause zu treiben. Sie müssen wissen, Hohes Gericht, dass wir damals zusammen wohnten. Sie wollte mich rausekeln und hatte sich ein paar Lügen ausgedacht, um mich anzuschwärzen. Natürlich hat sich mein Sohn mit ihr verbündet. Ich habe viele Male versucht, mit ihm darüber zu reden, aber er hat mich immer zurückgewiesen und gesagt, dass er nichts davon hören wolle. Er antwortete mir, dass er sich schon eine eigene Meinung gebildet habe und mir nicht glaube. Ist das nicht ein Beispiel für seine Verbissenheit, Arroganz und seinen Egoismus?«

»Nun, Herr Szrympa, wenn man in Betracht zieht, dass jeder das Recht auf eine eigene Meinung zu einem bestimmten Thema hat, dann weiß ich nicht, an welcher Stelle das Verhalten Ihres Sohnes zu tadeln wäre, so wie Sie das fordern. Wie ging die Sache aus? Ich bitte um mehr Details.«

Mein Vater runzelte die Stirn. Er war schon immer der Meinung, dass das, was passiert war, die größte Ungerechtigkeit darstellte, die ihm je widerfahren ist. Er hielt es gewissermaßen für eine groß angelegte Verschwörung gegen ihn.

»Ich könnte mehr dazu sagen, aber nur ungern. Muss ich denn hier meine intimsten Probleme ausbreiten?«

»Wenn es einen Zusammenhang mit Ihrem Sohn gibt, dann ja.«

Mein einstiger Herr und Meister zögerte.

»Aber es wird nicht gegen mich verwendet?«

»Herr Szrympa, ich möchte Sie daran erinnern, dass in der heutigen Verhandlung Ihr Sohn angeklagt ist und nicht Sie. Ganz abgesehen davon, wovor haben Sie denn solche Angst, dass Sie fürchten, sich zu kompromittieren?«

»Vor nichts«, brummte der Alte zurück. »Ich möchte nur nicht wegen dem, was ich sagen werde, meine Glaubwürdigkeit als Zeuge verlieren.«

»???« Auf dem Gesicht des Richters machte sich tiefe Verwunderung breit.

Nicht wirklich überraschend, dass er Angst davor hat. Hat er uns doch das ganze Leben lang misshandelt. Das Gericht hatte ihn damals verurteilt. Wir hatten hieb- und stichfeste Beweise. Zeugen. Briefe. Erinnerungen. Schreckliche Erinnerungen. Ich habe oft darüber nachgedacht, welche dieser lähmenden Erinnerungen die allerschlimmste war. Die rituellen, wöchentlichen, stundenlangen Mathematikexerzitien? Neee. Es waren so viele, dass meine Psyche sie nach einiger Zeit als etwas Normales betrachtete. Die Schachpartien, ein gutes Dutzend pro Tag? Manchmal bis spät in die Nacht. Auch nicht. Oder vielleicht das Zuschauenmüssen dabei, wie er meine Mutter verprügelte?

Anfangs vielleicht. Als sie mir noch zu Hilfe kam. Dann später hörte sie auf. Mein Vater hatte sich eine wahrhaftig diabolische Taktik ausgedacht: Wenn sie etwas „falsch" gemacht hatte, schlug er mich. Wenn ich etwas ausgefressen hatte, malträtierte er sie. Also litt ich doppelt, wann immer sie auch nur versuchte, sich in „seine Angelegenheiten" einzumischen. Und auf der anderen Seite hatte ich immer panische Angst, etwas kaputtzumachen, denn ich wusste, dass er sie dafür schlagen würde oder irgendwie so gegen die Wand stoßen, dass sie hinfallen und nicht mehr aufstehen würde. Nein. Das war alles gar nicht so schrecklich. Daran hatte ich mich auch gewöhnt. Drei Ereignisse haben mein Leben ganz besonders gebrandmarkt. Bis heute habe ich sie nicht überwunden. Das erste ereignete sich, als ich etwa sieben Jahre alt war.

Ich wurde krank und lag im Wohnzimmer auf dem Sofa, auf dem mir meine Mutter ein gemütliches Nest aus kuscheligen Decken und Kissen hergerichtet hatte, bevor sie am Abend zu ihrer geliebten Chorprobe ging. Sie hatte eine wunderschöne Stimme. Wohlige Schauer überkamen mich jedes Mal, wenn sie sang.

Andere Menschen mussten ähnlich empfinden, denn eines Tages sprach eine Freundin meine Mutter auf ihren Gesang an und schlug ihr vor, im Stadtchor mitzumachen. Sie ließ sich überreden und ich merkte, wie glücklich sie seitdem war.

Die Ablenkung tat ihr gut.

Mein Vater dagegen war nicht besonders begeistert. Nach der Arbeit ging er meistens noch mit seinen Kumpels einen trinken oder Karten spielen und unsere Mutter kümmerte sich um uns Kinder. Als sie anfing, regelmäßig die Chorproben zu besuchen, konnte er nicht kommen und gehen, wie es ihm gerade passte. Irgendjemand musste ja auf uns aufpassen. Manchmal zog er trotzdem los, ohne sich um uns zu scheren. Ehrlich gesagt, ich sehnte mich nach diesen Tagen. Dann ließ er sich wenigstens nicht an mir aus.

Doch an jenem Abend musste er meinetwegen nach Hause, obwohl seine Kumpels einen so interessanten Kartenabend organisiert hatten.

Kaum hörte ich den Schlüssel in der Eingangstür, schon wurde mir mulmig. Ich bekam solche Blasenkrämpfe, dass ich dachte, gleich ins Bett zu machen. Ich wankte in Richtung Toilette, barfuß und nur in einem leichten Pyjama, denn in der Eile und durch das hohe Fieber hatte ich vergessen, den Morgenmantel anzuziehen, den mir meine Mutter vorsorglich neben dem Sofa bereitgelegt hatte. Als ich meinem Vater im Flur über den Weg lief, sah ich schüchtern zu ihm hoch. Ich wusste schon, dass es Probleme geben würde. Ich merkte, wie wütend er war. Er strahlte eine unheilvolle Kraft aus.

Aus einem Impuls heraus versuchte ich, mich an ihn zu

schmiegen und auf die Wange zu küssen. Vielleicht würde er sich beruhigen, so hoffte ich. Aber er schubste mich weg.

»Was machst du hier?«, fragte er schroff.

»Ich muss ganz dringend aufs Klo.« Ich biss mir auf die Lippen und presste die Beine zusammen. Er sah zu mir herunter. Sein Blick war völlig leer. Dann schubste er mich zurück ins Wohnzimmer. Er ging zum Sofa und nahm den Morgenmantel und die Hausschuhe, die daneben lagen.

»Wieso hast du das nicht angezogen?« Er sah mich mit wilden Augen an.

»Ich musste so dringend pinkeln, dass ich es vergessen habe.« Meine Stimme zitterte nun vor Angst.

»Wie oft muss ich dir denn noch sagen, dass du dir was Warmes anziehen sollst, wenn du krank bist!«, zischte er und kam einen Schritt auf mich zu. Ich sah, dass sich seine Fäuste um Morgenmantel und Hausschuhe zusammenballten, bis seine Finger ganz weiß wurden.

»Ich lege mich sofort wieder hin«, flüsterte ich.

»Oh ja, natürlich machst du das. Und ich werde dafür sorgen, dass du nicht so schnell wieder aufstehst.«

Auf einmal hielt er inne. Er starrte auf meine Schlafanzughose. Ich blickte an mir herunter und sah einen Fleck darauf, der langsam immer größer wurde. Der warme Urin lief an meinen Beinen entlang und bildete auf dem Boden eine Lache, in der ich das verzerrte Spiegelbild meines

Vaters erkennen konnte.
Ich sah voll panischer Angst zu ihm hoch.
Sein Blick wanderte suchend durch den Raum, bis er an dem Morgenmantel in seiner Hand haften blieb. Die Hausschuhe fielen zu Boden. Er zog langsam den Gürtel aus den Schlaufen des hellblauen, flauschigen Stoffs. Sein Gesicht verzog sich zu einem irren Grinsen.
»Bitte nicht«, flüsterte ich, der Ohnmacht nahe.
Doch er achtete nicht darauf. Er packte mich an den Haaren und warf mich wie eine Stoffpuppe auf das Sofa.
»Umdrehen!« Das Wohnzimmer erzitterte. »Du kleiner Scheißer! Ich werde dir gleich beibringen, in Zukunft zu spuren! Wie oft habe ich dir gesagt, warm anziehen, wenn du krank bist? Aber nein, auf mich muss der feine Herr nicht hören. Ich verschwende nur meine Zeit mit dir!«
Er griff meinen Arm und riss mich herum. Ich spürte sein Knie in meinem Rücken. Ich dachte, meine Wirbelsäule bricht gleich. Aber ich wagte es nicht, zu schreien. Er fixierte meine Arme auf meinen Schulterblättern und begann, mit groben Bewegungen den Morgenmantelgürtel um sie zu schlingen. Der Gürtel schnitt sich schmerzhaft in meine Handgelenke. Die Haut brannte. Es tat höllisch weh. Ich versuchte verzweifelt, mich freizustrampeln und sank dabei immer tiefer in das weiche Bettzeug.
»Papa!«, wimmerte ich. »Du bringst mich um!«

Auf einmal lag mein Gesicht luftdicht abgeschlossen in einem der Kissen. Ich bekam keine Luft mehr ...
Panik kroch in mir hoch. Mir wurde schummerig. Alles lief ab wie in Zeitlupe. Mein Körper fing an, unkontrolliert zu zucken. Ich fühlte, wie der Druck auf meinen Wirbeln nachließ. In Agonie bäumte ich mich auf und schnappte verzweifelt nach Luft. Die Zeit beschleunigte wieder. Alles drehte sich.
Doch noch bevor ich einen klaren Gedanken fassen konnte, schlug er mir plötzlich mit voller Wucht auf den Hinterkopf. Während der Schlag seiner gewaltigen Faust in meinem Hirn nachhallte, wetterte er los:
»Was hast du gesagt? Umbringen will ich dich? Du undankbarer Bastard!« Er packte mich wieder. Er griff mit beiden Händen meinen Kopf und drückte ihn, diesmal vorsätzlich, mit all seiner Kraft in die Kissen.
Obwohl ich noch klein war und nicht viel von der Welt verstand, wurde mir klar, dass meine Zeit gekommen war. Ich hörte auf, Widerstand zu leisten. Ich ergab mich in mein Schicksal und hoffte, dass das alles bald vorbei sein würde. Die Luft in meiner Lunge wurde immer heißer. Diesmal brannte mein ganzer Körper. In den Händen und Füßen kribbelte es. In meinem Kopf hörte ich ganz leise, wie aus der Ferne, die Stimme meiner Mutter, die mein Lieblingsschlaflied sang.

Dann wurde alles schwarz.
Erst Jahre später wurde mir richtig klar, wie stark der Überlebenswille eines Menschen ist. Man kann ihn nicht bewusst kontrollieren. Es ist ein mächtiger Instinkt, stärker als jede willentliche Anstrengung. Ich hatte aufgegeben. Ich wollte, dass alles vorbei ist. Ich war so nah dran. Und dennoch ...
Mit einem lauten Röcheln wachte ich wieder auf. Ich atmete schwer und schluckte gierig die sauerstoffreiche Luft. Langsam beruhigten sich Atmung und Herzschlag.
Von nebenan hörte ich aufgeregte Stimmen, Klatschen und das nervtötende Klingeling einer Quizshow. Ich drehte meinen Kopf soweit es ging und lugte vorsichtig über die Sofalehne. Mein Vater saß in einem Sessel vor dem Fernseher und lachte laut mit den Zuschauern über die schlechten Witze des Moderators. Ich konnte sein Gesicht nicht sehen, aber ich vermutete, dass er stolz auf die Lektion war, die er mir erteilt hatte.
Und ich? Ich lag immer noch auf dem Sofa, die Hände auf dem Rücken zusammengebunden, in der durchnässten, kalten Karikatur des Nestes, so liebevoll von meiner Mutter für mich gebaut ...
An diesem Abend lernte ich zwei Dinge über das Leben: Zum einen wurde mir endgültig klar, dass mein Vater zu allem fähig war. Zum anderen begriff ich, dass man

die Dinge, die man als selbstverständlich ansieht, erst dann wirklich zu schätzen weiß, wenn man anfängt, sie zu verlieren. Wie zum Beispiel die Luft zum Atmen ...
»Nun, wie sich das Hohe Gericht sicherlich denken kann, kam es dann zu einem Strafverfahren«, fuhr mein Vater fort. »Meine Söhne und ihre Mutter gewannen den Prozess. Ich wurde verurteilt. Ich bin in Berufung gegangen, aber diese endete ebenfalls mit einer Niederlage. Dann ...«, mein Vater drehte sich in meine Richtung. Er musterte mich scharf und abfällig. »Dann, als ob sie nicht genug hätten, verklagten sie mich zum zweiten Mal: Es ging darum, dass ich mir angeblich Geld meiner Frau angeeignet haben soll. Und dann kam noch die Scheidung.«
»Ehrlich gesagt erschließt sich mir der Zusammenhang mit den Fehlern Ihres Sohnes nicht, die Sie hier gerade eben so eifrig aufgezählt haben. Sind Schuldspruch und Zwangsräumung nicht die einzig logische Konsequenz, wenn man seine Familie misshandelt? Würden Sie unter einem Dach mit Ihrem Peiniger leben wollen? Und was das Geld angeht ...«
»Wer behauptet denn, dass ich wirklich schuldig war?!«, knurrte mein Vater. »Was, wenn das alles eine gründlich vorbereitete Täuschung war«, hier zeigte mein Vater mit dem Finger auf mich, »gründlich vorbereitet durch *ihn*?«
»Herr Szrympa«, der Richter hieb den Hammer zwei Mal auf

das Pult. »Unterbrechen Sie das Hohe Gericht nicht!!! Wenn Sie nicht sofort zur Besinnung kommen, werden Sie mit einem Bußgeld belegt! Gerichte zweier Instanzen haben Ihre Schuld als erwiesen betrachtet! Versuchen Sie mir etwa einzureden, dass die Richter befangen waren?«

»Das lässt sich nicht gänzlich ausschließen. Vielleicht sind sie auf diese Lüge meiner Familie reingefallen, vielleicht wurden sie sogar bestochen ...«

»Herr Szrympa, es reicht! Ich verhänge ein Ordnungsgeld in Höhe von fünfhundert Papieren. Wenn Sie sich nicht sofort benehmen, wird Ihre Aussage überhaupt nicht berücksichtigt. Abgesehen davon werde ich eine Aktenbeiziehung des damaligen Prozesses als Beweismittel beantragen. Ich muss mir das alles näher ansehen.«

Leider fing die Sache an, eine schlechte Wendung zu nehmen. Mein Vater konnte seine Wut noch nie kontrollieren. Als ich ihn bat, Zeuge der Anklage zu werden, habe ich genau das am meisten befürchtet. Aber er versicherte mir, dass ich mir keine Sorgen zu machen brauche. Dass es ihm eine Freude sein würde, mir diesen Gefallen zu tun. Mit dem Wissen, wie sehr er mich hasst, dachte ich damals, dass er sich alle nur erdenkliche Mühe geben würde, um mich zu diskreditieren. Letzten Endes würde er gewissermaßen einen Sieg davontragen: Er könnte die Rache üben, auf die er so lange gewartet hat. Doch jetzt

geriet die Situation außer Kontrolle. Noch ein Augenblick und ich verliere meinen Kronzeugen. Ich beugte mich zu meinem Verteidiger und flüsterte ihm ein paar Worte zu. Er sah mich schockiert an.
»Sind Sie sicher?« Ich nickte zustimmend und erhob mich langsam.
»Hohes Gericht.« Ich hob schüchtern die Hand, wie ein Schüler, der seine Hausaufgaben nicht gemacht hat. Ich versuchte den Eindruck zu erwecken, ich wäre sehr schwach. »Mir geht es nicht besonders gut. Darf ich das Hohe Gericht bitten, eine kurze Pause anzuordnen? Ich muss raus. Ich fühle mich nicht wohl.«
Der Richter musterte mich aufmerksam. Er hatte sich so sehr in das Gespräch mit dem Zeugen vertieft, dass er längere Zeit nicht einmal einen flüchtigen Blick zu mir herübergeworfen hatte.
Da er schwieg, fühlte ich mich zu einer Erklärung gezwungen. »Ich glaube, ich habe heute früh etwas schwer Verdauliches gegessen.«
»Ich ordne eine Viertelstunde Pause an«, unterbrach der Richter mit trockener Stimme die Stille.
Er wusste gar nicht, welch großen Gefallen er mir damit tat ...

VI

Beim Betreten der Toilette sah ich aus dem Augenwinkel, wie mein Anwalt meinem Vater, der sich langsam aus dem Saal schleppte, heimlich zunickte. Ich hoffte, dass er die Sache nicht verkackt.

Das eiskalte Wasser riss mich aus der Verlegenheit, die mich überkommen hatte, als ich die Qual des Alten sah. Ich stützte meine Ellenbogen auf das Waschbecken und stand eine Weile ruhig da. Ich ließ es zu, dass Wassertropfen langsam über mein Gesicht in Richtung Nasenspitze laufen. Dort sammelten sie sich und bildeten einen einzigen riesigen Tropfen, der mehr und mehr anschwoll, bis er letztendlich der Gravitation nicht mehr widerstehen konnte und in den Abfluss fiel.

Der Wasserhahn war voll aufgedreht. Der pralle Wasserstrahl rauschte und brach sich am Waschbecken. Ein wohliges Gefühl breitete sich in meinem Körper aus. Ich liebte das Geräusch von laufendem Wasser über alles, schon immer. Wahrscheinlich, weil es mich an das Rauschen des Meeres erinnerte und an einen Strand voller trockenen, leichten Sandes. Und an Möwen, die im Wind schwebend in der Ferne über dem Wasser oder einem Fischkutter kreischen.

Als ich noch klein war faszinierte mich das Wasserrauschen

dermaßen, dass ich, wenn meine Mutter Waschen anordnete, in die leere Badewanne stieg, das warme Wasser aufdrehte und den Kopf ganz nah an den Wasserhahn presste, um das Geräusch so gut wie nur möglich zu hören. Und so blieb es mein Leben lang. Wenn sich meine Frau ein Bad einließ, war ich wie zufällig immer in der Nähe. Ich saß auf der geschlossenen Klobrille, las ein Buch und tat so, als ob ich aufpassen würde, dass das Wasser nicht überläuft. Oder ich stand vor dem Spiegel und suchte mein Gesicht nach mutmaßlichen Killerpickeln ab, die meine Physiognomie entstellten.

Ich schämte mich, ihr den wahren Grund zu sagen. Eines Tages fragte sie mich plötzlich, warum ich immer im Bad sein müsse, wenn sie bade. Ich war nicht in der Lage, mir aus dem Stegreif irgendeine überzeugende Lüge auszudenken, also sagte ich ihr die Wahrheit.

Ich hatte einen Rüffel und höhnische Kommentare erwartet. Aber nein. Nichts dergleichen geschah. Als Antwort lachte sie nur warm und gab mir einen sanften Kuss auf die Wange. Sie sagte, sie hätte so etwas noch nie gesehen und dass ich wirklich ein ganz besonderer Mensch sei ...

Als ich die Toilette des Gerichtsgebäudes verließ, blickte ich verstohlen in den Spiegel. Seit Jahren sah ich darin einen gebeugten, lebensmüden, dürren Kerl mit rotem Schopf und Pickeln im Gesicht. Er grinste mich jedes Mal debil an.

Diesmal war es auch nicht anders.
»Shit!«, fluchte ich wütend, weil ich zugelassen hatte, dass mich das blöde Stück Glas mal wieder verführte.
Auf dem Flur trat Kowalski zu mir.
»Wie hat er sich gemacht?« Ich blickte ihn durchdringend an.
»Gut. Ich habe ihm das gesagt, was Sie wollten. Er machte den Eindruck, dass er verstanden hätte.«
»Das will ich doch hoffen«, lächelte ich. »Wenn nicht, dann können wir einen günstigen Urteilsspruch vergessen. Gehen wir, Herr Verteidiger. Nicht dass der Richter auf die Idee kommt, ich hätte es mir anders überlegt und wäre abgehauen.«
Kowalski antwortete nicht. Er zwang sich nur zu einem gequälten Lächeln und folgte mir in den Gerichtssaal.
»Herr Szrympa«, begann der Richter, als das letzte Gemurmel im Saal verstummte. »Vor der Unterbrechung haben Sie versucht, uns zu beweisen, dass Ihr Sohn ein schlechter Mensch ist. Können Sie sich noch genau an Ihre letzten Gedanken erinnern oder wünschen Sie das Verlesen des Protokolls?«
»Nein. Danke, aber ich denke, dass das Verlesen des Protokolls nicht nötig sein wird.« Der Alte war nun viel ernster. Es war klar zu sehen, dass er sich sehr zusammenriss. »Vorhin habe ich versucht zu erklären, warum ich der Meinung bin, dass mein Sohn ein schlechter

Mensch ist und warum er unbedingt die von der Anklage geforderte Strafe verdient.«
Er atmete tief durch und wollte schon weiterreden, aber irgendwie schien es, als zögerte er. Er drehte sich langsam um und versuchte, mir ins Gesicht zu sehen. Ich merkte es und senkte schnell den Kopf.
»Hohes Gericht. Ehrlich gesagt, ich glaube, ich bin doch kein geeigneter Zeuge in dieser Sache ...«
Durch den Saal huschte ein plötzliches, überraschtes Raunen. Es verschwand jedoch so schnell wieder, dass ich nicht einmal seinen Gesichtsausdruck erkennen konnte.
»Ruhe bitte!« Das Pult stöhnte schmerzhaft unter dem Schlag des richterlichen Werkzeugs auf. »Ich bin sehr gespannt, Herr Szrympa, was Sie sich jetzt wieder ausgedacht haben. Ich warne Sie, wenn Sie auch nur ein Wort am Thema vorbei sagen, erteile ich Ihnen eine Rüge wegen vorsätzlicher Beleidigung des Gerichts.«
»Hohes Gericht«, fiel ihm mein alter Herr ins Wort. »Verstehen Sie mich bitte nicht falsch. Ich versuche wirklich, mich diesmal zu beherrschen und ehrlich zu sein. Bitte lassen Sie mich fortfahren.«
»Aber selbstverständlich«, schnauzte der Name des Gesetzes zurück.
»Nun, wie ich schon festgestellt habe, ich weiß nicht, ob ich die richtige Person bin, um über meinen Sohn zu urteilen.

Um ehrlich zu sein, ich war das für ihn nie ...« Die Stimme des Alten zitterte, als er noch einmal versuchte, mich anzusehen. »Um ehrlich zu sein, ich glaube, dass er vielleicht Recht hat. Ich denke nicht, dass ich ihm jemals ein guter Vater war.«

»Oooh«, machten die Zuschauer erstaunt. Ich hob augenblicklich den Kopf. Das war wohl kaum das, was ihm Kowalski sagen sollte.

»Meine Damen und Herren!« Die Stimme des Richters war nun sehr leise, aber hörbar ungeduldig. »Ich fordere Sie auf, ruhig zu sein. Wenn nicht, sehe ich mich gezwungen, die Verhandlung hinter verschlossenen Türen fortzusetzen. Herr Szrympa, bitte fahren Sie fort.«

»Die Sache ist die, Hohes Gericht, dass ich all die Jahre sehr wütend auf meinen Sohn war. Ich konnte ihm nicht verzeihen. Ich gab ihm die Schuld für das, was passiert war. Aber ehrlich gesagt, das war alles nur eine Art Schutzschild, der dazu dienen sollte, den Hass zu lindern, den ich gegen mich selbst hegte. Verstehen Sie, Hohes Gericht? Ich hasste mich so sehr, dass ich durchgedreht wäre, wenn ich nicht eine Schutzhülle um mich erschaffen hätte, indem ich meine Wut auf jemand anders verlagerte. Ich hatte eine schwere Kindheit. Mein Vater hat mich oft geschlagen. Aus dem Haus gejagt. Aber das Schlimmste überhaupt war, dass ich zusehen musste, wie er meinen älteren Bruder misshandelte.

Ich hasste meinen Vater dafür. Einmal habe ich sogar mit meinem Bruder beschlossen, ihn umzubringen. Dafür, wie er uns und unsere Mutter behandelt hatte. Natürlich haben wir es nicht gemacht. Die Zeit verflog und ehe ich mich versah, war ich kein Kind mehr. Ich hatte mich an all das so sehr gewöhnt, dass ich aufgehört hatte, darauf zu achten. Es hörte auf, für mich irgendetwas Schreckliches oder Schockierendes zu sein. Die Menschen um mich herum gingen mit dieser Gewalt so selbstverständlich um ...« Mein Vater schnalzte mit der Zunge. »Könnte ich vielleicht ein Glas Wasser bekommen? Mein Mund ist so trocken.«

Der Richter nickte dem Gerichtsdiener zu, der meinem Vater ein paar Augenblicke später ein Glas Wasser reichte. Ich stieß Kowalski an, während ich neugierig die ganze Situation beobachtete.

»Was haben Sie ihm gesagt?«

»Das, was Sie wollten. Dass er sich zusammenreißen und nur auf das konzentrieren soll, wofür er Ihnen die meiste Schuld gibt.«

»Nur das?«, fragte ich verwundert.

»Ja.« Der Verteidiger nickte und schürzte die Lippen.

Mein Vater fuhr fort:

»Eines Tages wurde mir klar, dass irgendwas mit mir nicht stimmte. Die Leute achteten überhaupt nicht darauf, was ich sagte. Niemand legte Wert auf meine Meinung. Wenn ich klar und deutlich sagte, was ich mir wünsche, lächelten mich die Leute an und machten weiter wie bisher, so, als ob ich ihnen sch...egal, Entschuldigung, so als ob ich ein Niemand wäre. Ich hatte den Eindruck, dass ich zu Schreien und Gewalt greifen müsste, um die anderen dazu zu bringen, meine Meinung zu achten.

Ich versuchte, irgendwas aus dieser Situation zu machen, aber ich wusste nicht was und wie. Um mich herum waren alle gewalttätig. Also machte ich mir nach einer Weile keinen Kopf mehr darüber. Ich dachte, dass das mit dem Alter vergeht. Dass mich die Leute, wenn ich erwachsen und klüger würde, ernst nehmen. Dass ich schon irgendwie klarkomme. Schließlich war ich ja nicht dumm ...« Mein alter Herr nickte langsam, so, als ob er sich mit Wehmut an gute, alte Zeiten erinnern würde. »Wenn ich an Familie dachte, träumte ich immer davon, was für ein guter Vater ich einmal sein würde. Ich malte mir aus, wie ich mit meinen Kindern spielen würde. Dass ich Verständnis für sie haben würde. Nicht so wie mein Vater mir gegenüber. Leider hat es sich ganz anders ergeben.« Er lächelte traurig. »Ich kann mich bis heute an den Tag erinnern, an dem Sławej das Licht der Welt erblickte. Ich kann das Gefühl von Glück und Stolz nicht beschreiben, das ich damals empfand. Ich sah ihn an und wünschte mir, dass er ganz anders wird als ich. Dass ihm alles gelingt. Dass aus ihm ein intelligenter, gesunder und glücklicher Mensch wird. Dass er nur Erfolg im Leben hat. Am besten, wenn er gut in Sport wäre. Ich habe lange Zeit Sport getrieben, aber meine Gesundheit machte nicht mit und aus einer Sportlerkarriere wurde nichts. Leider ist mir viel zu spät – erst vor kurzem – klar geworden, dass ich mir für ihn das wünschte, was ich selbst nicht erreicht habe. Er sollte mit all dem Erfolg haben, woran ich gescheitert bin ... Ich hegte die Hoffnung, dass sich mein Leben ändern würde. Einen Sinn bekommt. Ich hatte den Eindruck, dass mir nun endlich etwas Gutes widerfahren ist. Etwas, um das es sich lohnt zu kämpfen. Etwas, für das es sich lohnt, Opfer zu bringen. Doch der Stolz auf meinen Sohn ließ schnell nach. In der Arbeit lief es nicht besonders gut für mich. Ich bekleidete eine Führungsposition. Es gab nicht viel Arbeit, aber manchmal kam es vor, dass man schnell etwas organisieren musste. Wenn ich versuchte, meine Untergebenen zum Handeln zu bewegen, wimmelten sie mich immer nur ab. Sie reagierten überhaupt nicht auf meine Bitten oder Drohungen. Ganz im Gegenteil, sie lachten mich aus. Und am Ende war ich derjenige, der von oben die Rügen dafür erhielt, dass die Arbeit nicht erledigt war. Meine Frustration wuchs immer mehr. Ich war verbittert und wütend. Ich fühlte mich ohnmächtig. Ich hatte keine Autorität. Überhaupt keine. Wenn ich nach Hause kam und meiner Frau davon erzählte, hatte ich den Eindruck, dass sie mir nicht zuhört. Sie wurde immer kühler, distanzierter. Sie konzentrierte sich voll und ganz auf das Kind. Langsam aber sicher wurde es für mich unerträglich. Es schmerzte mich, dass meine eigene Frau keinen Respekt vor mir hatte. Auf einmal erschienen mir die Methoden meines Vaters als die einzig richtigen.

Hohes Gericht, das ist die Wahrheit. Ich war meiner Familie gegenüber gewalttätig. Wenn ich nach der Arbeit nach Hause kam, suchte ich nach einem Vorwand, um Streit anzufangen. Irgendeine Kleinigkeit genügte. Wenn meine Frau aufmuckte, schlug ich sie. Das gab mir das Gefühl von Stärke und Autorität.

Es nervte mich, wenn mein Sohn während dieser Streitereien weinte. Wenn ich ihn anschrie, dass er still sein sollte, dann weinte er noch mehr. Also schlug ich auch ihn, um ihn zum Gehorsam zu zwingen. Nach einiger Zeit war ich, wenn ich von der Arbeit kam, der Herr im Hause. Alles tanzte nach meiner Pfeife. Dann gebar mir meine Frau ein zweites Söhnchen. Ich hätte nie gedacht, dass ich so stolz auf ihn sein würde. Ehrlich gesagt, ich träumte von einem Töchterchen.

Aber der Kleine war wunderschön und von Anfang an so fröhlich. Nicht so wie Sławej. Der machte immer einen überheblichen und beleidigten Eindruck. Wenn ich nach Hause kam, flüchtete er in die Ecke. Er war ein typisches

Muttersöhnchen. Er flennte immer nur rum.

Als er anfing, zur Schule zu gehen, beschloss ich, einen echten Mann aus ihm zu machen. Zuerst machte ich mich daran, ihm unabhängiges, logisches Denken beizubringen. Ich ließ ihn jede Menge Bücher lesen, brachte ihm Schach bei. Ich achtete darauf, dass er gut in naturwissenschaftlichen Fächern wird. Mathematik. Physik. Das sind Fachgebiete für Männer, und nicht Polnisch oder Erdkunde.

Als er zum Jugendlichen heranwuchs, wies ich ihn an, viel Sport zu treiben, damit er abhärtet. Meine Bemühungen trugen die ersten Früchte, als er auf das Liceum[1] kam. Nicht nur, dass er einen messerscharfen Verstand an den Tag legte, er erwarb neues Wissen auch noch mit Leichtigkeit!

In der Zwischenzeit wurde er stark und schnell. Und überdies war er mir immer gehorsam.

Im Laufe der Jahre wuchs mein Stolz auf ihn immer mehr. Zwar stellte sich heraus, dass er nicht ganz so naturwissenschaftlich veranlagt war, wie ich es mir gewünscht hätte, dafür bewies er eine unglaubliche Begabung für Fremdsprachen. Als er in der Hauptstadt sein Studium der Sprachwissenschaften abschloss, das ich ihm über lange Jahre aus meiner eigenen Tasche finanziert hatte,

---

[1] Liceum – Schulform in Polen, vor der polnischen Schulreform 1999 (also zu Schulzeiten des Protagonisten) vergleichbar mit der Oberstufe des deutschen Gymnasiums. Nach acht Jahren Grundschule folgten vier Jahre Liceum. – Anm. d. Übers.

wusste ich, dass er schon damals mehr erreicht hatte als ich in meinem ganzen Leben.
Und genau in diesem Moment, als ich den Eindruck hatte, einen Partner gewonnen zu haben, der mich bis an mein Lebensende achten und lieben würde, dafür, wie ich ihn erzogen hatte, passierte etwas, das meine schlimmsten Albträume übertraf. Sławej stellte sich auf die Seite seiner Mutter. Er hatte sich von ihr aufhetzen lassen und unterstützte sie, als sie ein Gerichtsverfahren gegen mich einleiten ließ. Sławej erschien bei diesem Prozess sogar als Zeuge und diskreditierte mich mit seiner Aussage. Er sagte, ich hätte ihn misshandelt und wäre grausam zu ihm gewesen. Er hatte aber nicht die Tatsache in Betracht gezogen, dass ich das alles nur für ihn getan hatte. Um ihn zu einem intelligenten und ehrenwerten Menschen zu erziehen. Er zeigte keinerlei Dankbarkeit für das Wissen, das ich ihm mit größter Mühe eingetrichtert hatte.
Ich verlor den Prozess. Ich wurde zu Haft auf Bewährung verurteilt. Als ich das hörte, erstarrte ich. In meiner Seele platzte etwas. In einem Augenblick lief mein ganzes Leben wie ein Film vor meinen Augen ab und ich erkannte, dass mein Sohn Recht hatte.
Das, woran ich blindlings geglaubt hatte, war ein Hirngespinst! Ich war nicht derjenige, der aus ihm den gemacht hatte, der er wurde. Nein. Ich hatte ihm immer nur

im Weg gestanden. Ich wollte ihn mir zurechtdressieren, damit er mir jederzeit zu Diensten war. Als ich ihn zu einem unabhängig denkendem Mensch erziehen wollte, hatte ich nicht daran gedacht, wie schnell mein Sohn verstehen würde, dass ich ein schlechter Vater war und dass es so nicht sein sollte. Dass mein Verhalten aggressiv und despotisch war.
Als mir das alles klar wurde, überkam mich plötzlich das Gefühl von enormem Stolz, dass mein Sohn so intelligent ist und Gut und Böse unterscheiden kann. Ich konnte es nicht.«
Mein Vater schluchzte. »Aber mich überkam auch panische Angst. Ich fürchtete mich sehr vor dem Gefängnis. Mir war klar, dass ich eine Strafe verdient hatte, aber musste sie so hart sein? Mir hatte im Leben nie jemand eine Chance gegeben, meine Fehler wieder gutzumachen. Niemand hatte mir seine Hand gereicht und gesagt: Komm, ich helfe dir, wieder auf die Beine zu kommen. Keiner interessierte sich für meine Probleme. Doch als es um das Strafmaß ging, wollten alle auf einmal unheimlich gerecht sein und mich gehörig für meine Schuld bestrafen. Sogar mein Sohn, den ich doch tief in meiner Seele so sehr liebte ...
An diesem Tag, gleich nach der Urteilsverkündung, unternahm ich einen Versuch, mit ihm zu reden. Das Scheidungsverfahren und das Zwangsräumungsverfahren hatten noch nicht begonnen, rechtlich gesehen durfte ich also noch mit meiner Familie zusammenwohnen. Sławej war

schon wieder auf dem Sprung zu sich nach Hause. In der Wohnung war sonst niemand. Ich ging in sein Zimmer und fragte ihn, ob ich mit ihm reden könnte. Er blickte mich unwillig an und fragte dann, was ich noch von ihm wolle. Sein Gesicht war streng. Versteinert.

Ich fürchtete, ihn für immer zu verlieren. Mein Herz krampfte sich vor Reue zusammen. Ich versuchte, die richtigen Worte zu finden, um ihm das alles zu erzählen, doch stattdessen kam nur unverständliches Gestammel über meine Lippen. Ich brach plötzlich in Tränen aus. Ich kann mich nur erinnern, dass ich durch die Tränen flüsterte: „Sławej! Das tut mir alles so leid! Verzeih mir. Ich bitte dich, verzeih mir all das, was ich dir angetan habe! Ich wollte das wirklich nicht. Nicht so! Mein Sohn, ich habe dich immer geliebt, ich liebe dich jetzt und werde dich auch immer lieben! Ich flehe dich an, gib mir noch eine Chance! Eine letzte. Wende dich nicht von mir ab!"

Mein Sohn blickte mich ruhig an. Als ich sein kurzes, emotionsloses „Nein" hörte, dachte ich, dass es mir das Herz zerreißt. Er aber drehte sich weg. Ich stand da. Ich stand da und wusste nicht, was ich tun sollte. In einem Augenblick brach für mich die Welt zusammen. Ich warf Sławej einen letzten Blick zu, in der Hoffnung, dass er sich vielleicht doch noch einmal umdrehen würde. Aber er tat es nicht. Schluchzend lief ich aus dem Haus. Das war das letzte

Mal, dass ich ihn gesehen habe.
Die Berufung brachte nichts. Das Urteil wurde rechtskräftig. In der Zwischenzeit ließ meine Frau weitere Prozesse gegen mich eröffnen. Ich verlor sie alle.
Auf mich wartete nichts außer Einsamkeit und Altwerden. Die ganzen folgenden Jahre hatte ich nur einen Traum: Ich wünschte mir, irgendwie, durch irgendein Wunder, die Zeit zurückdrehen zu können. Bis zu dem Tag, als ich noch ein Mensch war. Damit ich mein Leben noch einmal von vorne beginnen könnte ...« Der Alte brach ab, stützte sich schwerfällig auf das Geländer und seufzte. Nach einer Weile des Schweigens blickte er zum Richter. »Das war alles, was ich zu sagen hatte, Hohes Gericht. Darf ich jetzt gehen?«
Der Richter blickte ihn lange an, so, als ob er noch seine Erzählung verdauen würde, und fragte dann leise:
»Hat der Herr Staatsanwalt noch irgendwelche Fragen an den Zeugen?«
Der Staatsanwalt schüttelte den Kopf.
»Herr Verteidiger, was ist mit Ihnen?« Er blickte Kowalski an.
»Nein«, antwortete Kowalski knapp.
»Dann sind Sie aus dem Zeugenstand entlassen, Herr Szrympa«, sagte der Richter und wandte sich an die anderen. »Ich setze den Termin des nächsten Verhandlungstages auf den folgenden Donnerstag um neun Uhr an.«

Doch im Saal rührte sich niemand. Alle blickten schweigend auf meinen Vater, der sich langsam umdrehte und mit gesenktem Kopf in Richtung Ausgang humpelte. Er stützte sich dabei auf einen altersschwachen Gehstock.

VII

Ein entsetzlich helles Weiß stach in meine Augen. Ich kniff sie zusammen, um das Licht, das meine Pupillen angriff, abzuschwächen. Alles drehte sich.

„Bin ich schon auf der anderen Seite?“ Der kurze Gedankenblitz elektrisierte meine benebelten Neuronen.

Plötzlich beugte sich jemand in einem weißen Kittel über mich. Er zerrte an meinem linken Augenlid, zog es hoch und leuchtete mir mit einer Taschenlampe ins Auge. Es schauderte mich. Die maskierte Gestalt drehte sich um und ging. Ganz sicher, ich war noch „auf dieser Seite“. Aber wo, zum Teufel?

»Was ist los?!«, fluchte ich und blinzelte ein paar Mal, um meine Augen an die Helligkeit zu gewöhnen. Sie juckten ganz schrecklich. Ich wollte mich kratzen, merkte aber, dass ich meine Hand nicht bewegen konnte. Ich hob meinen Kopf leicht. Meine Arme und Beine waren mit Gurten am Bett fixiert. Im linken Unterarm steckte eine riesige Nadel, an der ein durchsichtiger Schlauch befestigt war. Durch diesen sickerte eine bläuliche Flüssigkeit. Mein Blick folgte dem Schlauch bis zu einer Liter-Flasche, die an einem Ständer hing. Ein Tropf.

Instinktiv versuchte ich, mich loszureißen. Ich hatte schon wieder vergessen, dass das unmöglich war. Der Anblick eines Tropfes hat in mir schon immer Ekel ausgelöst. Vermutlich eine Art Reflex. Mir wurde sofort schlecht. Ich holte tief Luft, um die Magenkrämpfe unter Kontrolle zu bringen, aber es war schon zu spät. Ich merkte, wie die Galle die Speiseröhre hinaufkroch. Nicht einmal ihre Peristaltik war in der Lage, sie aufzuhalten. Ich drehte den Kopf zur Seite, um mich wenigstens nicht direkt auf mich selbst zu übergeben und mein Mund öffnete sich. Zu meinem großen Erstaunen landete mein Mageninhalt nicht auf dem Kissen, sondern in einem kleinen Blechgefäß, das mir jemand in letzter Sekunde geschickt hingehalten hatte. Mein Erstaunen wurde noch größer, als ich merkte, dass das kein Fremder war. Kein Arzt, keine Krankenschwester. Ich kannte die Hände, die die Schale hielten, sehr gut. Ich blickte langsam zu ihr. Es war meine Frau. Sie stand am Kopfende des Bettes, blass und müde. Sie lächelte sanft. In ihren tiefen, dunkelbraunen Augen bemerkte ich Sorge, Erleichterung und Freude. Aber dort war noch etwas anderes. Etwas, dessen Anblick mich erstaunte, denn er war selten. In ihren Augen war deutlich Angst zu erkennen.

»Was hast du nur getan?«, flüsterte sie und wischte mir den Mund mit einem feuchten Tuch ab. »Weißt du, was du gemacht hast? Ist dir das klar? Warum? Kannst du mir sagen, warum?«

Sie legte das Tuch weg und schmiegte ihr müdes Gesicht an

meine Hand. Ich merkte sofort, dass die Hand nass wurde. Sie weinte.
»Wir haben uns so große Sorgen um dich gemacht. Was ist bloß in dich gefahren, dass du solche Sachen machst? Konntest du nicht einfach sagen, dass dich etwas plagt? Dass irgendwas nicht stimmt? Du kennst doch unsere Vereinbarung. Wir wollten jedes Problem miteinander teilen. Über Sorgen, die uns quälen, reden. Jederzeit. Erinnerst du dich noch daran? Was ist denn mit dir passiert? Ich dachte immer, es geht uns gut. Ich habe nichts bemerkt. Warum ...?«
»Frau Szrympa, setzen Sie sich bitte.« Eine Krankenschwester, die schon eine ganze Weile aus einer anderen Zimmerecke gelauscht hatte, stellte einen Stuhl ans Bett. »Frau Szrympa. Immer mit der Ruhe. Lassen sie Ihren Mann doch erst ein wenig ausruhen. Sie werden sicher noch viel Zeit für Gespräche haben.« Sie zwang sich zu einem Lächeln und half meiner Frau, sich hinzusetzen. Diese nickte benommen und wischte ihr Gesicht mit dem Ärmel ab.
Sie tat mir leid. Ich hätte gewünscht, sie nicht in diesem Zustand sehen zu müssen. Ich hatte gedacht, dass ich weglaufen könnte, indem ich sterbe.
In meiner Selbstsucht hatte ich gar nicht an die anderen gedacht. Und auch nicht an den Schmerz, den ich ihnen damit zufüge. Ich hatte mich wie ein Deserteur verhalten.
Obwohl ich noch etwas benommen und schwach war, fühlte

ich mich schuldig. Aber nicht nur das. Langsam überkam mich Wut. Wut und Hass auf mich selbst. Dafür, dass ich ein Versager war, der immer irgendwas vermasseln musste. Ich war nicht einmal in der Lage, mich selbständig ins Nirwana zu befördern.
Welch Ironie! Ein höhnisches Lachen zerriss mein Inneres. Wut und Hass. Gefühle, vor denen ich so sehr weglaufen wollte, dass ich bereit war, mich von dieser Welt zu verabschieden – sie waren das erste, das ich nach dem Aufwachen empfand!
Ich fing an, im Bett herumzustrampeln und versuchte, mich aus der Umklammerung der Gurte zu befreien.
»Beruhigen Sie sich!«, empörte sich die Krankenschwester. »Das wird Ihnen nicht helfen! Wir werden Sie in diesem Zustand sowieso nicht losbinden. Wenn Sie nicht damit aufhören, sehe ich mich gezwungen, Ihnen eine Beruhigungsspritze zu geben.«
Nach diesem überzeugenden Argument gab ich Ruhe. Es hatte keinen Sinn. Besser, wenn ich endlich mal mit meiner Frau reden würde.
»Bist du schon lange hier?«, begann ich.
»Von Anfang an.« Sie blickte mich an, und über ihr Gesicht huschte wieder ein Hauch von Freude darüber, dass ich sie endlich angesprochen hatte. »Nur ein paar Mal musste ich kurz raus, aber dann war deine Mama bei dir.«

»Meine Mutter? Du hast meine Mutter angerufen und ihr das erzählt?« Ich blickte ihr vorwurfsvoll in die Augen. »Du weißt doch, wie sehr sie sich über jede Kleinigkeit aufregt. Du hättest es ihr gegenüber nicht mit einem einzigen Wort erwähnen dürfen.« Fassungslos schüttelte ich den Kopf. Wie konnte meine Frau nur so dumm sein? Was hatte sie nur angerichtet? Ich kochte vor Wut.

»Wem hast du noch davon erzä...«, fing ich an, doch sie unterbrach mich mitten im Satz.

»Hörst du dich eigentlich selbst reden? Ist dir überhaupt klar, was du da sagst? Vielleicht sollte ich wirklich nach Hause gehen, bis morgen durchschlafen und dir etwas Zeit zum Nachdenken geben?«, brach es aus ihr heraus. »Deine Mutter regt sich über Kleinigkeiten auf? Versuchst du mir etwa weiszumachen, dass ein Selbstmordversuch eine Kleinigkeit ist? Hätten wir alle vielleicht so tun sollen, als ob nichts gewesen wäre? Du hast lange Stunden zwischen Leben und Tod geschwebt und versuchst mir jetzt einzureden, dass das eine Kleinigkeit ist? Ganz abgesehen davon – wenn du dir so große Sorgen um deine Mutter machst, hättest du vielleicht vorher mal an sie denken sollen, bevor du dich entschlossen hast, irgendwelchen Mist anzustellen – was sagst du dazu? Ich habe sie alle angerufen. Wir hatten große Angst um dich. Deine Familie, deine Freunde. Wir wussten nicht, warum du das getan hast. Als wir nächtelang im

Krankenhaus warteten, haben wir uns diese Frage ein Dutzend Mal gestellt. Ein Dutzend Mal haben wir uns gefragt, warum du einfach so mitten in der Nacht aus dem Haus gegangen bist, um dich umzubringen. Ohne jedwede Erklärung. Ist dir eigentlich klar, was du getan hast? Du hast dich verhalten, als ob ich ... als ob wir deine Feinde wären. Du hast so getan, als ob du uns überhaupt nicht brauchen würdest. Waren wir denn so schlecht zu dir? Was haben wir dir denn Böses getan, dass wir dir so egal waren? Du hast dich verhalten wie ein Feigling! Nur ein Feigling ...«

»Red' nicht in diesem Ton mit mir!«, fiel ich ihr ins Wort, obwohl ich wusste, dass sie Recht hatte. Die Wahrheit schmerzte mich so sehr, dass ich sie nicht ertragen konnte. Zumindest noch nicht. Auch ich war aufgewühlt. Ich atmete tief durch.

»Schatz, reg dich nicht auf. Ich verstehe ja, dass du dir Sorgen gemacht hast. Dass du in den letzten Tagen unglaublich angespannt warst. Mir ist auch klar, dass du dich darüber freust, wieder mit mir sprechen zu können und dass du mir deutlich machen willst, wie sehr dich das, was ich gemacht habe, erschüttert hat. Aber bitte, schrei mich dabei nicht an wie ein kleines Kind.« Ich lächelte versöhnlich und bedeutete ihr mit der Hand, sich auf das Bett zu setzen.

»Du hast Recht«, antwortete sie nach einer Weile. Sie kam auf mich zu und umfasste meine Hand. »Immer mit der Ruhe. Wir haben es nicht eilig. Du kannst jetzt sowieso nicht vor mir davonlaufen«, witzelte sie und blickte zu den Gurten, die mich ans Bett fesselten.

»Ist außer dir gerade noch jemand im Krankenhaus?«

Meine Frau nickte.

»Wer?«

»Deine Mutter. Dein Bruder.«

»Hat man ihnen schon gesagt, dass ich aus dem Koma erwacht bin?«

»Ich habe keine Ahnung. Nur ich durfte hier bleiben, bis du wieder aufwachst. Die anderen sollten draußen warten. Ich weiß nicht, ob der Arzt sie schon benachrichtigt hat. Willst du, dass ich sie hole?« Sie sah mich an und legte dabei den Kopf wie ein Papagei fragend zur Seite.

»Nein, jetzt noch nicht. Gib mir noch fünf Minuten. Wir müssen noch über etwas reden.« Ich musterte sie aufmerksam. Im Zimmer wurde es still, nur das Piepen des EKG-Gerätes war zu hören. Meine Frau wartete angespannt auf das, was ich ihr zu sagen hatte.

»Hör mal. Es tut mir sehr leid. Tut mir leid wegen des Schmerzes und der Angst, die du wegen mir durchlebt hast. Das ist wirklich das Allerletzte, was ich gewollt habe. Ich ... siehst du, ich ...« Meine Stimme versagte. »Mir war überhaupt nicht bewusst, dass ich euch ... dass ich dich verletzen könnte. Ich habe mich wie ein Egoist verhalten ... Ich wollte nur endlich meine Ruhe haben. Mich nicht mehr mit dem ganzen Kram herumschlagen müssen. Ich ... ich glaube, ich habe wirklich immer unterschätzt, wie vielen Menschen ich wichtig bin ... Das war nicht fair.« Ich blickte sie erschöpft an.

Statt einer Antwort neigte sich meine Frau zu mir und gab mir einen Kuss auf die Stirn.

»Ich bin froh, dass du wieder unter uns weilst.«

»Ich auch«, log ich. Ich sagte es nur, weil ich mich schuldig fühlte. In Wirklichkeit wünschte ich mir nichts sehnlicher, als dass das alles nur ein Traum ist. Ein Traum, den ich auf dem Weg in die andere Welt träume. Scham, Schuldgefühle und Reue quälten mich. Und Wut. Aber um hier so schnell wie möglich rauszukommen, müsste ich mich ein wenig anstrengen.

»Wir werden noch viel Zeit haben, um in Ruhe darüber zu reden.«

»Ja. Ganz sicher haben wir noch viel Zeit, wenn das alles vorbei ist.« In ihren Augen sah ich wieder Schmerz aufleuchten.

»Was meinst du?«

»Hast du vergessen?« Diesmal bohrte sich ihr fragender Blick in meine Augen. Nach einer Weile schüttelte sie langsam und verwundert den Kopf. »Du hast wirklich noch nicht so weit gedacht, oder? Du weißt doch, seit wir die neue Regierung haben, zählt ein Selbstmordversuch zu den Kapitalverbrechen. Die haben doch extra ein eigenes Gesetz dazu erlassen. Weißt du nicht mehr? Und du bist der erste, der dagegen verstoßen hat. Du bist ein Präzedenzfall ... Die Medien haben da sofort eine Wahnsinnsstory draus gemacht. Sie reden auf jedem Sender über dich. Dein Bild ist auf jeder Titelseite. Das, was du getan hast, hat eine hitzige Debatte in der Öffentlichkeit entfacht. Vor dem Krankenhaus steht eine aufgebrachte Menge. Die Polizei hat zwei Wachen abgestellt, um deine Sicherheit bis zum Prozess zu gewährleisten.« Sie deutete mit dem Kopf in Richtung Tür. »Sie stehen da draußen Tag und Nacht. Deshalb haben sie dich am Bett fixiert. Damit du ihnen nicht doch noch entkommst ... Sie wollen ein Riesenspektakel daraus machen. Der Oberste Machthaber hat die Höchststrafe für dich gefordert.«

VIII

Die Welt meiner Kindheit war nicht immer nur traurig und grau. Ich kann mich dunkel an Momente der Freude erinnern, die ich damals, in längst vergangenen Tagen, erlebt hatte. Es war die Freude über die kleinen Dinge des Lebens: der Duft von Äpfeln und Zuckerwatte, eine Holzente von der Kirchweih, die man an einer Stange führen konnte und die dann mit den Flügeln schlug. Das quietschende Geräusch von gefrorenem Schnee, wenn ich meine Füße draufstellte. Aber am tiefsten haben sich in mein Gedächtnis die Sommerabende eingegraben, die ich im Gespräch mit meinen Großeltern verbrachte.

Schon als Kind fühlte ich mich in Gesellschaft Erwachsener am wohlsten. Gleichaltrige verstanden mich oft nicht. Sie lachten über mich und über meine Ideen, Träume und Sehnsüchte. Ältere Menschen, die ihr Päckchen schon eine Weile getragen hatten, behandelten mich hingegen mit Aufmerksamkeit und Sympathie.

Jeder herannahende Mai war ein Vorbote der Ferien. Ich freute mich, dass ich bald von der Schule, und vor allem von meinem Vater verschnaufen konnte. Und das den ganzen Sommer lang.

Die Eltern meiner Mutter wohnten weit weg. Um zu ihnen zu gelangen, musste man über so manche Brücke fahren und zum Schluss noch einen großen Fluss überqueren, den wir über alles liebten, weil er das Ende der Reise ankündigte.

Die Vorbereitungen dauerten lange. Nicht, dass wir Probleme mit dem Packen gehabt hätten, als Kind lebte ich in ärmlichen Verhältnissen. Unser ganzes Hab und Gut passte in zwei Koffer. Nein, wir planten ganz einfach aufgeregt unsere Reise. Wir falteten die Landkarte auseinander, um zusammen mit Mama den Weg festzulegen. Es kam vor, dass wir sie tags darauf noch einmal darum baten und taten dabei so, als ob wir vergessen hätten, wie wir ans Ziel kommen.

In Wirklichkeit wünschten wir uns, dass sie uns noch mal auf diese imaginäre Reise mitnimmt. Sie war geduldig. Ich denke, sie empfand genauso wie wir. Sie erzählte lustige Geschichten über wunderliche Orte, Menschen und Ereignisse, denen wir begegnen könnten. Manchmal auch Geschichten, die uns das Blut in den Adern gefrieren ließen. Wir hörten ihr begierig zu. Manchmal auch mit Gänsehaut.

Wenn im Fernsehen mal ein Zug gezeigt wurde, setzten wir uns vor die Kiste und starrten gebannt auf den Bildschirm. Wir taten so, als ob wir uns in einem der Waggons sehen würden. Das war aber noch lange nicht das Ende unserer Faszination. Zwei Tage vor der Abreise gingen wir zum Bahnhof, um den Fahrplan zu überprüfen und bei dieser Gelegenheit auch gleich die Züge anzugucken, die auf

den Gleisen warteten und zu uns gänzlich unbekannten Orten aufbrachen. Nachdem wir die richtigen Verbindungen herausgesucht hatten, kauften wir die Fahrkarten. Nun gab es kein Zurück mehr, die Welt stand uns offen!
Unser Vater begleitete uns immer am Tag der Abreise zum Bahnhof. Er war dann sanftmütig und liebevoll. Man verspürte fast das Verlangen, ihn zu umarmen, und nicht einmal das Stacheln seines Bartes störte. Ich liebte ihn und vergaß all meinen Kummer. Ich sehnte mich danach, einen richtigen Vater zu haben. Jedes Kind tut das.
Den größten Teil der Reise verbrachte ich am Fenster und zählte Autos, Kühe, Bäume, Haltestellen und Reisende, die mir zulächelten und sagten, dass aus mir einmal ein guter Mathematiker werden würde. Wenn ich das hörte, ließ ich das Zählen sein. Grauenhafte Erinnerungen, Schreie und Drohungen kamen wieder hoch.
Zwischen all den neuen Attraktionen vergingen die ersten Stunden schnell: reisende Hunde, eine ganze Palette an irgendwie besonders aussehenden Menschen mit wunderlichen Gepäckstücken, Kopfbedeckungen und Vorlieben. Jeder von ihnen spann seine eigenen kleinen Lebensgeschichten, die mit einem Nickerchen und Geschnarche endeten. Wenn wir unseren ganzen Proviant aufgegessen hatten, wurde die Reise anstrengend und artete in Anquatschen anderer gelangweilter Kinder und

Herumgerenne im Abteil aus. Während dieser Sommerreisen setzte uns am meisten der Durst zu.
Und dann kamen wir endlich ans Ziel. Vor unseren Augen tauchte ein winziger Bahnhof aus rosa gestrichenen Ziegelsteinen auf. Der Bahnsteig war gekehrt und die Abstandslinie frisch nachgezogen. Blumenrondelle aus Beton quollen über vor kleinen, roten Blümchen. Und hinter dem Bahnhof – die Lindenallee: nur noch ein Kilometer Weg bis ins Glück.
Ich hatte sie so oft zurückgelegt und kann mich nicht erinnern, dass es nur einmal geregnet hätte. Dicht gepflanzte, alte Linden schützten uns vor der Sonne. Der Marsch zog sich in die Länge und das Ziel schien immer weiter entfernt, je näher wir ihm kamen.
Die letzten Minuten waren eine richtige Qual. Endlich erreichten wir den Platz, an dem das Haus unserer Großeltern stand. Und dann konnte uns nichts mehr aufhalten. Wir ließen unsere Bündel fallen, die wir bis dahin tapfer zusammen mit unserer Mutter schleppten, und ohne auf ihre Rufe zu achten, rannten wir in Richtung des heißgeliebten Ortes. Unser hilfloses Mütterlein versuchte, uns zur Ordnung zu rufen, aber sie hatte keine Chance. Mein Bruder und ich lieferten uns einen stillen Wettkampf darum, wer als erster an der Tür der Großeltern klingelte. Der Sieger hatte das Privileg, ihnen als erster um den Hals fallen zu

dürfen. Durch die milchige Glasscheibe der Tür sahen wir einen Schatten herannahen und sofort, nachdem der Schlüssel im Schloss knirschte, drückten wir auf die Klinke und warfen uns in die Arme unseres schmächtigen Großvaters.

Jedes Mal sagte er bei dieser Begrüßung mit gespielter Unzufriedenheit:

»Was seid ihr beiden denn für Kavaliere, lasst eure Mutter alleine mit den Koffern!«

Und dann drückte er uns lächelnd an sich. Wenn wir der Ansicht waren, dass es der Zärtlichkeiten genug ist, rannten wir weiter zu Oma, und er ging nach draußen, um das Gepäck zu holen.

Dann setzten wir uns an den festlich gedeckten Tisch zum Mittagessen. Es gab traditionell klare Brühe, Schweinekotelett mit Kartoffeln und Gurkensalat in Sahne. Das Essen wurde immer wieder durch chaotische Gespräche voller positiver Emotionen unterbrochen. Danach kam die obligatorische Siesta – eine freundliche, sichere Stille, nur durch Vogelgesang und den regelmäßigen Atem unserer Großeltern gestört.

»Was möchten unsere Schlingel am liebsten zum Frühstück?«, hörten wir jeden Morgen die fröhliche Stimme unserer Oma. »Brot mit frischer Himbeermarmelade, Kakao, Malzkaffee? Bitte sehr. Alles nach Wunsch!«

Ich spazierte mit einer solchen Begeisterung und Faszination durch die Gassen des Städtchens, als sähe ich sie bei jedem Besuch zum ersten Mal im Leben. Ich überlege manchmal, ob alle die Rückkehr zu diesem Ort so erlebten wie ich. Für mich war er magisch. Die gute Zeit verging schnell bei unbeschwertem Herumtoben und Spielen mit den Kindern des Städtchens. Die Abende reservierte ich grundsätzlich für Treffen mit den Bekannten meines Großvaters, die meine Oma „Kumpel" nannte. Diese Bezeichnung für gutmütige, alte Herren gefiel mir irgendwie besonders gut.

»Da, sieh mal«, sagte sie. »Auf der Bank sitzen schon deine Kumpels.«

Ich lernte sie alle gut kennen: ihre Kindheit, Geschichten aus dem Krieg, während dem jeder einer ganz anderen Armee angehörte, Ansichten über die aktuelle politische Situation, denn diese war natürlich auf dieser Seite des Eisernen Vorhangs am wichtigsten. Ich war glücklich, dass ich mit so namhaften Persönlichkeiten Umgang pflegen durfte. Jede einzelne war für mich auf eine ganz besondere Art und Weise ein Held. Das allergrößte Vorbild war natürlich mein Opa. Er war ein großartiger Erzähler. Er beschrieb das Aalangeln in der Grenzmark, die Untergrundbewegung im Krieg oder die spätere Flucht vor der Bürgermiliz. Das einzige, worüber er nichts sagen wollte, war seine Gefangenschaft. An Samstagabenden setzte er mich neben

sich vor den Fernseher und wir schauten zusammen Filme, die er kommentierte.
Er war es, der für mich meinen ersten Bogen schnitzte, mich beim Briefmarkenclub anmeldete, mir das Schießen mit dem Luftgewehr auf Streichhölzer und das Addieren in Kolonnen beibrachte. Vor allem die letzte Fähigkeit konnte ich gut gebrauchen. Wenn es regnete und wir nicht nach draußen gehen konnten, lief ich gleich nach dem Frühstück in den Laden, den mein Großvater führte, und stellte mich hinter die Theke. Die Leute wunderten sich, dass sie von einem Kind bedient wurden. Aber ich hatte in diesen Momenten vor nichts Angst. Ich wusste, dass er nebenan ist und mir nichts Schlimmes passieren kann. Dass ich mit ihm an meiner Seite zurechtkomme. Erst nach Jahren wurde mir klar, in welchem Luxus Kinder leben, die von ihren Vätern so behandelt werden, wie ich von meinem Großvater.
Ehe wir uns versahen, färbten sich die Blätter an den Bäumen gelb. Das war das traurige Zeichen, dass wir heimkehren mussten. Die ruhige Zeit, in der meine Psyche wieder ins Gleichgewicht fand, neigte sich dem Ende zu. Wir falteten die Landkarte nicht auseinander. Wir legten den Reiseweg nicht fest. Dort, wohin wir zurückkehrten, gab es keine angenehmen Überraschungen und es erwartete uns nichts Gutes, mich schon gar nicht. Ich ging die Lindenallee entlang, die nun der traurigste aller Wege war, die es

zurückzulegen galt. Ich schleppte meine neue Schultasche mit all den neuen Sachen, die ich für die Schule brauchte, angefangen bei Heften bis hin zu der neuesten Ausgabe eines Weltatlas. Das alles sollte meine Trauer ein wenig versüßen.

Doch eines Winters starb mein Großvater ganz unerwartet. Das war der größte Verlust und Schock in meinem Leben. Plötzlich verschwand er einfach. Eines Tages rannte ich noch, so schnell ich konnte, vom Krankenhaus nach Hause, um frische Brühe zu holen, die er sich wünschte, und am nächsten Morgen verließ er uns für immer.

Unsere Großmutter blieb allein zurück. Verzweifelt. Sich selbst und dem Alter ausgeliefert. Nicht nur, dass sie sich mit der Arbeit abmühen musste, die sie nach dem Tod des Großvaters überforderte, dazu brach über das Land eine ganz neue Realität herein. Die Menschen nannten sie Kapitalismus. Ich wusste nicht, was das bedeutete, aber ich fühlte, dass dies der Grund dafür war, dass die Eltern immer seltener zu Hause waren, und sie wenn sie dann von der Arbeit zurückkamen, müder und unzufriedener waren als früher.

Dank des Kapitalismus hatten wir endlich einen Farbfernseher mit Fernbedienung. Aber es gab keine Zeit mehr für gemeinsame Besuche bei der einsamen Oma.

Wir bekamen einen Telefonanschluss. Aber niemand nutzte

ihn, denn es gab keine Zeit mehr für lange Gespräche.
Kurz vor dem Abschluss des Liceums kam mir die Idee, meine Oma auf eigene Faust zu besuchen. Mit nostalgischen Gefühlen für die vergangenen Jahre setzte ich mich in den Zug und eilte ihr entgegen. Ich traf eine Frau, die nur ein Schatten der lächelnden guten Fee war, die ich kannte. Traurig. Apathisch. Sie verbrachte zahllose, einsame Stunden schweigend in einem Sessel und starrte ins Leere. Sie tat mir so leid. Doch trotz alledem gelang es mir nicht, einen Dialog mit ihr aufzunehmen. Wir waren höflich zueinander, doch einander so fremd. Ich an der Schwelle zum Erwachsensein, sie in Erwartung des Todes. Einsam und verlassen.
Mein Besuch änderte wenig im Leben meiner Großmutter. Die Bemühungen meiner Mutter auch nicht, obwohl sie sie sehr vermisste. Sie musste sich um ihre eigene Familie kümmern, vor allem, weil mein Vater auf ganzer Linie versagte. Er konnte sich in der neuen Situation nicht zurechtfinden. Während andere immer eine Gelegenheit fanden, gute Geschäfte zu machen, wurde er immer verschlossener. Er wusste nicht, was er machen oder in welche Richtung er gehen sollte. Im Endeffekt gab es noch mehr Streit, kein Geld und Angst. Aber auch die Menschen um uns herum änderten sich. Niemand kam mehr vorbei, um sich ein wenig Zucker zu leihen und bei der Gelegenheit eine Stunde zu tratschen. Zeit wurde wertvoll. Ich erinnere

mich, dass es früher wortwörtlich nichts gab, und trotzdem wollte jeder das teilen, was er hatte. Nach den großen Veränderungen konnte man alles haben, aber um es zu bekommen, musste man „tüchtiger“ sein als andere. Die Menschen fingen an, sich gegenseitig mit Argwohn und Missgunst zu begegnen. Aus dem Nachbarn wurde auf einmal ein Konkurrent, aus dem Cousin ein Feind und aus den alten Eltern eine Last, die das Leben nur schwerer machte.
Da der Mensch aber ein intelligentes Wesen ist, kann er sich unglaublich schnell an neue Situationen anpassen. Letztendlich hatten wir keine andere Wahl. Demjenigen, der das Spiel nicht mitmachte, zeigte das Leben sofort die rote Karte und er fand sich schnell außerhalb des Spielfeldes wieder. Ein Zurück gab es nicht.
So blieb auch uns nichts anderes übrig, als uns dem neuen Trend hinzugeben. Wir sagten uns, dass das vorbeigeht. Dass wir, sobald sich die Situation stabilisiert, unser Leben wieder ins Lot bringen. Aber das passierte nicht. Unsere Familie zerbrach. Nach dem Studium heiratete ich und verließ die Heimat. Ich entfernte mich von meinen Wurzeln. Meine Oma landete letztendlich im Pflegeheim. Manche sagten, dass sie dort wieder aufblühte, stundenlang mit ihren neuen Freunden herumsaß und über ihre Enkel und deren Zukunft sinnierte. Aber ich weiß nicht, ob das stimmt.

Ich rief dort an. Eine unfreundliche Stimme im Hörer wimmelte mich ab und sagte, dass meine Großmutter müde sei und nicht mit mir sprechen könne. Nach der vierten Abfuhr wurde ich wütend. Die Pflegekraft erwiderte, dass sie die Polizei benachrichtigen würde, wenn ich nicht aufhörte, sie zu belästigen.

Ich wollte meiner Oma keinen Ärger machen. Ich hatte Angst, dass sie sich an ihr auslassen würden. Also fing ich an, Briefe zu schreiben.

Sie beantwortete sie mit großer Freude. Sie wollte so viel wie nur möglich über mein Leben wissen und beklagte sich nie über ihre eigene Situation.

Doch nach einer Weile ließ auch unsere Korrespondenz nach. Am Schluss beschränkte ich mich auf zwei Briefe im ganzen Jahr: zu Weihnachten und Ostern.

Ich war mir nicht sicher, ob sie überhaupt noch jemand zustellte. Es wurde nun alles über elektronische Post und mit Hilfe von Computern erledigt, die im Laufe der Zeit unser Leben immer mehr beherrschten.

Es wurde klar, dass die neue Technologie, anstatt die Menschen einander näher zu bringen – denn dazu sollte sie eigentlich dienen – sie paradoxerweise immer weiter voneinander entfernte.

Dabei hatte es so unschuldig angefangen: Seiten mit Informationen, die nicht von anderen Massenmedien transportiert wurden, elektronische Post, Kommunikationsprogramme. Diese Hilfsmittel sollten das Leben erleichtern und gleichzeitig die Familien einen. Doch die Menschen hatten anscheinend keine Lust darauf, denn schnell fanden sie ganz neue Herausforderungen: die Suche nach Beschäftigungen, die immer leistungsfähigere und schnellere Geräte erforderte. Im Endeffekt fingen sogar sich nahe stehende Personen an, sich voneinander zu entfernen. An sich lebten sie zusammen, aber es verband sie nichts mehr. Individualismus wurde für alle zur Priorität. Jeder wollte selbständig und bewusst egoistisch einsam sein. Die Zeiten, in denen es ein Glücksfall war, auf ein Mal fünf Staubsauger im Geschäft zu erblicken, gerieten in Vergessenheit. Nun wurden Unzufriedenheit und Gier trotz des Wohlstandes immer größer. Da passt die Farbe nicht zur Raumausstattung, hier ist das Gehäuse aus Plastik, dort ist die Garantie zu kurz ...

Beim Abendessen wurde nicht mehr wie früher über Land und Leute geredet. Es wurden keine Anekdoten über die Opposition mehr erzählt. Dafür wuchs das Interesse an Berichten über den Misserfolg von Kollegen oder dem Schmieden von Karriereplänen durch das Ausnutzen von Fehlern anderer. Wo blieben Empathie und Mitgefühl?

Letzten Endes kam es dazu, dass kaum noch jemand zusammen zu Abend aß oder normal miteinander redete.

Die Leute setzten sich nach der Arbeit vor ihre Computer und gaben sich der virtuellen Realität hin.
Das Netz wuchs und gedieh. Mit der fortschreitenden Entwicklung des Cyberspace kamen neue, immer verwegenere Ideen auf. So, als ob plötzlich jeder überprüfen wollte, wie weit er gehen könnte, ohne die allgemeingültigen, festgelegten Anstandsgrenzen zu verletzen. Die Menschen fühlten sich anonym, was dazu führte, dass sie den Mut aufbrachten zu einem Verhalten, das in der realen Welt undenkbar war. Manche fanden ganz besonderen Gefallen daran. Es gab ihnen den Kick, wenn sie sich als jemand ausgaben, der sie nicht waren oder sie ihre Unvollkommenheiten wegretuschierten, die man bei einem Gespräch von Angesicht zu Angesicht sofort sehen konnte.
Genau diese Eigenschaften des Internets ermöglichten virtuelle Verabredungen und die Entstehung von sozialen Netzwerken auf Entfernung. Die Tatsache, dass man sich auf diese Art und Weise mit einem weltumspannenden Freundeskreis schmücken oder mit jemandem am anderen Ende der Welt reden konnte, ohne das Zimmer zu verlassen, war durchaus ein Vorteil des World Wide Web. Und, was vielleicht am wichtigsten war: Man konnte aus sich einen Superhelden oder einen Menschen kreieren, der man gar nicht war.
Ich hatte überhaupt nichts gegen Neuerungen. Ganz im

Gegenteil, ich nutzte sie und erfreute mich sogar daran. Doch es war mir immer klar, dass Freiheit nicht bedeutet, dass man unbeschränkt das Leben und all seine Annehmlichkeiten auskostet, sondern die Fähigkeit entwickelt, sich selbst Grenzen zu setzen. In meinem Umfeld war ich einer der wenigen, die so dachten. Und der Fortschritt galoppierte weiter, ohne auf meine Meinung zu achten. Die Ideen der Menschen wurden immer ausgeklügelter:

„Morgen biete ich meine Jungfräulichkeit bei einer Internetauktion an. Ich muss ja dieses Jahr irgendwie meinen Urlaub finanzieren. Und wenn sowieso irgendwann dieses erste Mal kommen soll, dann ist es doch viel besser, Kohle damit zu machen als so eine einmalige Gelegenheit an irgendeinen verliebten Vollidioten ohne Geld zu verschwenden."

„Sie sind ein Feigling oder haben keinen Respekt vor Ihnen nahe stehenden Personen? Kein Problem! Gegen eine kleine Aufwandsentschädigung wasche ich Ihre schmutzige Wäsche. Ich rufe bei Ihrer Liebsten an und teile ihr ohne Umschweife mit, dass Sie sie nicht mehr brauchen. Was sagen Sie dazu? Ein wenig zu trocken? Überhaupt kein Problem. Gegen eine Zusatzgebühr klopfe ich an ihre Tür, mit einem Blumenstrauß in der Hand, und sage ihr dasselbe ins Gesicht. Also, wie sieht's aus? Zu teuer? Ich würde Ihnen trotzdem empfehlen, die zweite Option auszuwählen, um sich einigermaßen mit Würde zu verabschieden. Nicht? Gut, dann mache ich es so, wie Sie es wünschen. Geschäft ist für mich Geschäft."

„'Ne schnelle Nummer auf der Toilette des Einkaufszentrums für ein Paillettenoberteil? Klar doch. Es ist ja nur mein Körper. Ich wasche ihn ein bisschen, pudere hier und da ... und dann suche ich mir den nächsten Freier, der mir dann 'ne Jacke kauft. Man muss die Jugend ausnutzen, denn irgendwann ist es für alles zu spät. Wenn es um den Rest geht, Schwamm drüber. Meine Waffe ist meine starke Psyche. Dank ihr werde ich alles erreichen. Ich verleugne jedes menschliche Gefühl. Ich zwinge jeden zu Boden, der mir freundlich gesonnen ist. Gut zu sein ist ein Zeichen von Schwäche."

„Einen Chip einpflanzen, damit man mich immer finden kann? Sehr gern, das ist doch ein wahrer Segen. Ich werde nie wieder verloren gehen. Ich muss meinen Ausweis nicht mehr mit mir herumtragen. Und auch keine Kreditkarte. Es reicht ja dann, im Supermarkt den Arm über den Scanner zu schieben und das Geld für die Einkäufe wird binnen Sekunden von meinem Konto abgebucht. Sensationell. Ich muss mich um nichts mehr kümmern."

„Du suchst Anerkennung unter Gleichaltrigen? Nichts einfacher als das. Komm morgen zur Party bei Jolka vorbei.

Wir spielen das Sonnenblumenspiel. Wir legen uns im Kreis auf den Boden und die Jungs vögeln uns nacheinander durch. Wer als erster abspritzt, scheidet aus. Du wirst sehen, es ist ein Riesenspaß. Wir werden Tränen lachen. Es macht nichts, dass wir für eine Weile Werkzeuge in ihrem Kampf um Macht und Wertschätzung in der Gruppe werden. Hauptsache, man hat 'ne Clique mit coolen Freunden, denn ohne sie wäre unser Leben sinnlos. Also wie sieht's aus, kommst du?"

Ich überlegte, ob Menschen wirklich so unbekümmert und leichtsinnig sind. Vielleicht auch gedankenlos? Am meisten wunderte mich, wie schnell und einfach sich ihre Einstellung geändert hatte. Einst erhoben sich viele Stimmen gegen eine gewisse Art und Weise des Fortschritts und in einem Augenblick stürzten sich ganze Gesellschaften mit bisher noch nie da gewesenem Kritikmangel auf ständig neue Segnungen des Zeitalters.

Dieses Verhalten erinnerte mich an das der Lemminge: Massenhysterie und blinde Folgsamkeit der Menge. Leider haben wohl nicht viele die Warnung verinnerlicht, was die Lemminge am Ende ihrer Wanderung erwartet ...

Ich hatte den Eindruck, nur von Hedonisten umgeben zu sein, die in ihrer Freizeit weder Mut noch Lust hatten, sich mit dem echten Leben herumzuschlagen und deshalb vor ihm flohen. Sie hatten sich in einen Kokon an Entertainment eingesponnen und waren der Meinung, dies sei ihre Welt. Kein Wunder also, dass immer mehr Menschen in ein solches Leben gesogen wurden und sich jeden Tag ein Stückchen mehr von ihrem wahren Ich entfernten. Sie verloren den Kontakt zu ihm und damit auch das Bewusstsein dafür, wer sie eigentlich sind. Am Schluss wurde sogar ich, obwohl ich mir Mühe gab, alles nüchtern zu betrachten, in die modernen Überlebensspielchen hineingezogen.

Beim ersten Mal informierte man mich per SMS, dass ich nicht mehr zur Arbeit zu kommen brauchte. Dass schon ein anderer meinen Platz eingenommen hätte und mir meine persönlichen Sachen auf dem Postwege zugeschickt würden.

Beim zweiten Mal tat es um einiges mehr weh. Das Pflegeheim teilte mir in einer lakonischen E-Mail mit, dass meine Oma verstorben sei. Das war alles. Ohne jedweden Kommentar. Ich konnte nichts Näheres in Erfahrung bringen, denn in der Nachricht war nicht einmal eine Telefonnummer aufgeführt. Als ich nach langer Suche die Kontaktdaten herausfand und dort anrief, stellte sich heraus, dass am anderen Ende der Leitung nicht einmal ein Mensch sitzt. Eine Maschine ging ran, die nach einer Reihe von Befehlen und einem halbstündigem Versuch meinerseits, mit jemandem zu sprechen, der überhaupt irgendwelche Gefühle besaß, schlicht und einfach die Verbindung unterbrach.

Ich setzte mich ins Auto und fuhr los in Richtung Pflegeheim. Ich verlebte die längste und traurigste Nacht meines Lebens, weil ich auch niemanden sonst aus meiner Familie erreichen konnte. Alle Wunderwerke der Technik versagten auf einen Schlag. Ich blieb alleine mit meiner Verzweiflung zurück.

Im Heim angekommen stellte sich heraus, dass die anderen auch schon da waren. Man hatte sie auf die gleiche Art und Weise informiert wie mich.

Das erste Mal seit Jahren hatte ich Gelegenheit, so vielen Familienmitgliedern auf einmal in die Augen zu sehen. Manche erkannte ich zunächst gar nicht, so sehr hatten wir uns verändert. Der Anlass war ein trauriger, also war es kein Wunder, dass keines der Gesichter von einem Lächeln geschmückt wurde.

Allerdings konnte ich mich des Eindrucks nicht erwehren, dass den allermeisten von ihnen die letzten Jahre spürbar zu schaffen gemacht hatten. Natürlich wurden wir alle immer älter und manch einer hatte nicht mehr die Form von damals. Aber das Leben an sich trug in hohem Maße dazu bei: ein ständiger Dauerlauf zwischen Problemen und Stress.

Nur die schlafende Greisin schien zu lächeln. Ihr Gesicht, umrahmt von silbrigem Haar, war ruhig und zuversichtlich. So, als ob sie uns zum Abschied ein Beispiel geben wollte dafür, dass man mit Würde leben und sterben sollte.

Dass eigentlich nur das wichtig ist.
Als wir uns beim Leichenschmaus um den Tisch versammelten, verband uns gegenseitiges Verständnis und das Gefühl der Zusammengehörigkeit. Alle Probleme der irdischen Welt lösten sich auf. Wir saßen im Schatten einer uralten Eiche, erinnerten uns an *ihre* Geschichten und erwiesen unserer Großmutter so die letzte Ehre. Wahrscheinlich fühlte sich jeder ein wenig schuldig, dass er ihr diese Zeit nicht zu geben bereit war, als sie noch lebte. Dass es erst des Todes bedurft hatte, damit wir ihr ein wenig Aufmerksamkeit schenken.
Beim Abschied versprachen wir einander, uns in Zukunft häufiger zu treffen und ganz sicher nicht mehr bis zur nächsten Beerdigung zu warten, um gemeinsam Zeit zu verbringen. Eine Weile blieben wir tatsächlich unserem Vorsatz treu. Aber später kehrte langsam alles „zur Norm“ zurück.
Eines Tages begriff ich, dass der Tod meines Großvaters für mich den Anfang des Erwachsenseins markierte, nach dem ich mich so lange gesehnt hatte. Der Weggang meiner Großmutter war der endgültige Abschied von der tief in mir verwurzelten Kindheit. Es blieben nur verschwommene Erinnerungen an diese gute Zeit. Und eine neue, nicht ganz zu durchschauende Welt, die nach dem Tod meiner Lieben nur noch schwieriger und voller Enttäuschungen war.

Eine Welt, in der sich das Geschehen so schnell drehte und sich die Realität so oft änderte, dass ich nicht mehr hinterherkam. Deshalb weiß ich gar nicht mehr so genau, wann das Dekaloggesetz in Kraft getreten war.
Angeblich sollte es die Antwort der neuesten Regierung auf den drastisch zunehmenden Werteverfall in der Gesellschaft sein.
Es beinhaltete eine Liste von Vergehen, die aufgrund ihrer Merkmale als eine Missachtung eines der zehn Gebote galten. Diese waren aufsteigend nach ihrer Schädlichkeit für die Gesellschaft sortiert und je nach Grad mit Sanktionen belegt. Das Brechen des fünften Gebotes fand sich ganz oben, an der ersten Stelle der Liste wieder, da die Verbrechen aus diesem Bereich als besonders schädlich eingestuft wurden. Die Staatsanwaltschaft konnte für diese die Höchststrafe verlangen. Ehrlich gesagt war ich mir nicht einmal der Tatsache bewusst, dass sich auf der Liste, die dem fünften Gebot unterlag, ein Selbstmordversuch befand. Anfangs war ich dem Gesetz gegenüber sogar ganz positiv eingestellt. Ich machte mir vor, dass es die Menschen dazu bringen würde, über sich und ihr Leben nachzudenken und Verantwortung für ihr Tun zu übernehmen. Die Entwicklung der Lage machte mir jedoch schnell deutlich, dass das eigentliche Ziel der neuen Vorschriften nicht die Gewährleistung der moralischen Ordnung war. Es ging eher

um den mäßig redlichen Versuch, im Zeitalter der Krisen die Staatskasse zu füllen. Denn nur einige Wochen nach dem Inkrafttreten des Gesetzes, als sich die Gemüter beruhigt hatten und wieder andere Themen die Titelseiten der Zeitungen füllten, wurden Berichtigungen aufgelegt, in denen geregelt wurde, dass man gegen eine entsprechende Gebühr spezielle Erlaubnisscheine erhalten könnte, um das gewählte Gebot nicht einhalten zu müssen. Darüber hinaus konnte man die Scheine miteinander kombinieren. Schnell wurde mir klar, dass das alles eine verdammt gute Geldquelle für die Regierung war. Denn wer ist schon in der Lage, von einem Tag auf den anderen seine eingefahrenen Lebensgewohnheiten zu ändern? Und man musste wirklich kein Genie sein, um zu verstehen, dass das Dekaloggesetz praktisch alle Lebensbereiche abdeckte.

Die Machthaber rieben sich die Hände und planten im Stillen neue Budgets, während das gemeine Volk nach Mitteln und Wegen suchte, Abonnements beziehen zu können. So hießen die Erlaubnisscheine im Volksmund.

Natürlich konnte sich das nicht jeder leisten. Deshalb hatte die eingeführte Prohibition unmoralisches Verhalten nur potenziert, anstatt es einzuschränken. Nur, dass sich das alles für viele Menschen nun unter der Oberfläche, im Verborgenen, abspielte.

Wohlhabende hatten selbstverständlich keinen Grund zur

Sorge. Institutionen und große Unternehmen hatten entweder aufgrund ihrer Bedeutung Immunität erhalten oder sich schnell mit allen notwendigen Scheinen eingedeckt. Der Ausstrahlung geschmackloser Fernsehsendungen oder dem Aufblühen pornographischer Seiten im Internet stand also nichts im Wege.

Die Armen hingegen stahlen heimlich, um Geld für den Schein bezüglich des sechsten Gebotes zu haben, arbeiteten schwarz, um das dritte Gebot zu umgehen oder töteten, um das Abo für das Gebot Nummer sieben beziehen zu können. Mir ist nie in den Sinn gekommen, das Gesetz zu brechen. Seit seiner Einführung versuchte ich, meine Bedürfnisse auf das Allernötigste zu beschränken. Ich war der Meinung, dass mir das nur gut täte. Deswegen hatte ich nie ein Abo gekauft. Als ich am Baum lehnte und mit halb geschlossenen Augen in die Stille hineinlauschte, hatte ich nicht einmal für den Bruchteil einer Sekunde daran gedacht, dass sich das rächen könnte. Ich dachte, alles klappt wie am Schnürchen. Es war mitten in der Nacht. Alle schliefen. Wer hätte mich bemerken können? Und doch geschah es. Von einer düsteren Ahnung geweckt und, nachdem sie mich nicht in der Wohnung gefunden hatte, ging meine Frau auf den Balkon und sah mich im Garten liegen.

Als sie, angsterfüllt unter Tränen in den Hörer stammelte, um den Notarzt zu holen, hatte sie sicherlich nicht daran gedacht, dass sie, anstatt mich vor dem Tod zu retten, allen Gefühlen mir gegenüber zum Trotz, meinen endgültigen Untergang besiegeln würde. Aber hätte einer von uns an ihrer Stelle daran gedacht?

IX

»Was denken Sie über die Aussage Ihres Vaters?«, fragte Kowalski, der bis jetzt noch keine Gelegenheit hatte, sich mit mir auszutauschen.

»Was soll ich denn darüber denken?«, antwortete ich irritiert. Die Anhörung des nächsten Zeugen hatte bereits begonnen und er dachte über den gestrigen Tag nach, anstatt sich auf ihn zu konzentrieren. Ich zuckte nur mit den Schultern.

»Nun, ja ... Glauben Sie, dass die Aussage Ihres Vaters Ihren Plänen zuträglich sein wird?«

Was war das für eine Frage? Und dann auch noch in diesem Saal? Er erwartete womöglich auch noch von mir, eine ehrliche Antwort zu bekommen.

»Ich weiß nicht«, erwiderte ich. »Jetzt ist nicht die Zeit, um darüber zu spekulieren, Herr Verteidiger. Der Kleine sagt schon aus.«

Kowalski murmelte etwas in seinen Bart und begann, den Diskurs zwischen meinem Bruder und dem Richter zu verfolgen.

Ich war gereizt. Ich hatte Angst, dass die heutige Aussage meine Pläne durchkreuzen könnte. Mein Vater hatte sich selbst übertroffen. Das erste Mal war ich ihm dankbar. Mir war klar, dass er es nicht aus Selbstlosigkeit gemacht hatte. Aber das Schicksal wollte, dass er mir wenigstens ein Mal einen Dienst damit erweisen konnte, dass er so war, wie er eben war. Wobei ich ganz ehrlich sagen muss, dass ich ihn noch nie in so einem Zustand gesehen habe. Vielleicht nur damals, an diesem einen Tag. Ich denke, dass es nicht einmal gespielt war. Wenigstens ein Mal ist er ehrlich gewesen. Frei von der Leber weg, direkt aus dem Herzen. Ohne Umschweife. Ohne den Wunsch, mit Eloquenz zu glänzen. Ohne Applaus zu erwarten.

Nicht nur, dass er selbst den Richter erweicht hatte, er hatte auch noch meine alte, noch eiternde Wunde aufgerissen.

Er hatte das Recht, mich zu hassen, dafür, wie ich ihn an diesem Tag behandelt hatte.

Ich weiß noch, dass er zusammengekauert an der Wand stand und mich lange Zeit anblickte. Ich tat so, als ob ich ihn nicht bemerken würde. Ich packte unbeeindruckt meinen Koffer. Dann sprach er mich an. In seinem Gesicht standen Unruhe und Angst vor Bestrafung.

Er wollte mit mir reden, aber ich hatte kein Interesse daran. Zumindest verhielt ich mich so. Tief in meinem Inneren wollte ich hören, was er mir zu sagen hatte. Aber ich hatte beschlossen, es nicht zu zeigen. Ich wünschte mir, dass er sich für alles entschuldigt und mich um eine zweite Chance bittet. Ich würde ihm verzeihen und wir könnten einen Neubeginn wagen.

Doch war ich fest davon überzeugt, dass das in diesem

Leben nicht mehr passiert. Dass er nur deswegen gekommen ist, um wieder ein wenig herumzujammern, was für einen schlechten Sohn er doch hat. Aber ich irrte mich gewaltig.

Bis heute kann ich nicht vergessen, was danach geschah. Über sein Gesicht strömten auf einmal Tränen. Und, oh Wunder, sagte er plötzlich all das, was ich mir gewünscht hatte: dass er mich um Verzeihung anflehe und sich für die langen Jahre voller Qualen entschuldige. Und dann sogar noch mehr: dass er mich liebe.

Aber ich habe ihm nicht verziehen. Mein Körper wurde auf einen Schlag ganz steif. Meine Beine fühlten sich an wie zwei Baumstümpfe. In meinem Kopf drehte sich alles. Ich überlegte panisch, wie ich mich verhalten sollte. Loyal gegenüber meiner Mutter und meinem Bruder sein? Oder ihm noch eine Chance geben? Aber wie? Wozu? Würde er sich ändern, wenn ich sie ihm gebe? Lohnte es sich überhaupt?

Auf einmal merkte ich, dass mein Vater schluchzend hinauslief. Mir wurde klar, dass er mein Schweigen als Zeichen dafür gedeutet hatte, dass ich ihn ignorierte. Ich wollte ihm noch hinterherrufen, aber es war zu spät. Die Tür fiel krachend ins Schloss. Ich wusste nicht, was ich tun sollte. Hinterherrennen? Bleiben? Wie würde er reagieren, wenn ich ihm hinterherliefe?

Ich hatte ihn vor Gericht angeklagt. Vielleicht dachte er, dass ich ihn hasste. Ich ging zum Fenster. Ich sah in der Ferne nur noch eine kleine menschliche Gestalt davoneilen. Ihr zerzaustes Haar wehte im Wind. Es war er. Irgendetwas in mir wollte, dass ich ihm hinterherrufe. Doch noch bevor ich die Türklinke in die Hand nehmen konnte, verschwand er hinter einem der Gebäude. Ich stand noch eine Weile regungslos auf das Fensterbrett gestützt. Dann begann ich wieder, meinen Koffer zu packen. An diesem Abend verließ ich das Haus. Damals wusste ich noch nicht, dass lange Jahre vergehen würden, bis ich zu ihm zurückkehren würde.

»Verstehe ich Ihre Aussage richtig?«, der Richter hob eine seiner Augenbrauen. »Halten Sie ihren Bruder für eine Person, die Schwierigkeiten hat, im Leben zurechtzukommen?«

»Nein, Hohes Gericht. Ich glaube, Sie haben mich missverstanden«, antwortete mein Bruder mit lauter, klarer Stimme. »Ich wollte vorhin zum Ausdruck bringen, dass Sławej und ich, obwohl wir unter einem Dach aufgewachsen sind, völlig unterschiedliche Charaktere haben. Ich bin ein Mensch, der nicht zurückblickt. Sławej war schon immer empfindsamer. Er hatte größere Probleme damit, die schwierige Vergangenheit aus dem Gedächtnis zu streichen. Aber ich denke nicht, dass er nicht zurechtkommt.«

Im Gesicht meines Bruders sah ich Traurigkeit. Trotzdem war er beherrscht. Seine linke Hand lag auf dem Geländer und die rechte steckte, seiner guten Kinderstube zum Trotz, in seiner Hosentasche. Ich an seiner Stelle wäre nicht einmal in der Lage, zu schlucken. Er jedoch wartete aufmerksam auf jede folgende Bemerkung oder Frage des Richters. Es fiel mir schwer zu glauben, dass ich im Vergleich zu ihm, obwohl uns nur drei Jahre trennten, wie ein alter, vergreister Lump aussah. Mein Bruder war vor Gericht in seiner Alltagskleidung erschienen: eleganter Anzug, blütenweißes Hemd, eine Krawatte mit sorgfältig gebundenem doppeltem Windsorknoten. An den Füßen, wie immer, auf Hochglanz polierte Schuhe. Das nach hinten gekämmte Haar maskierte perfekt die hier und da erscheinende Kahlköpfigkeit. Ja, mein Bruder war eine angenehme Erscheinung. Noch vor der Verhandlung sah ich, wie er mit energischem Schritt auf mich zukam. Ich wollte diese Begegnung vermeiden, weil ich Angst hatte, dass er dadurch Probleme bekommen würde. Völlig unnötig. Er umarmte mich brüderlich.

»Schön, dich mal wiederzusehen, altes Haus. Schade nur, dass der Anlass so traurig ist. Ich weiß, es wird dir nicht gefallen, aber wir werden deine Haut heute teuer zu Markte tragen. Und jetzt verschwinde ich lieber, bevor mich deine Eskorte wegscheucht.« Aber die Polizisten dachten gar nicht daran, ihn zurechtzuweisen. Ich überlegte, woran das liegen könnte. Da ich keine Antwort fand, fragte ich ein wenig ungeduldig:

»Herr Władzio, was ist los? Warum habt ihr nichts gemacht?«
Dieser blickte vielsagend zu seinem Kollegen.
»Wir waren nicht bei der Sache, Herr Sławej. Passiert manchmal.« Das schiefe Lächeln in seinem Gesicht verriet, dass er nicht die Wahrheit sagte. Bevor ich irgendwie reagieren konnte, drehte er mir sein breites Kreuz zu und widmete sich dann wieder der Lektüre des Sportteils der Lokalzeitung.
So war das eben immer mit meinem Bruder. Egal, was er ausfraß, er kam ungeschoren davon. Schon als er ganz klein war, wurde er von allen verhätschelt. Unser Vater war geradezu vernarrt in ihn. Oft stellte er etwas an und ich bekam die Prügel dafür. Aber ich war ihm deswegen nicht böse. Ein Blick von ihm genügte, um Wut und Groll vergessen zu machen.
Wir veranstalteten öfter kleine Prügeleien und ich machte ihm auch ganz schön Feuer unterm Hintern. Aber auf längere Sicht konnte keiner ohne den anderen leben. In der Grundschule war ich stärker, also beschützte ich ihn. Später wurden die Rollen getauscht, weil ich eine richtige Bohnenstange wurde und er ganz schön breite Schultern bekam. Manchmal wurde gescherzt, dass wir keine Brüder sein könnten. Mein kleiner Bruder reagierte dann heftig und hatte schlagende Argumente für unsere Verwandtschaft.

Alles in allem waren wir ein ziemlich gutes Team. Wir waren beide sportbegeistert und gehörten demselben Verein an. Aber im Gegensatz zu mir konnte sich mein kleiner Bruder nicht mit der Tartanbahn anfreunden. Er überließ die Rennstrecke mir und blieb lieber im Kraftraum. Seine Königsdisziplin war das Diskuswerfen, er war aber auch dem Hammerwurf nicht abgeneigt. Die Wand über seinem Bett war mit Plakaten verschiedenster Kopien der berühmten Skulptur von Myron zugepflastert. Er war untröstlich, dass das Original des Diskobolos nicht bis in unsere Zeiten überdauert hatte und hielt hartnäckig an dem Ziel fest, eine solche Perfektion zu erreichen.
Mein Steckenpferd waren Geisteswissenschaften, und die wahre Leidenschaft meines Bruders Mathematik. Er setzte sich oft zu mir, wenn ich meine Hausaufgaben machte, und schaute mir beim Lösen der Gleichungen zu. Er fragte mir dabei Löcher in den Bauch, sodass ich manchmal doppelt so lange über den Aufgaben brütete als ohne ihn. Aber ich achtete seine Begeisterung. Dank ihr konnte er unter Gleichaltrigen mit Wissen glänzen. Im Laufe der Zeit fing er an, die Aufgaben einfach für mich zu erledigen, und ich schrieb im Gegenzug seine Aufsätze. Und so kamen wir ganz gut zurecht, bis sich unsere Wege endgültig trennten ...
»Ich verstehe, Herr Szrympa«, entgegnete der Richter. »Ihr Bruder hat keine Schwierigkeiten, im Leben klarzukommen.

Aber er hatte und hat immer noch emotionale Probleme im Zusammenhang mit der Vergangenheit. Ich folgere also daraus, dass diese einen negativen Einfluss auf ihn hatte und ein einwandfreies Funktionieren verhindert, richtig? Muss man feststellen, dass Ihr Bruder an psychischen Traumata gelitten hat, die er in der Vergangenheit erfahren hatte?«

»Hohes Gericht.« Mein Bruder lächelte unsicher. »Ich bin kein Psychologe. Deswegen weiß ich nicht, ob mein Bruder nur deshalb litt. Er selbst hat sich nie bei mir beklagt. Ich hatte einfach den Eindruck, dass Sławej bewusst immer wieder in die Vergangenheit zurückkehren und sie analysieren wollte, um nicht selbst Fehler zu machen. Ich habe ihm öfter gesagt, dass er es gut sein lassen sollte. Dass man, wenn man zu viel darüber grübelt, was war oder zu viele Pläne für die Zukunft schmiedet, im Grunde die ganze Zeit im Hier und Jetzt abwesend ist.«

»Sind Sie der Meinung, dass dieses Verhalten Ihres Bruders tatsächlich positive Auswirkungen hatte?« Der Richter erwartete anscheinend eine längere Antwort, denn er machte es sich in seinem Sessel bequem.

»Das ist eine für mich sehr schwierige Frage, Hohes Gericht. Vermutlich hat dieses Verhalten Sławej ermöglicht, ganz nah bei sich zu sein. Den Sinn des Lebens zu verstehen war für ihn wichtig. Ich gebe zu, dass die Bilanz dieser Reflexionen nach außen hin nicht besonders beeindruckend war, aber wenn er auf irgendeine Art und Weise innerlich davon profitierte, so kann man sie positiv bewerten.«

»Nun ja. Ich überlege nur, warum hat er dann trotz allem versucht, sich das Leben zu nehmen?« Der Richter gab nicht auf. »Was denken Sie darüber?«

»Diese Frage kann nur er wahrheitsgemäß beantworten.« Mein kleiner Bruder blickte kurz zu mir. »Erlauben Sie mir, mit Ihnen eine kleine Überlegung zu teilen, die zwar vom Gegenstand der Verhandlung abweicht, jedoch vielleicht das Verhalten meines Bruders besser nachvollziehbar macht.«

»Bitte, fahren Sie fort«, stimmte der Richter zu.

»Ich bin ein Verfechter der landläufigen Meinung, dass sich Menschen in Pragmatiker und Intellektuelle einteilen lassen. Den erstgenannten sagt man nach, sie seien Realisten, die anderen bezeichnet man häufig als Romantiker. Man kann nicht behaupten, die einen seien klüger als die anderen, aber ihre Ansichten vom Leben sind grundverschieden. Die Pragmatiker konzentrieren sich auf die praktischen Lebensbereiche, ohne sich in ihre Geheimnisse zu vertiefen. Sie wollen ganz einfach ein bequemes Leben mit möglichst wenig Aufwand. Das Telefon oder das Auto sind ihre Erfindungen, denn sie hatten keine Lust mehr, Briefe zu schreiben oder zu Fuß zu gehen. Kurz gesagt, die Pragmatiker wollen „haben".« Mein Bruder holte tief Luft, was sofort von einigen Leuten im Saal ausgenutzt wurde, um unauffällig zu kichern.

»Ich muss zugeben, dass mich Ihre Betrachtungen ansprechen.« Mit einer Handbewegung ermutigte der Richter den Zeugen amüsiert, mit seinen beinahe philosophischen Ausführungen fortzufahren.

»Ich danke Ihnen.« Mein Bruder nickte eifrig. »Die Intellektuellen hingegen wollen „sein", sie leben in einer Welt der Gedanken und Sinneswahrnehmungen. Ihre Haltung wird von dem Zitat „Ich denke, also bin ich" zum Ausdruck gebracht.«

»In der Tat«, warf der Richter ein.

»Deshalb stellen Intellektuelle immerfort viele Fragen.« Mein kleiner Bruder sprach nun mit sichtbarer Anstrengung und versuchte, die Ungeduld des alten Mannes zu ignorieren. »Sie versuchen, die Welt von allen Seiten zu begreifen, und jede Antwort birgt eine Reihe neuer Fragen. Ein Gespräch mit einem Intellektuellen erinnert an einen Kampf mit einer Hydra: So wie es unmöglich ist, dem Ungeheuer alle Köpfe abzutrennen, so kann man auch nicht alle Zweifel des Romantikers ausräumen. Ich denke auch, dass Intellektuelle empfindsamer sind als Pragmatiker. Viele Künstler und Philosophen waren im Grunde solche Intellektuellen, die sich nicht in der von Pragmatikern erschaffenen, ausgeloteten und realistischen Welt zurechtfinden konnten. Oft sagt man, sie schwebten über den Wolken.«

»Ich verstehe«, stimmte der Richter zu. »Aber was ist die Pointe?«

»Sławej zählt zu den Intellektuellen, er ist einer der unverbesserlichen Romantiker«, versuchte mein Bruder das Gericht zu überzeugen. »Er hat immer an alle anderen gedacht, nur nicht an sich selbst. Mehr als alle anderen störte er sich an Intoleranz, Gefühllosigkeit, Aggression. In Konfliktsituationen hat er immer auf Ruhe, Geduld und Argumente, die jeden überzeugen würden, gesetzt. Aber das ist eine Utopie. Er hat ständig versucht, die Welt, die ihn umgibt, irgendwie zu ändern, anstatt sie so zu akzeptieren, wie sie war. Dann hätte er es doch einfacher gehabt. In seiner Sturheit hat er nicht einmal bemerkt, wie sich im Laufe der Zeit sein Konflikt mit der Realität verstärkte und er einsam zurückblieb.«

X

Ich war erstaunt. Mein Bruder stellte dem Gericht eine Theorie vor, die wir einst bei einem herbstlichen Ausflug in die Berge diskutiert hatten. Die Stille und die Nähe des Himmels hatten uns wohl in eine nachdenkliche Stimmung versetzt. Lange Jahre hatten wir unter einem Dach gelebt, Momente des Glücks und des Misserfolgs geteilt, und doch wuchsen wir zu zwei völlig unterschiedlichen Menschen heran. Ich erklärte ihm meine Theorie. Sie war lückenhaft, doch er half mir, diese Lücken zu schließen. Er war der einzige Pragmatiker, mit dem ich hervorragend auskam. Zwar hatten wir es nie ausgesprochen, doch genau solche Momente waren es, die uns einander näherbrachten. Mein kleiner Bruder gab zu, dass er mich für die Konsequenz, mit der ich meine Ansichten verteidige, schätzte und dafür, dass ich bin wie ich bin. Er würde gerne selbst ein wenig nachdenklicher sein. Die Eigenschaft, die immer so viel Unruhe in mein Leben gebracht hatte.

»Du bist doch ein Verfechter des Gleichgewichts.« Seine Augen leuchteten auf. »Also hättest du doch sicherlich nichts dagegen, ein paar deiner kleinen grauen Zellen gegen ein wenig meiner Selbstsicherheit einzutauschen, oder?«

»Nicht im Geringsten«, antwortete ich amüsiert. »Das würde uns vermutlich beiden guttun.«

Man musste zugeben, mein Bruder besaß Charisma. Ich zerbrach mir den Kopf darüber, wie es dazu kommen konnte, dass er so schnell eine Familie gründete und Eigentümer einer gut laufenden Firma wurde. Sein Leben war gespickt mit schlechteren und besseren Momenten. Wenn man seiner Geschichte zuhörte, konnte man den Eindruck gewinnen, es handele sich um einen banalen, simplen Spielfilm über den Tellerwäscher, der Millionär wird. Er studierte BWL an der lokalen Uni, denn das Geld hatte nicht gereicht, um ihn in die Hauptstadt zu schicken, so wie mich. Aber er beklagte sich nicht. Für ihn war es selbstverständlich, dass mir die bessere Ausbildung zustand. Seine Einstellung überraschte mich. Als ich ihn fragte, warum er so dachte, antwortete er mir ausweichend, dass er es mir eines Tages erklären würde.

Wegen der Leichtigkeit, mit der er neue Kontakte knüpfte, kannte er schon nach ein paar Monaten die halbe Studentenschaft und fast alle Dozenten. Sein Studium bewältigte er in Windeseile. Er hatte noch nicht einmal seine Magisterarbeit fertiggestellt, als er schon seine erste Firma eröffnete, überzeugt davon, dass es klappt. Er nahm mit zwei Freunden einen Kredit auf und sie mieteten eine kleine Baracke, die sie zu einem Büro umfunktionierten. Doch das Geschäft kam nicht zum Laufen. Um seine Schulden zurückzahlen zu können, zog er wieder zu unseren Eltern.

Er konnte keinen besseren Job finden, also arbeitete er in einer Pizzeria als Kellner. Er ließ sich aber davon nicht unterkriegen. Ganz im Gegenteil. Sein Wunsch, der Armut zu entkommen war so groß, dass er intensiv über neuen Plänen brütete. Einige Monate später präsentierte er unserer Mutter seine neue Geschäftsidee. Diese schlug die Hände über dem Kopf zusammen. Aber was hätte sie tun sollen? Es war klar, dass mein kleiner Bruder sich durchsetzen würde.

In der Zwischenzeit lernte er seine zukünftige Frau kennen. Er zog zu ihr. Es dauerte nicht lange, und die beiden heirateten. Bald kam das erste Töchterchen zur Welt. Die jungen Eltern verbargen ihr Glück nicht. Die Verantwortung für die größer gewordene Familie motivierte meinen Bruder zusätzlich. Er kämpfte nun mit noch größerer Begeisterung für das, was ihm am Herzen lag. Er und seine Frau verstanden sich gut und kämpften sich gemeinsam durchs Leben. Zwei Schritte nach vorne. Einen zurück. Sie schafften es. Er wurde zu einem der bedeutendsten Geschäftsleute der Region.

Gleich zu Beginn hatte er mir vorgeschlagen, Teilhaber der Firma zu werden. Ich lehnte ab, weil ich der Meinung war, dass man Geschäft und Familie trennen sollte. Er akzeptierte meine Argumentation und zog die Firma mit fremden Leuten auf.

Der Entscheidung für ein weiteres Kind stand nichts im

Wege. Die Geburt der zweiten Tochter stärkte seine Beziehung nur noch mehr.

Die Mädchen beteten ihren Vater geradezu an. Er behandelte sie wie Prinzessinnen. Er war ein geduldiger und hingebungsvoller Vater. Von Anfang an begegnete er seinen Kindern mit Respekt, wie Erwachsenen. Sie verbrachten zusammen viel Zeit mit Spielen und Lernen. Das führte dazu, dass beide Kleinen schon im Alter von vier Jahren intellektuell überdurchschnittlich gut entwickelt waren.
»Was meinen Sie mit „Konflikt mit der Realität?"«
»Ich meine damit, dass Sławej keine Stabilität finden konnte. Je mehr er sie wollte, desto mehr entglitt sie ihm. Letztlich verlor er sie ganz. Außerdem kam dann noch eine Sache dazu.«
»Ja?«, wurde mein kleiner Bruder um Fortsetzung gebeten.
»Hohes Gericht, mein Bruder«, er deutete energisch mit seiner linken Hand in meine Richtung, »begann, im Ausland gesundheitlich abzubauen. Nach außen hin ging es ihm gut. Er hatte Arbeit, eine gute Ehefrau. Es schien, als ob es ihm an nichts fehlte, aber ich hatte den Eindruck, dass er sich dort sehr fremd fühlte. Wie ein Vogel im Käfig.«
»War es wirklich so schlimm?«
»Ja, Hohes Gericht.« Die feste Stimme meines Bruders war in der Lage, alle Zweifel auszuräumen. »Er hatte keine

Freunde, und seine Arbeit gab ihm weder ein Gefühl der Sicherheit für die Zukunft, noch befriedigte sie ihn übermäßig. Er überlegte, zurückzukehren. Ich versuchte, ihn bei dieser Entscheidung zu unterstützen, denn ich war der Ansicht, dass sein Platz hier in der Heimat ist. Aber als er sich endlich entschieden hatte, war es schon zu spät. Über die ganzen Jahre hatte er sich sehr verändert. Unser Land war für ihn vollkommen fremd geworden. Die Menschern hier verstanden ihn nicht, und er verstand sie nicht ...«

Mein kleiner Bruder hatte Recht. In meiner Heimat fand ich eine ganz neue Ordnung vor. Nur, dass mein Bruder sie nicht wahrnahm. Ihm fehlte der Abstand, den ich hatte. Er sah die Veränderungen in der Mentalität der Menschen nicht. Für ihn bedeuteten sie ein Verschmelzen politischer Einflusssphären, die Möglichkeit, in der ganzen Welt umherzureisen und die Einführung moderner Technologien auf dem Markt. Seine Leidenschaft waren Programmieren und Bildbearbeitung, von letzterer wusste er alles, obwohl er etwas gänzlich anderes studiert hatte. Er kaufte sich Fachliteratur und Software und verbrachte seine Freizeit vor dem Computer, immer auf der Suche nach neuen Möglichkeiten der Grafikverbesserung. Er konnte Filme zusammenschneiden und benutzte dabei Effekte, derer sich so manches Filmstudio nicht schämen würde. Es gab keine Frage zu diesem Thema, die er nicht beantworten konnte.

Dabei ging es nicht darum, dass er allwissend war.

Entdeckte er bei sich eine Wissenslücke, so war er in der Lage, sie schnell zu füllen. Jedes Mal, wenn ich zu Besuch bei ihm war, zeigte er mir seine Werke und berichtete über neue Ideen. Als ich in die Heimat zurückkehrte, schlug er mir viele Male vor, auf diesem Gebiet geschäftlich tätig zu werden. Er war der Ansicht, dass es mir dabei helfen würde, mich selbst zu finden. Er versprach, dass ein Scheitern praktisch unmöglich sei, denn er würde mir alles Nötige beibringen. Aber ich hatte ja meine eigene Meinung zu dem Thema Zusammenarbeit mit Familie. Und ich hielt krampfhaft daran fest.

»Glauben Sie, dass das der Grund für den Zusammenbruch sein könnte?« Die Verhandlung ging weiter.

»Ich weiß es nicht. Ich glaube nicht. Ich hatte häufig Kontakt zu meinem Bruder. Ich habe keine Veränderung in seinem Verhalten bemerkt. Er beklagte sich nicht über irgendwelche Probleme. Es deutete nichts darauf hin, dass er Depressionen hat. Ich vermute, er hat im Affekt gehandelt. Unter dem Einfluss eines für uns nicht nachvollziehbaren Impulses.« Mein kleiner Bruder zuckte mit den Schultern. »Aber ich bin überzeugt, dass er nun seinen Fehler einsieht und bereit ist, um sich zu kämpfen, wenn man ihm noch eine Chance gibt. Wir alle würden ihm dabei helfen.« In der Stimme meines Bruders klang ein Bitten mit.

»Ich verstehe«, antwortete der Richter. »Möchten Sie noch etwas hinzufügen?«
»Nein«, schloss mein Bruder.
»Dann danke ich Ihnen. Hat der Herr Staatsanwalt noch Fragen an den Zeugen?«, wandte sich der Richter an seinen Kollegen in der Robe.
»Ja, Hohes Gericht.« Dieser nutzte bereitwillig die Gelegenheit. »Herr Szrympa, Sie haben gerade festgestellt, dass Ihr Bruder seinen Fehler eingesehen hat und noch einen Versuch unternehmen würde, sein Leben neu zu ordnen, wenn man ihm die Möglichkeit dazu gäbe. Woher nehmen Sie die Sicherheit, dass es tatsächlich so ist? Haben Sie mit ihm seit dem Versuch der Straftatbegehung gesprochen?«
»Leider hatte ich nicht die Gelegenheit, persönlich mit ihm zu sprechen. Man hatte es nicht erlaubt. Aber aufgrund der Berichte meiner Schwägerin, die mit Sławej in ständigem Kontakt ist, weiß ich, dass mein Bruder seine Ehe retten will. Und das zeigt eindeutig, dass er sich noch nicht endgültig vom Leben verabschiedet hat.« Mein Bruder sprach jedes einzelne Wort langsam, klar und deutlich aus. Er war sich ihrer Bedeutung bewusst.
»In der Tat.« Der Staatsanwalt lächelte. »Und können Sie mir auch sagen, wie genau das vor sich gehen soll?«
»Ich weiß es nicht. Ich denke, dass meine Schwägerin diese Frage genauer beantworten wird.« Mein kleiner Bruder

blickte meine in der ersten Reihe sitzende Frau durchdringend an.

»Aber was mich betrifft, so kann ich Ihnen versichern, dass ich alles tun werde, damit Sławej wieder ins Leben zurückfindet. Ich bin es ihm schuldig. Ich habe es vorher nicht erwähnt, aber ihm ist es zu verdanken, dass ich zu dem Menschen werden konnte, der ich bin. Als wir Kinder waren, hatte es unser Vater auf ihn abgesehen. Doch ich litt auch. Still. In Abgeschiedenheit. Als ich älter war, schlug ich ihm vor, mit Absicht die Aufmerksamkeit unseres Vaters auf mich zu lenken, damit er ihn in Ruhe ließ. Er hat es mir verboten. Er war der Meinung, dass es zu spät war und man den angerichteten Schaden nicht mehr gutmachen konnte. Er wollte, dass wenigstens einer von uns ein normales Leben führt.

Wenn es mal vorkam, dass ich nicht mehr zusehen konnte bei dem, was passierte, versuchte ich, hinzulaufen, um unseren Vater aufzuhalten. Mein Bruder fixierte mich in solchen Situationen mit seinen Blicken. Ich wusste, was das zu bedeuteten hatte und ging weg. Ich schämte mich für mein Verhalten, doch Sławej sagte mir, ich solle mir keine Sorgen machen. Er versicherte mir, dass er stark sei und es schaffe, das alles auszuhalten.

Nicht genug damit, dass er litt, er versuchte auch noch, mein Gewissen zu beruhigen. Ich war ihm dankbar dafür.

Ich beschloss, nicht zuzulassen, dass man mir meine Psyche kaputt machte und wollte nie wieder Schwäche oder Angst zeigen. Dadurch hätte er wenigstens nicht umsonst gelitten. Ich hörte also auf, zurückzuschauen und konzentrierte mich auf die Zukunft. Ich wusste, dass Sławej genau das für uns wollte. Man musste stark sein, also war ich es. Ich habe mir damals geschworen, als Erwachsener dafür zu sorgen, dass mein Bruder ein normales Leben führen kann. Und ich habe vor, diesen Schwur einzuhalten.«

»Ich verstehe. Was passiert aber, wenn der Betroffene selbst kein Interesse daran hat, sich an Ihren Plänen zu beteiligen?«

»Ich weiß es nicht, Herr Staatsanwalt. Ich habe mir keine Gedanken über diese Möglichkeit gemacht. Ich glaube aber fest daran, dass ich in der Lage bin, gute Argumente zu finden.«

»Sie sind sich also nicht sicher?« Der Staatsanwalt bemerkte, dass mein Bruder den Köder geschluckt hatte. Im Saal wurde es still. Man konnte sehen, wie mein Bruder mit sich kämpfte. Ich hatte den Eindruck, dass er das erste Mal Druck verspürte, aber es war mir egal, welche Antwort er nun geben würde. Das, was ich gerade gehört hatte, zeigte mir sein wahres Gesicht, wie ich es nicht kannte. Er wollte nicht, dass ich mir Sorgen mache und teilte deshalb seinen Kummer nicht mit mir.

»Ich bin mir nicht sicher«, antwortete er resigniert.

»Danke. Ich habe keine weiteren Fragen«, lächelte der Ankläger dem Richter zu.

XI

»Mirek, ihr könnt ihn jetzt mitnehmen«, rief der Vorsteher einem der Gefängniswärter zu, nachdem man meine „Übergabe" quittiert hatte.

»Jawohl, Chef«, antwortete dieser ergeben und musterte mich. »Gehen wir!«

Wir gingen aus dem Büro und er bog nach links in einen langen Flur ein, der wohl vor zwanzig Jahren das letzte Mal weiß gestrichen worden war.

Er achtete die ganze Zeit darauf, dass ich hinter ihm bleibe.

Er musste sich keine Sorgen machen, dass ich ihn angreife, denn hinter mir hatte ich einen weiteren Teil der Eskorte.

Nach gut dreißig Metern bog der Wächter nach rechts in Richtung Treppenhaus ab.

»Frischling?«, erreichte mich eine Stimme von hinten.

»Entschuldigung?«, fragte ich erstaunt und drehte mich um.

»Das erste Mal im Gefängnis, was?«, präzisierte der Wächter.

»Ja«, nickte ich. »Es sei denn, das Gefängniskrankenhaus zählt auch schon mit.«

»Nein. Ein Krankenhaus ist ein Krankenhaus«, lachte dieser.

»Wieso? War es denn so schlimm?«

»Werdet ihr mich ans Bett fesseln?«

»Ich denke, nicht.«

»Dann war das Krankenhaus schlimmer«, antwortete ich

ehrlich.

»Wir werden sehen«, brummte der Mann vor mir geheimnisvoll. »Genug jetzt mit dem Gelaber. Gehen wir.«

Den zweiten Stock erklommen wir nun in völliger Stille. Dort bogen wir wieder rechts ab. Wir gingen an einigen Zellen vorbei, dann blieb der Wächter stehen und warf seinem Kollegen einen vielsagenden Blick zu. Dieser griff nach einem Schlüsselbund und schloss eine Eisentür auf.

»Herzlich Willkommen in Ihren neuen Räumlichkeiten. Abendbrot um zwanzig Uhr, Frühstück um neun, ein frisches Handtuch sowie Bettwäschewechsel jeden Tag um elf. Sollten Sie irgendwelche Wünsche haben, so rufen Sie bitte nach dem Hotelboy. Er steht Ihnen jederzeit zu Diensten.« Der Flur erzitterte geradezu vor derbem Gelächter.

Plötzlich überkam mich Angst. Ich richtete ein Stoßgebet gen Himmel, sie mögen mich nicht mit irgendeinem Schlächter oder nervenkranken Türsteher einer Disco einsperren. Langsam drehte ich mich zum Eingang.

Kaum hatte ich die Türschwelle überschritten, fiel die Eisentür krachend ins Schloss und ich blieb wie angewurzelt stehen. Ich konnte mich nicht mehr bewegen. Ich fühlte nur Leere und Einsamkeit. Zu allem Überfluss wurde mir schwarz vor Augen.

»Was is', willste da rumstehen bis zum Sankt-

Nimmerleinstag?«, hörte ich eine heisere Stimme aus der linken Ecke der Zelle.

Ich wusste nicht, was ich antworten sollte. Ich fühlte meinen Körper nicht mehr. Ich beschloss zu warten, bis ich wieder sehen konnte.

»Welche Pritsche gehört mir?«, fragte ich mit entschlossener Stimme.

»Sieh mal, Jurek, die Leute haben heutzutage keine Manieren mehr. Kaum isser drin, hat sich noch nicht mal vorgestellt, und schon will er eine Pritsche haben«, antwortete dieselbe krächzende Stimme.

»Was wollt ihr denn wissen?« Ich konnte mich nur schwer beherrschen. Ich machte einen unsicheren Schritt nach vorne.

»Lass ihn mal, Krzych. Siehste nicht, wie er sich grad' in die Hosen scheißt. Der hat ja sogar Flimmer vor den Augen gekriegt. Komm!«, sagte eine zweite Stimme und ich fühlte, wie mir eine Hand an die Schulter griff und mich in die Zelle zog. Ich hörte einen Stuhl über das Linoleum scharren.

»Setz dich. Und du, Krzych, gib ihm mal was zu trinken! Wenn er wieder klar ist, plauschen wir ein bisschen.«

Ich hatte keine Ahnung, worum es den beiden ging. Gut, dass sie mich hingesetzt hatten, denn es hätte nicht mehr lange gedauert und meine Beine hätten ihren Dienst versagt.

Ich hörte, wie Wasser in einen Blechbecher gegossen wurde,

den mir jemand einen Moment später in die Hand drückte.

»Trink! Auf ex. Das hilft dir«, ermunterte mich die heisere Stimme.

Ohne lange zu überlegen, setzte ich den Becher an den Mund und nahm einen großen Schluck.

Sofort spürte ich ein grausames Brennen in meiner Speiseröhre, verschluckte mich und fing an zu husten.

»Meine Güte! Das Wasser hat wohl an die vierzig Prozent«, rutschte mir zwischen zwei Hustern heraus.

»He, he, he! Alter, der hat echt gedacht, das is' Wasser! Was'n Idiot!«, ertönte wieder die Stimme des Heiseren. Nach einer Weile konnte ich ihn sogar erkennen, denn ich konnte wieder sehen. Es war ein älterer Herr, der mich auslachte. Ausgemergelt. Unrasiert. Voller Falten. In einem fleckigen Hemd und Jogginghosen.

»Guck mal, Jurek, er blinzelt mich mit seinen Äuglein an, he, he.«

»Sei still, Krzych!«, fuhr ihn sein Kollege an. Auch er war dünn, aber sauber rasiert und trug einen ordentlichen Pulli und Jeans. Sein frisch gewaschenes Haar hatte er sorgfältig auf eine Seite gekämmt. »Und, besser?«

»Ja.«

»Du hast ja ganz schön gezittert. Wie Espenlaub. Probleme mit dem Kopf, was?«

»Wie bitte?« Ich wurde nervös.

»Was regst dich denn so auf? Jeder normale Mensch wehrt sich, wenn er gestresst ist. Und du hast dich da hingestellt wie ein Kalb vorm Schlachten. Hast wohl irgendwas mit den Nerven, was? Deswegen wolltest dich wohl abmurksen, oder? Gib's doch zu!«

»Wer sind Sie? Was wollen Sie von mir?« Ich konnte das Zittern meiner Stimme nicht verhindern. Am liebsten wäre ich zur Tür gestürzt.

»Ganz ruhig, Frischling! Nur schön locker! Wir wollen dich hier nicht stressen.«

»Woher wissen Sie, wer ich bin und aus welchem Grund man mich eingesperrt hat?«

»Was glaubst du denn? Du bist in aller Munde. Bevor sie dich hergebracht haben, kam der Direktor höchstpersönlich und hat gesagt, wir sollen uns um dich „kümmern". Im Fernsehen haben sie auch über dich gelabert, also wissen alle, was du für einer bist. Und hier wimmelt es nur von Leuten, die dir für lau helfen würden, deinen Traum vom Jenseits zu verwirklichen. Aber das würde der lieben Regierung die Pläne durchkreuzen. Also sollen wir dich behandeln wie ein rohes Ei.« Jurek lachte höhnisch.

»Ach so«, seufzte ich. Mir war nichts Intelligenteres eingefallen. Schweigen setzte ein. Langsam kam ich wieder zu mir, aber was sollte ich nun machen? Mich auf meine Pritsche legen? Oder am Tisch sitzen bleiben und höflich nach den Typen und ihren Geschichten fragen?

»Ich sehe, ihr wisst schon alles über mich, also sind weitere Ausführungen unnötig. Und warum sind Sie eingefahren, Herr Krzysztof?«, entschied ich mich vorsichtig für die zweite Option.

»Und wer hat's dir erlaubt, mich bei meinem Vornamen zu nennen? Man muss dir wohl erstmal ein paar Regeln klarmachen«, schnauzte er mich an. Nach einer Weile beruhigte er sich aber wieder. »Ich sag' dir, Frischling, du willst es gar nicht wissen.«

»Nein, das will ich wirklich nicht«, antwortete ich gehorsam. Ich hätte doch den Mund halten sollen. Die Pritsche erschien mir nun als die mit Abstand beste Idee. Doch der andere Mann hielt mich vom Aufstehen ab.

»Und mich fragst du nicht?«

»Sollte ich?«

»Der Anstand verlangt es, wenn du schon angefangen hast. Oder hast du Angst?« Er zeigte seine gelben Zähne.

»Ich weiß nicht. Wollen Sie mir etwas über sich erzählen?«

»Nein«, donnerte es kurz durch die Zelle. Mein Magen krampfte sich wieder zusammen. Der Wachmann hat wohl Recht gehabt. Es wird nicht einfach.

»Ha, ha. Mach dir nicht gleich in die Hosen. Hab' doch nur Spaß gemacht. Ab und zu muss man sich ein wenig entspannen. Du musst echt noch 'ne Menge lernen,

Frischling.« Er blickte mich vielsagend an.

»Warum sind Sie hier?« Ich fühlte mich bemüßigt, die Frage zu wiederholen.

»Mach's dir bequem, denn das ist 'ne lange Geschichte«, ermunterte er mich. »Wir haben sonst nichts zu tun hier, und kennenlernen muss man sich, wenn wir hier ein wenig Zeit miteinander verbringen sollen, oder?«

»Das wäre gut.« Ich lächelte, doch die ganze Situation versetzte mich in Angst und Schrecken. Was machte ich hier bloß? Wie konnte es dazu kommen?

»Ich hab' Chemie studiert«, Jureks Stimme riss mich aus meinem gedanklichen Wirrwarr. »Nach dem Studium hab' ich 'ne Weile als Assistent im Labor an der Uni gearbeitet. Das Gehalt war lachhaft, aber die Arbeit interessant. Experimente. Untersuchungen. Doch dann kam der Regimewechsel und alles ging vor die Hunde. Ich hab' den Job verloren, weil sie das Labor dichtgemacht haben. Ich hab' überall nach 'ner neuen Stelle gesucht, aber ich hatte keine Chance. In der Familie hatte keiner irgendwelche Beziehungen. Ich auch nicht. Also, was sollte ich denn machen? Meine Kumpels aus der Schule handelten auf Basaren. Sie brauchten einen Fahrer für Spritztouren ins Ausland. Ich schloss mich der Gruppe an. Am Anfang hab' ich nur ihre Ärsche in den Westen gekarrt. Als ich ein wenig Geld zur Seite gelegt hatte, fing ich selbst an, zu handeln.

Das waren goldene Zeiten, Frischling. Man konnte sich dumm und dämlich verdienen.« Jurek kam ins Grübeln.
»Und was war mit Arbeit in Ihrem erlernten Beruf? Haben Sie es nicht noch mal versucht?« Ich wunderte mich, dass ein studierter Chemiker im Knast gelandet war.
»Hab' mir keine Gedanken darüber gemacht.« Er blickte mich kurz an und drehte sich zum Fenster. »Ich hab' zehnmal mehr verdient als im Labor. Ich hab' mir 'n Wagen aus dem Westen geholt, hab' angefangen zu bauen. Hab' mir 'nen kleinen Stand auf dem Basar gemietet. Das Geld klopfte praktisch von alleine an die Tür. Ach, das war 'n herrliches Leben.«
»Aber das ist vorbei, oder?« Etwas Nostalgisches in seiner Stimme beim letzten Satz brachte mich zu dieser Schlussfolgerung.
»Nun, ja. Nach 'ner Weile war der Markt gesättigt und die Leute kauften nicht mehr jeden Scheiß. Es sah schlecht aus. Ich musste ans Ersparte gehen. Suchte hier und da nach Arbeit. Und dazwischen fristete ich 'n Schattendasein, immer vom Monatsersten zum Monatsersten. Und dann kommt eines Tages 'n Bekannter ins Haus geschneit und brüllt mich an, ich soll mich anziehen, er hat Arbeit für mich. Ich frage ihn: „Jetzt gleich, oder was?". Und er darauf: „Worauf willst denn warten?" „Worum geht's denn?", frag' ich. Und er zu mir: „Quatsch nicht rum, sondern zieh' dich an."

»Er hat Ihnen wohl auf dem Weg in die Firma auch noch die Augen verbunden?«, scherzte ich.

»Wozu?« Mein Gesprächspartner war wohl kein Fan von Actionfilmen. »Wir sind zu 'ner Brennerei ins Nachbardorf gefahren und ich hab' sofort Arbeit bekommen, im Labor bei der Analyse der Alkoholqualität. Ich sollte das so hinbiegen, dass man das Zeug trinken konnte, die Produktion billig ist und sich keiner vergiftet. Also mixte ich Sachen zusammen, damit alle zufrieden waren. Und weil ich 'n Meister meines Fachs war, hab' ich wieder ganz gut verdient. Und Wodka gab's auch mehr als genug. Aber nicht von der Sorte, die in Produktion ging. Nur das gute Zeug.«

»Ihre Aufgabe war es, Wodka zu strecken?« Ich konnte es nicht glauben.

»Du bist aber unfreundlich, Junge.« Er schüttelte den Kopf. »Meine Aufgabe war die Qualitätskontrolle. So heißt das offiziell. Du glaubst doch nicht etwa, das ist was Außergewöhnliches in dieser Branche?«

»Ich weiß es nicht. Ich kenne mich da nicht aus«, warf ich ein. »Aber ich war immer der Meinung, dass es vor allem in dieser Branche wichtig ist, auf Qualität zu achten. Was wäre, wenn sich Leute wirklich vergiftet hätten?«

»Was dann wär'? Was wär' denn dann? Nix wär'! Wir haben das immer so gedreht, dass man die Schuld auf die Geschädigten schieben konnte. Wenn einer kein Maß findet beim Saufen, dann vergiftet er sich eben.« Stille trat ein. Mein Gesprächspartner schien nachzudenken. »Aber nach ein paar Jahren ging die Brennerei pleite.«

»Also haben Sie wieder Ihre Arbeit verloren? Und was haben Sie dann gemacht?« Ich gab mir Mühe, ihn nicht mehr zu reizen.

»Das, was ich am besten konnte«, flüsterte er. Er zwinkerte Krzych verschwörerisch zu, der auf seiner Pritsche lag und breit lächelnd seinen Ausführungen lauschte. »Ich baute meinen Keller aus und machte mich selbständig.«

»Sie haben angefangen, schwarz zu brennen?«, rutschte mir heraus.

»Wie Schwarzbrennen, Frischling?! Ich hab' Wodka und Spiritus produziert. Und das in allerbester Qualität. Als ich in der Brennerei gearbeitet hab', hatte ich Zugang zu der Dokumentation. Und als der Betrieb anfing, pleite zu geh'n, hab' ich Kopien mitgehen lassen. Hab' mir 'nen Destillator besorgt und angefangen, 'rumzuexperimentieren. Nach 'ner Weile hatte meine Ware 'ne bessere Qualität als das Zeug aus der Brennerei. Es lief wie am Schnürchen. Ich hab' die Bude ausgebaut, mit 'ner Garage dran, da war dann mehr Platz für neue Destillatoren.

Ich musste nur aufpassen, weil die Leute neidisch sind. Es gab also keine neue Karre oder sonstigen Protz nach außen hin.

Aber in der Bude hatte ich jede Menge Schnickschnack. Urlaub im Ausland. Die Frau ganz entzückt. Herz, was willst du mehr?
Ich hab' meine zuverlässigen Leute gehabt. Ich hab' nie an irgendwelche Dahergelaufenen von der Straße verkauft oder bei mir in der Gegend. Die Ware ging immer ins Land hinaus. Wenn irgendein Korinthenkacker was spitzbekam, dann hab' ich ihn geschmiert und er drückte 'n Auge zu.
Als Finte hab' ich noch Land dazugekauft und 'ne kleine Baracke hingestellt. Da hab' ich dann 'ne Autowerkstatt aufgemacht. Mein Sohn ist Kfz-Mechaniker, also konnte er sein eig'nes Ding drehen und musste nicht bei irgendeinem Macker für 'n Appel und 'n Ei schuften. Totgearbeitet hat er sich jedenfalls nicht.
Ging ja auch gar nicht um die Kohle, sondern darum, jeden Verdacht abzulenken. Wir wollten nicht zu viele Autos auf'm Hof haben. Wozu sollten sich die Leute da zu oft 'rumtreiben?«
»Nun ja«, stimmte ich zu.
»Und weißt du, was dann passiert ist?« Er blickte mich aufmerksam an.
»Nein.«
»Lange Jahre nicht das Geringste. Alles lief wie geschmiert.« Er grinste mich schelmisch an und freute sich, dass er mich wieder aufs Glatteis geführt hatte. »Bis mich eines Tages

meine Alte verpfiffen hat.«

»Ihre Frau?«, fragte ich dümmlich.

»Wer sonst, die vom Nachbarn?«, entrüstete sich Jurek. »Selbstverständlich meine. Meine ganz private. Sie hat festgestellt, dass ich sie vernachlässige und hat sich irgendeinen Freier gesucht. Ich hab' ihr gesagt, dass sie gehen kann, wenn sie will, aber barfuß. Und stell dir vor, die blöde Kuh hat mich hochgehen lassen. Hat nicht mal drüber nachgedacht, dass sie damit allen schadet. Auch sich selbst und den Kindern. Als dann die Staatsanwaltschaft in die Bude kam, haben die alles beschlagnahmt.«

»Friede ernährt, Unfriede verzehrt. Tut mir leid für Sie. Haben Sie sie wirklich vernachlässigt?«

»Sieh mal einer an, wie haarklein da einer ist«, brummte er. »Ich hab' dir doch schon gesagt, ich hab' mich um sie gekümmert so gut ich konnte. Sie hat alles gehabt, was sie brauchte. Ich hab' ihr alles gekauft, was sie wollte.«

»Vielleicht ging es ihr eher um Ihre Zuwendung und Nähe?«

»Du redest immer nur Scheiße, Frischling. Was ich gegeben hab', das hat sie genommen. Vor allem, wenn sie 'nen Ausrutscher von mir spitzgekriegt hat. Dann hat sie mir erst so richtig schön die Daumenschrauben angelegt. Ich hab' immer versucht, mich von meinen kleinen Sünden freizukaufen und hab' zu allem Ja und Amen gesagt.«

»Nun ja«, flüsterte ich. Ein komischer Kerl war das. Er hatte

Affären, tat so, als ob das völlig normal wäre, und dann wunderte er sich, dass ihn seine Frau verlassen hat. Ich hatte keine Lust, das Thema Ehe weiter zu besprechen.
»Das ist wohl der Preis dafür, dass ...«, unterbrach ich mich. Mir wurde klar, dass ich das gar nicht sagen wollte.
»Red' nur weiter.« Er blickte mich provokativ an. »Nur zu, tu dir keinen Zwang an! Was geht dir durch den Kopf?«
»Ähm, nein, nichts ... nichts Bestimmtes«, stotterte ich. Ich fühlte, dass mein Herz wieder anfing, schneller zu schlagen. »Es war nur so eine Floskel.«
»Entweder du redest weiter, oder ich mach' Hackfleisch aus dir.« Durch seine Stimmlage und seinen strengen Blick kamen Kindheitserinnerungen in mir hoch. Ich wollte, dass dieses Gespräch endet. Zu viele Eindrücke für den ersten Tag.
»Worauf wartest du?« Ich sah, wie er zornig seine Hand zur Faust ballte.
»Es ist nichts Wichtiges« Ich versuchte, mich zu verteidigen. »Ich habe nur darüber nachgedacht, ob ...«
»Verfluchte Scheiße, hör auf wie 'ne Katze um den heißen Brei 'rumzuschleichen und red' Klartext! Ich zähl' jetzt bis drei, und wenn du nicht bis dahin sagst, was du meinst, gibt's auf die Fresse. Krzych, komm mal her! Wenn was is', dann halt ihn fest.«
Eine Hitzewelle durchströmte meinen Körper. Mein Gesicht

brannte. Ich bekam ein solches Stechen in der Brust, dass ich kaum noch atmen konnte.

»Eins!«, hörte ich im Hintergrund. Vor meinen Augen tauchte das Bild meines Vaters auf, mit Kabel und Schachbrett in der Hand.

»Zwei!« Mir wurde wieder schwindelig. Das war es dann wohl. Was soll ich machen? Ich muss mich wehren! Nein, das ist keine gute Idee. Sollen sie doch. Ich werde einfach nicht darauf reagieren. Wenn ich Glück habe, werde ich nicht einmal merken, dass schon alles vorbei ist.

»Drei!« Mein Körper erstarrte. Ich fühlte, hörte und sah: nichts. Kein Impuls von außen drang zu mir durch. Ich erinnere mich nicht, ob sie zugeschlagen hatten und ob ich noch am Leben war. Ein Becher kaltes Wasser, das mir ins Gesicht geschüttet wurde, riss mich aus meiner Teilnahmslosigkeit. Ich schüttelte mich und verschluckte mich beim Atmen. Als ich wieder zu mir kam, sah ich zwei besorgte Mithäftlinge.

»Alles okay, Frischling?«

»Ja.« Ich nickte, obwohl gar nichts in Ordnung war.

»Du hast wohl echt was mit dem Kopf. Was hast du denn vorhin versucht, zu sagen?«

»Nichts! Meine Herren, können wir dieses Gespräch vielleicht auf morgen verschieben? Ich fühle mich nicht besonders«, murmelte ich.

»Wenn's dir schlecht geht, dann sag', worum's dir ging und ich lass' dich in Ruhe.« Jurek gab nicht auf. Ich fühlte mich unter Druck gesetzt, so wie in alten Zeiten. Ich wollte mich wehren. Irgendetwas in mir kämpfte gegen die Kapitulation. Letzten Endes hatte ich sowieso keine Lust mehr zu leben. Dann werde ich eben wenigstens ein einziges Mal zeigen, dass ich nicht nachgebe. Sollen sie mich doch martern, wenn sie wollen.

»Na gut«, hörte ich verwundert meine eigene Stimme. Es war, als ob ein anderer Teil meines Selbst für mich antworten würde. »Ich wollte sagen, dass das der Preis für das Leben war, das Sie geführt haben.«

»Und das heißt?« Jurek reagierte erstaunlicherweise ganz ruhig auf meine Worte.

»Haben Sie denn wirklich nie über die Konsequenzen Ihres Handelns nachgedacht?« Ich beschloss, es kurz und bündig zu machen, um dieses Verhör so schnell wie möglich zu beenden. »Sie haben Ihre Frau betrogen, und das muss sie doch verletzt haben, schließlich hat sie Ihnen vertraut. Sie haben mit diesem Mistzeug gehandelt und zu menschlichem Elend beigetragen. Ist Ihnen noch nie der Gedanke in den Kopf gekommen, dass Sie, anstatt Ihre Fähigkeiten für einen guten Zweck einzusetzen, diese für schnelles Geld und den Wunsch nach einem einfachen Leben missbraucht haben? Haben Sie sich denn nie für das Leid, das Sie angerichtet haben, verantwortlich gefühlt?«

Statt einer Antwort fühlte ich das Brennen einer Faust in meinem Gesicht.

»Du bist echt hirnverbrannt, Frischling! Total gestört! Kein Wunder, dass du dich abmurksen wolltest. Wenn man so denkt wie du, dann bleibt einem nix anderes mehr übrig. Das hier ist kein Film mit Happy End, Frischling! Das hier ist das Leben! Hier gibt's keinen Platz für edle Ziele. Man muss sich um seinen eigenen Arsch kümmern. Um die Familie. Aber was kann so 'ne Lusche wie du darüber wissen? Du hast ja deine Leute verlassen wollen, weil das einfacher ist.«

»Ja! Ich habe sie verlassen!«, schrie ich. »Aber ich war wenigstens mein Leben lang meinen Grundsätzen treu und habe immer versucht, niemanden zu verletzen. Indem ich immer Verantwortung übernommen habe für das, was ich tat. So geht es nämlich auch. Klar hatte ich auch mal Lust auf schnelles Geld oder die hübsche Nachbarin. Aber ich hatte die Kontrolle darüber. Wer von uns ist hier die größere Lusche? Schau dich doch an! Wir sitzen beide ein. Nur, dass da draußen noch Menschen sind, die mir helfen wollen. Es ist meine Entscheidung, ob ich diese Hilfe annehme oder nicht. Und du? Vermutlich wünschst du dir das auch. Nur, wer wartet denn noch auf dich? Sag schon! Wer?«

»Schnauze! Kein Wort mehr!«, schäumte er. »Wenn man mir nicht befohlen hätte, dass ich auf dich aufpassen soll, dann würdest du schon lange bewusstlos in der Ecke liegen. Ich red' heute nicht mehr mit dir. Wir rechnen ein anderes Mal ab.«

Ich wartete nicht, bis Jurek zu Ende gesprochen hatte. Ich drehte mich um und sprang auf meine Pritsche. Ich versuchte, meine Gedanken zu sortieren. Im Hintergrund hörte ich an meine Adresse gerichtete Flüche. Aber ich achtete nicht darauf.

Ich war sauer, dass ich die Beherrschung verloren hatte. Ich starrte auf die rissige Decke und wünschte mir nichts sehnlicher als sofort einzuschlafen. Der Schließer hatte Recht behalten. Ich hatte vorschnell über den Gefängnisaufenthalt geurteilt.

XII

»Frau Szrympa.« Der Richter, blickte hinter seinem Pult hervor auf meine Mutter, die als nächste mit ihrer Aussage dran war.

»Bitte sprechen Sie mir nach: „Im Bewusstsein meiner strafrechtlichen Verantwortung schwöre ich, die Wahrheit zu sagen und nichts als die Wahrheit.“

Während meine Mutter diesen Satz nachsprach, brach ihre Stimme ein wenig ein. Sie stand steif da, blickte nervös zum Richter und war sehr nervös. Sie hatte in ihrem Leben viele Gerichtsverhandlungen mitgemacht, aber dennoch nie gelernt, mit solchen Situationen umzugehen.

»Frau Szrympa, bitte erzählen Sie uns, womit Sie sich beschäftigen.«

»Ich bin Rentnerin, Mutter zweier Kinder. Früher habe ich als Krankenschwester gearbeitet. Ich bin geschieden.«

»Vielen Dank. Sind Sie sich im Klaren darüber, wessen Ihr Sohn angeklagt ist?« Der Richter warf einen kurzen Blick zu mir und hob fragend die Augenbrauen.

»Ja, das bin ich«, nickte sie.

»Im Rahmen der Zeugenbefragung haben wir bisher die Aussagen Ihres geschiedenen Mannes sowie Ihres jüngeren Sohnes gehört. Ich würde gerne von Ihnen wissen, was Sie, als Zeuge der Verteidigung, über Ihren Älteren zu berichten haben? Warum sind Sie der Ansicht, dass er für nicht schuldig im Sinne der Anklage erklärt werden sollte?«

Das Gesicht meiner Mutter wurde weiß wie ein Blatt Papier. Ihre Pupillen erstarrten. Sie heftete ihren Blick auf irgendeinen Punkt weit hinter dem Rücken des Richters. Ganz so, als ob sie versuchen würde, einen dort aufgehängten, eng beschriebenen Spickzettel zu entziffern.

»Hohes Gericht«, begann sie endlich. In ihrer Stimme konnte man immer noch unglaubliche Anspannung wahrnehmen. »Es gibt so viele Dinge, so viele Situationen, die zu Gunsten meines Sohnes sprechen könnten. Ich weiß nicht, wo ich anfangen sollte, was für das Hohe Gericht den besten Beweis liefern würde. Ich werde also mit dem anfangen, was mir als erstes eingefallen ist. Sollte ich mich allzu chaotisch ausdrücken, so bitte ich Sie, mich darauf aufmerksam zu machen.«

»Darüber müssen Sie sich keine Sorgen machen.« Der Richter bemerkte ihre Aufregung nun auch und lächelte ihr zu.

»Es mag für das Gesetz vielleicht keine allzu große Aussagekraft haben, aber für mich sind meine Gefühle wohl das wichtigste Argument. Sławej ist mein Sohn. Ich liebe ihn sehr. Zeugin seines Todes sein zu müssen wäre für mich das Allerschlimmste, was mir in meinem Leben passieren könnte.«

Durch den Saal ging ein leises Murmeln. Es waren in erster Linie Frauen, die auf diese Weise ihre Zustimmung zu den Worten meiner Mutter zum Ausdruck brachten. Vermutlich hatte sie ihre Aussage dazu gebracht, sich den Tod ihrer eigenen Kinder vorzustellen.

»Dass mein Sohn überhaupt versucht hat, sich das Leben zu nehmen, ist für mich schon an sich die härteste aller Strafen. Denn dass er es versucht hat,« sie nickte energisch, so als ob es der Richter nicht wüsste und sie gerade versuchen würde, es ihm zu beweisen, »das ist leider eine unumstößliche Tatsache. Mein ganzes Leben lang habe ich versucht, ihn zu einem guten, glücklichen Menschen zu erziehen. Viel von dem, was ihm sein Vater angetan hat, war mir leider nicht bekannt. Von vielen anderen Geschehnissen wusste ich jedoch. Ich war leider nicht in der Lage, Abhilfe zu schaffen. Ich versuchte, meinem Sohn wenigstens eine Welt zu erschaffen, in die er sich in traurigen Momenten flüchten und in der er seine dramatischen Erlebnisse vergessen könnte. Lange Zeit war ich der festen Überzeugung, dass es mir gelungen sei. Trotz seiner traumatischen Erfahrungen lachte Sławej viel. Oft summte er vor sich hin. Er schien zufrieden. Ich war sogar stolz auf mich, dass ich es geschafft habe, die Psyche meines Kindes vor Turbulenzen zu bewahren.

Und dann kam dieser Moment. Gleich, nachdem wir den Scheidungsprozess gewonnen hatten, entfernte sich mein Sohn von mir. Anfangs dachte ich noch, das sei normal. Er hatte ja seine eigene Familie. Er verbrachte sowieso viel zu viel Zeit damit, sich um meine Angelegenheiten zu kümmern. Ich dachte also, dass er einfach ein wenig Abstand zu der ganzen Geschichte brauchte. Doch die Zeit verging, und die Situation verbesserte sich nicht. Ich verlor immer mehr den Kontakt zu ihm. Ich bekam mit der Zeit den Eindruck, dass ich ihm völlig fremd geworden bin. Ich wusste nur nicht, weshalb. Und dann, eines Tages, verstand ich plötzlich. Er warf mir vor, zu wenig dagegen unternommen zu haben, wenn ihn sein Vater misshandelte. Seiner Ansicht nach hätte ich mehr tun müssen. Erstaunlicherweise fing er plötzlich an, seinem Vater die Folterungen zu verzeihen und warf mir immer häufiger Passivität vor. Der Henker wurde begnadigt, und eines der Opfer verurteilt ...
Anfangs tat mir das unglaublich weh. Ich empfand es als ungerecht, dass ich mich für ihn aufgeopfert hatte und er mich zurückwies. Doch mit der Zeit gewöhnte ich mich an diesen Gedanken und stellte fest, dass mein Sohn nicht ganz Unrecht hatte. Leider. Der Tag, an dem ich das verstanden habe, war der schwärzeste in meinem ganzen Leben.«
»Was meinen Sie damit?« Der fragende Blick des Richters

ruhte sanft auf dem Gesicht meiner Mutter.

»Anfangs habe ich meinen Mann sehr geliebt. Ich wäre für ihn durchs Feuer gegangen. Ich habe ihm immer wieder verziehen, wenn er sich aufregte und herumschrie. Ich dachte, er hat das Recht dazu. Dass ich irgendetwas angestellt habe und sein Geschrei die logische Konsequenz meiner Handlungen war. In meinem Elternhaus wurde auch viel geschrien. Es war für mich sozusagen normal, dass Männer ihre Rechte mit lauter Stimme und Fäusten einfordern. Wenn er mich schlug, machte ich mich so klein wie nur möglich und wartete, dass er wieder aufhört. Insgeheim hoffte ich, dass es irgendwann anders wird. Dass es das letzte Mal gewesen ist, dass er die Hand gegen mich erhoben hat. Ich habe ihn immer in Schutz genommen und mir eingeredet, dass er sicher gerade in der Arbeit viel Stress oder teilweise Recht mit seinem Verhalten hat. Als er zum ersten Mal Sławej schlug, habe ich das gar nicht beachtet. Aber ich hätte es tun sollen. Durch die Luft ging ein Pfeifen, wie das Heulen von starkem Wind. Das Zimmer hallte wider von dem Schlag. Als ich den Kleinen ein paar Stunden später wickelte, sah ich einen roten Abdruck auf seiner Pobacke und dem Rücken. Da war er vielleicht gerade mal neun Monate alt. Er hat was abbekommen, weil er geweint hat. Es kam nicht selten vor, dass mein Mann ihn anschrie, weil er zu laut lachte oder einen Schrei von sich gab.

Oft griff ich nicht ein, weil ... weil es auch mir ganz recht war. Verstehen Sie, Hohes Gericht? Ich verbrachte den ganzen Tag mit meinem Sohn. Sein ständiges Schreien und Weinen strengte mich an. Aber ich ertrug es, weil ich wusste, dass der Kleine mucksmäuschenstill sein muss, wenn mein Mann nach Hause kommt. Nach einiger Zeit jedoch schrie er Sławej nicht mehr an, sondern schlug gleich zu. Immer häufiger wegen irgendwelcher Lappalien. Sogar für leises Lachen. So, als ob es ihn stören würde, dass sein Sohn glücklich ist ...

Der Kleine war damals vielleicht zwei Jahre alt. Und ich schaute zu und tat nichts. Ich war zum zweiten Mal schwanger. Ich wollte nicht, dass mir etwas zustößt. Ich hatte Angst, dass mein Mann mir in den Bauch schlägt und ich das Kind verliere. Ich war auch sehr schwach. Und hungrig. Wir hatten kein Geld. Es gab nicht viel zu Essen bei uns.

In der Zwischenzeit veränderte sich der Kleine sehr. Er wurde ein trauriges Kind. Aber er weinte nicht. Er hatte Angst zu weinen. Der Ausdruck stummer Furcht wich nicht mehr aus seinen Augen. Er saß stundenlang zusammengekauert in der Ecke. Er wollte nicht einmal kommen, wenn ich ihn zu mir rief, um mit ihm zu kuscheln. Er klagte oft über Bauchschmerzen. Vor allem nachmittags, wenn die Stunde näher rückte, zu der mein Mann nach

Hause kam. Es kam soweit, dass er jeden Tag, pünktlich wie ein Uhrwerk, um halb vier zu mir kam und mich bat, ihn in sein Bettchen zu legen. Wenn mein Mann nach Hause kam, lag er völlig regungslos darin. Stundenlang. Manchmal hatte ich Angst, dass er gestorben ist. Man konnte nicht einmal sehen, ob er atmete.

So ging das bis zur Geburt meines zweiten Sohnes. Als Sławejs Brüderchen zur Welt kam, änderte sich mein Mann ein wenig. Er war freundlicher. Sanfter. Sogar Sławej gegenüber. Ich hatte fast den Eindruck, dass eine Art Band zwischen Vater und dem älteren der Söhne entstand. Es sah alles danach aus, als ob endlich der Moment gekommen war, auf den ich so lange gewartet hatte. Dass wir nun alle eine gute, sich liebende Familie waren. Obwohl ich mich viel um den Jüngeren kümmern musste, versuchte ich, meinem Erstgeborenen so viel Zeit wie nur möglich zu widmen. Und der Kleine öffnete sich. Er war wieder fröhlich, lachte und freute sich. Es war eine sehr vorsichtige Freude. In seinen Augen spiegelte sich immer häufiger Ruhe. Er suchte körperliche Nähe, wie nie zuvor. So, als ob er aus meinem Körper die Wärme aussaugen wollte, die er nie zuvor erfahren hatte. Ich habe ihn oft gestreichelt.« Meine Mutter lächelte. Die Erinnerung an diese Tätigkeit schien für sie bis heute etwas unglaublich Angenehmes zu sein. »Die Bauchschmerzen verschwanden.

Und als ich dachte, dass nun alles mit ihm in Ordnung sei, ging der Horror für uns alle erst richtig los.«

XIII

Meine Mutter hatte mit ihrer Aussage erst begonnen, und ich war schon erschöpft. Im Gerichtssaal war es heiß und stickig. Es roch nach Schweiß. Ich bekam Kopfschmerzen davon. Mein Magen fühlte sich unangenehm voll an. Ich fühlte mich, als ob ich mit Halbverdautem gefüllt wäre, das ich gleich unter den Tisch speien würde. Diese ganze Verhandlung ekelte mich an. Ich wünschte, dass das alles schon vorbei wäre. Dass der Richter feierlich und langsam seine Litanei aufsagt und mich dabei ernst anschaut. Dass er mir mit dem Finger droht, wie einem Jungen, der etwas Schlimmes ausgefressen hat. Und dass sie mich dann endlich hinrichten.

Meine Mutter stand dort, mitten im Raum, und versuchte, irgendetwas zu ändern. Aber bis jetzt hat sie nichts wirklich Wichtiges gesagt. Letzen Endes konnte ich ganz ruhig sein, denn es sah nicht so aus, als ob ihre Aussage Einfluss auf das Urteil nehmen könnte. Zumindest nicht das, was sie bisher ausgesagt hatte. Wer würde denn das Gejammer einer Mutter ernst nehmen, die über das Schicksal ihres armen Jungen klagt? Vor Gericht muss man sachlich bleiben. Letzten Endes ist Justitia blind. Sie kennt keine Gefühle. Für sie sind nur Tatsachen entscheidend. Von Recht ganz zu schweigen, denn in diesem Land gingen Recht und

Gerechtigkeit nie Hand in Hand. Vielleicht nur vor den Wahlen – als Slogan irgendeiner politischen Partei ...[2]

»Was geschah danach, Frau Szrympa?« Der Richter wandte sich interessiert dem Zeugenstand zu.

»Mein Mann begann eine Affäre«, stillte meine Mutter seine Neugier. »Anfangs wusste ich natürlich von nichts. Ich habe es durch Zufall erfahren, als ich beim Waschen in einer seiner Jackentaschen einen Liebesbrief fand.

In diesem Zeitraum verhielt sich mein Mann irgendwie anders als sonst. Er war kaum noch zu Hause. Er kam erst abends oder spät in der Nacht.

Er sprach nicht mehr mit mir, sondern knurrte nur noch. Häufig weckte er Sławej, wenn er heimkam. Er lief zu ihm, zerrte an dem Kleinen, schrie ihn an und schlug zu. Nach einiger Zeit machte sich Sławej automatisch in die Hose, wenn man abends den Schlüssel im Schloss hören konnte. So ein Reflex. Wie der Pawlowsche Hund. Verstehen Sie, Hohes Gericht?«

Der Richter schüttelte ungläubig seinen Kopf.

»Aber warum haben Sie nichts dagegen getan? Sie sind doch seine Mutter. Wenn der Mann sein Kind misshandelt hat,

---

[2] Anspielung auf Recht und Gerechtigkeit, polnisch *Prawo i Sprawiedliwość*; eine nationalkonservative Partei in Polen, die 2001 von Jarosław Kaczyński und dessen Zwillingsbruder Lech Kaczyński, dem späteren Staatspräsidenten, gegründet wurde. – Anm. d. Übers.

war es Ihre Pflicht, etwas dagegen zu unternehmen.«
Meine Mutter blickte ihn erschrocken an. Sie hatte schon früher immer versucht, dieser Frage auszuweichen. Ich habe nie verstanden, warum. Sie hatte doch alles getan, was sie hätte tun können. Aber soweit ich mich erinnere, hatte sie panische Angst davor gehabt, dass man sie wegen Mittäterschaft anklagt.
»Ich ... ich habe getan, was ich konnte.« Ihr verschreckter Blick irrte im Saal umher, ganz so, als ob sie dem Blick des Richters nicht begegnen wollte. »Ich habe meinen Sohn in Schutz genommen. Immer. Aber dann schlug mein Mann mich. Er warf mich gegen Wände und Möbel. Ich rappelte mich jedes Mal auf, um mich wieder auf ihn zu stürzen. Er brach dann jedes Mal in ein irres Lachen aus und brüllte: „Du dumme Schlampe!“ Er drehte mir meine Arme auf den Rücken, als ob er sie aus den Gelenken reißen wollte. Und dann warf er mich wieder gegen die Wand.«
»Warum haben Sie nicht die Polizei gerufen?«
»Polizei?« Meine Mutter machte einen verlorenen Eindruck. »Polizei? Ich hatte panische Angst vor der Polizei. Mein Mann drohte mir immer damit, dass er, wenn ich die Polizei hole, den Polizisten sagen würde, *ich* hätte das meinem Sohn angetan. Dass ich diejenige bin, die ihn misshandelt. Dass ich psychisch krank bin. Dass ich Anfälle von Schizophrenie habe und dann den Kleinen quäle und ich später, wenn

die Anfälle vorbei sind, die Schuld auf meinen Mann schiebe. Er sagte, dass niemand beweisen könnte, dass er lügt. Dass meine Meinung nicht zählt, denn sie würden mich alle für geisteskrank halten. Dass die Kinder nichts sagen werden und sie zu klein sind, um als Zeugen zu taugen. Er lachte, dass man mich in die Psychiatrie sperrt und er dann das alleinige Sorgerecht für die Jungs bekommt. Und dass er dann den Kleinen nach Herzenslust quälen wird.«

Der Saal brodelte. Die Leute schüttelten ungläubig ihre Köpfe. Aus der vorletzten Bank unter dem Fenster rief ein heiserer Bariton:

»Das ist unglaublich! Warum hat sich niemand darum gekümmert?!«

Im nächsten Moment wurde der aufgebrachte, ältere Herr, der dreinschaute wie ein begossener Pudel, von einem Polizisten am Ärmel aus dem Saal geführt.

»Ihr Mann hat tatsächlich solche Dinge getan?« Die Pupillen des Richters weiteten sich plötzlich vor Zorn. »Sind Sie sich dessen sicher, was Sie da sagen? Ich möchte Sie daran erinnern, dass Sie unter Eid stehen.«

»Hohes Gericht.« Meine Mutter brach unter dem Druck plötzlich in Tränen aus. »Sie sehen doch selbst, dass es schwer ist, daran zu glauben! Bitte lesen Sie sich die entsprechenden Akten der damaligen Verhandlung durch, die sich mit diesem Zeitraum befassen. Darin ist alles ganz

genau beschrieben. Viele Jahre lang hat mir niemand geglaubt! Niemand! Dazu kam, dass mein Mann außer Haus ein vorbildlicher Nachbar und rechtschaffener Bürger war. Er half älteren Damen, die Einkäufe nach Hause zu tragen.«
Meine Mutter nahm ein Taschentuch aus ihrer linken Hosentasche und trocknete sich die Augen. »Seien wir mal ehrlich. Die meisten Menschen können diese Geschichte nicht fassen. Sie klingt wie das Drehbuch für einen Horrorfilm. Es war ein Albtraum. Wenn eine verschreckte Mutter zu Ihnen kommen und solche Dinge erzählen würde, würden Sie ihr dann glauben, Hohes Gericht? Oder würden Sie sicherheitshalber erst einmal Untersuchungen anordnen, um zu überprüfen, dass sie auch wirklich keine Mythomanin ist, die sich das alles nur zusammenlügt?«
Diese Frage war natürlich rhetorisch, und der Richter dachte gar nicht daran, sie zu beantworten.
Meine Mutter tat mir jetzt leid. Das, was sie aussagte, stimmte. Ich kann mich noch heute an das höhnische Lächeln meines Vaters erinnern, wenn er sagte:
»Du dumme Schlampe! Wenn du den Mund nicht hältst, dann sperren sie dich ein. Ins Irrenhaus! Bis ans Ende deines erbärmlichen Lebens. Was hast du denn gedacht, mit wem du es zu tun hast? Mit irgendeinem Dummkopf? Nicht mit mir. Wenn du aufmuckst, mach' ich dich fertig.«
Meine Mutter rollte sich dann zusammen, so, als ob

ein unsichtbarer Pfeil ihren Bauch durchschlagen hätte. Dann sank sie kraftlos zu Boden und ihr stummer Blick voller Schmerz flehte mich an, durchzuhalten. Meinem Vater stand dann nichts mehr im Wege, sich um mich zu „kümmern".

»Was haben Ihre Familie und Freunde dazu gesagt?«, fuhr der betagte Herr in der schwarzen Robe fort.

»Meine Familie? Sie wollten mir auch nicht glauben. Mein Schwager antwortete auf mein Klagen immer nur philosophisch, dass Missverständnisse in der Ehe durch Schwierigkeiten in der Kommunikation und emotionale Probleme beider Partner zustande kommen. Der Rest der Familie meines Mannes ging noch einen Schritt weiter.

Ihrer Ansicht nach lag die ganze Schuld bei mir. Eigentlich habe ich mit ihnen nur ein einziges Mal über meine Probleme gesprochen. Als er das erfahren hat, hat er mich grün und blau geschlagen. Ich hatte nie wieder den Mut, es zu erwähnen. Ich war auf mich allein gestellt.

Meine Eltern ahnten, dass mein Mann mich schlägt, aber sie konnten einfach nicht glauben, dass das alles nach einem so eingefahrenen Muster ablief.«

Der Richter nickte mitleidig. Ich war mir nicht sicher, ob sein Mitleid der verzweifelten Situation galt, in der meine Mutter gefangen war, oder ob es eher ein Mitleid war, das man Leuten entgegenbringt, die nicht ganz richtig im Kopf sind und Blödsinn reden.

»Also wollte Ihnen niemand glauben?«

»Niemand. Und die ganze Sache wäre wohl auch nie herausgekommen, wenn Sławej nicht gewesen wäre. Er musste es nicht glauben. Er wusste es ...

Als die Jungs stärker wurden, verlagerte mein Mann seine Praktiken auf mich. Ich habe es lange Zeit verheimlicht, was nicht schwer war, denn seine Schikanen waren sehr subtil und für einen Außenstehenden nicht wahrnehmbar. Nur er und ich wussten genau, dass es psychische Gewalt war. Und er schlug mich auch nur dann, wenn niemand zu Hause war. Zusammen mit Sławej wünschte ich mir nichts sehnlicher, als dass sein Bruder ein glückliches Leben führt, weit weg von der traurigen Vergangenheit. Deswegen habe ich mich nie beklagt.

Doch eines Tages hat mein Mann den Bogen überspannt und mein jüngerer Sohn vertraute sich voller dunkler Ahnungen Sławej an. Dieser reagierte sofort. Bevor mein Mann irgendetwas tun konnte, lag dem Gericht eine Klage wegen Misshandlung der Familie vor. Sowohl dieser Prozess als auch die wegen Scheidung und Zwangsräumung, zogen sich jahrelang hin. Sie endeten damit, dass mein Mann verurteilt wurde. Alle seine Einsprüche wurden abgelehnt.

»Gut«, der Richter wiegte sich hin und her, »aber können Sie mir noch etwas über den Horror erzählen, den Sie vorhin erwähnt haben? Der für Ihre Familie begonnen hat, als Sie erfahren haben, dass Ihr Mann eine Geliebte hat? Warum hat das einen so großen Einfluss auf Sławejs Entwicklung gehabt? Sind Sie der Ansicht, dass ihn das so bedeutend geprägt hat, dass er sich aus diesem Grund das Leben nehmen wollte?«

»Nicht nur eine, es waren viele.« Meine Mutter schüttelte traurig den Kopf. »Genau das war der Albtraum. Wenn mein Mann eine Affäre beendete, fing er gleich die nächste an. Wir standen ihm dabei nur im Weg. Am liebsten hätte er uns aus seinem Leben verbannt, wenn er gekonnt hätte. Für meinen Sohn bedeutete das in der Praxis, dass er im Alter von drei bis fünfzehn ununterbrochen misshandelt wurde. Natürlich gab es Pausen. Eine Woche. Manchmal vielleicht auch zwei. Aber das war es dann auch schon. Meinen Sie, Hohes Gericht, dass das lange ist für die Psyche eines kleinen Kindes?«, zischte sie feindselig.

»Wenn es Sie dermaßen beunruhigt hat, warum haben Sie nichts dagegen unternommen?« Von dem Tonfall meiner Mutter verärgert beschloss der Richter, sie zur Ordnung zu rufen.

»Hohes Gericht, bei allem nötigen Respekt, aber das habe ich bereits gesagt. Erschien dem Hohen Gericht meine Antwort nicht klar genug? Ist nicht ...«

»Frau Szrympa, muss ich Sie daran erinnern, dass Sie vor

Gericht stehen?«
»Nein, es ist nur so, dass ich ...«
»Nein? Sehr gut. Denn ich werde ein solches Verhalten nicht dulden. Bitte beantworten Sie meine Fragen und behalten Sie Ihre Kommentare für sich.«
Ich hörte dem Wortwechsel erstaunt zu. Der Richter wurde auf einmal sehr energisch. Damit hatte ich nicht gerechnet. Meine Mutter nickte langsam. Sie war jetzt lammfromm. Genau in solchen Situationen konnte man die jahrelange Tyrannei meines Vaters am besten sehen. Es genügte, dass jemand seine Stimme erhob, und schon klemmte sie den Schwanz ein.
»Mein Mann hatte eine ganze Palette an Möglichkeiten ersonnen, um meinen Sohn zu quälen. Das, was er ihm angetan hat, als er klein war, habe ich bereits erzählt. Doch als mein Sohn ins Schulalter kam, kamen neue Methoden hinzu.
Er zwang ihn, in der ersten Klasse der Grundschule komplizierte Romane zu lesen.
Das tägliche Seitenpensum, das mein Sohn abarbeiten musste, wäre selbst für einen Erwachsenen übertrieben. Sein Repertoire enthielt beispielsweise ebenfalls das Spielen eines guten Dutzends Schachpartien täglich. Eine Niederlage wurde mit Schlägen bestraft. Oder mit Essensverbot. Er durfte es sich aussuchen. Mein Sohn ging sehr oft hungrig

ins Bett. Er war dünn. Schwach. Es kam oft genug vor, dass er sich vor lauter Hunger gar nicht mehr richtig konzentrieren konnte. Ich habe ihm heimlich Essen gegeben. Jedenfalls zog er sogar Hunger dem Geschlagenwerden vor. Davon gab es sowieso ständig mehr als genug. Vor allem an den freien Tagen.

Jeden Samstagmorgen schleifte mein Mann meinen Sohn aus dem Bett und lehrte ihn Naturwissenschaften. In der zweiten Klasse der Grundschule gab er ihm Aufgaben auf dem Niveau der Oberstufe. Immer unter Stress. Ohne Pause für Mittagessen oder ein kurzes Verschnaufen. Bis spät in die Nacht. Fünfzehn Stunden täglich. Für jede falsch gelöste Aufgabe gab es Schläge. Aber nicht die üblichen. Das war wieder ein Ritual für sich. Es fing immer damit an, dass mein Mann Sławej sagte, dass dieser einen Fehler gemacht hat und er dafür Schläge bekommt, es sei denn ... er löst eine andere Aufgabe. Um nur nicht geschlagen zu werden, wählte mein Sohn die zweite Option. Dann bekam er von meinem Mann Aufgaben, an denen sogar Mathematikstudenten verzweifeln würden. Er versuchte natürlich sein Möglichstes, sie zu lösen. Aber er schaffe es nicht. Dann musste er ein Kabel holen. Mein Mann hatte eine Sammlung verschiedener Kabel. Mein Sohn tat immer so, als ob er sie nicht finden könnte, in der verzweifelten Hoffnung, dass er um die Strafe herumkommt. Aber jedes Mal umsonst. Oft war es so, dass er ein Kabel brachte und sein Vater ihm sagte, dass es das falsche ist. Dass er ein anderes holen soll. Und das wiederholte sich so lange, bis mein Mann der Ansicht war, dass mein Sohn genug hat von dieser Zeremonie, dann befahl er ihm, sich auszuziehen. Mich platzierte er auf die Couch. Ich wollte das nicht sehen. Ich weinte. Er griff nach meinem Kopf und zwang mich, die Augen aufzumachen. Den Jüngeren setzte er neben mich. Sławej musste sich auf das Sofa legen. Dann schlug mein Mann mit dem Kabel auf den Sessel. Es gab einen furchtbaren Knall. Der Kleine zuckte und schrie. Er schrie vor Angst, nicht vor Schmerz, denn sein Vater hatte ihn noch nicht geschlagen. Der erste Schlag auf den Sessel sollte ihm nur die Wucht des zweiten Schlages klarmachen. Des eigentlichen, der seinen Körper treffen würde.

„So einen kriegst du gleich", sagte mein Mann immer nach dem Vorführschlag. In seinen Augen sah ich ein ganz bestimmtes Leuchten. Es war das Leuchten eines Folterers. Eines Schlächters, der mit einem Kalb spielt, bevor er ihm den endgütigen, tödlichen Stoß versetzt. Das Kalb ist am Ende seiner Kräfte. Sein Herz vor Furcht erstarrt. Doch es darf nicht sterben, bevor sein Folterer nicht seine sadistische Blutgier befriedigt hat. Und so strampelt es verzweifelt, bis sein ganzes Blut aus den Wunden geflossen ist, oder bis der Schlächter endlich des Spiels müde wird und ihm den Bolzen in den Kopf jagt. Aus Gnade. Doch mein kleines Kälbchen starb nicht. Obwohl Sławej schwächlich aussah, war er innerlich stark. Er lebte und litt, als ob er wüsste, dass seine Zeit noch nicht gekommen ist. Manchmal ... Ich weiß, das klingt jetzt grausam, aber ... Manchmal betete ich, sein Herz möge bersten.«

»Ooohh« Der Saal kochte wieder auf. Überall blitzten die Kameras auf. Die Presseleute machten Bilder von der Frau, die sich den Tod ihres eigenen Kindes wünschte. Perfekter Stoff für die Boulevardblätter.

»Meine Damen und Herren ...« Der Richter hob seine Hand. Der Saal erstarrte so schnell, dass es ihn selbst überraschte. »Frau Szrympa, wollen Sie uns damit sagen, dass sie sich den Tod Sławejs gewünscht haben?«

»Ja, das habe ich«, bestätigte meine Mutter. »Im Angesicht der endlosen, grenzenlosen Gewalt, Grausamkeit und meiner Hilflosigkeit dachte ich über seinen Tod nach. Schnell. Schmerzlos. Damit er das alles nicht mehr ertragen muss. Damit er nicht mehr leiden muss. Ja! Dass sein kurzes Leben, erfüllt mit Qualen, endlich zu Ende geht. Dass er ruhig einschlafen kann, ohne sich zu sorgen, dass es nächsten Samstag wieder von neuem losgeht. Dass er sich nicht mehr in die Hosen macht und keine Bauchschmerzen mehr hat.« Die Stimme meiner Mutter wurde auf einmal ganz leise. Ihre Lippen bebten. Sie sah mich mit ihren großen, geröteten Augen an und schluchzte plötzlich laut auf.

»Hohes Gericht, bitte tun Sie meinem Sohn nicht weh. Es ist alles meine Schuld. Meine ganz allein. Nehmen Sie mich an seiner Stelle. Ich war nie eine gute Mutter! Nein! Ich wollte meine eigene Haut retten und habe das alles zugelassen. Ja! Ich hatte Angst. Doch ich hätte trotz meiner Angst etwas tun können! Ich hätte nicht auf die Drohungen meines Mannes achten dürfen. Es wäre meine Pflicht gewesen, mein Kind zu beschützen. Und das habe ich nicht getan. Nicht so, wie ich es hätte tun müssen. Ich hätte mein Leben für ihn hergeben sollen. Das einzige, was ich für ihn hätte tun können, um ihn zu retten.« Auf einmal wurde ihr Gesichtsausdruck unheilvoll. »Aber hätte ich das getan, hätte ihn mein Mann weiter misshandelt. Ich hätte noch mehr tun müssen. Ich hätte dieses Monster umbringen sollen. Ihm im Schlaf die Gedärme herausreißen. Damit er nie wieder meinem Kleinen wehtut. Nie wieder ...«

»Frau Szrympa!«, brüllte der Richter. »Beruhigen Sie sich auf der Stelle! Ich rufe Sie hiermit zur Ordnung! Ich ordne eine halbstündige Pause an! Frau Szrympa, leider kommen wir nicht um ein Bußgeld für Sie herum. Ich muss ein solches Verhalten bestrafen.«

Ich war sprachlos vor Erstaunen. Ich hätte nie gedacht, dass die Sache so eine Wendung nehmen würde.

Meine Mutter, die sich jahrelang in so vielen verschiedenen Prozessen mutig und trotz großer Angst gegen die gerichtlichen Attacken meines Vaters gewehrt hatte, war plötzlich explodiert.
In meinen kühnsten Träumen hätte ich sie mir nicht mit solchen Worten auf den Lippen vorstellen können! Sie wusste noch gar nicht, welch großen Gefallen sie mir damit getan hatte. Jetzt waren ganz sicher alle überzeugt davon, dass sie den Verstand verloren hatte.

XIV

Im Saal herrschte immer noch ziemlicher Auffuhr. Die Journalisten diskutierten lebhaft die Konsequenzen, die das Verhalten meiner Mutter im letzten Teil ihres Auftritts nach sich ziehen würde. Einige hatten mit allen Mitteln versucht, in der Pause ein Interview mit ihr zu bekommen. Ohne Erfolg. Sofort, nachdem die Türen des Gerichtssaals geöffnet wurden, entschwand sie in unbekannte Richtung. Keiner konnte sie finden. Sie hatte ihr Telefon ausgeschaltet. Ich bat einen meiner im Gerichtssaal anwesenden Bekannten, nachzusehen, was sie gerade machte. Er kehrte ohne eine Antwort zurück. Sie war einfach wie vom Erdboden verschluckt.

Die Bänke waren schon wieder mit Zuschauern gefüllt. Bis zum Beginn der Verhandlung blieben nur noch knapp fünf Minuten. Langsam überkam mich Panik. Ob meine Mutter überhaupt zu der Verhandlung zurückkommen würde? Falls nicht, wird sie die Konsequenzen dafür tragen müssen. Die Sache wird sicherlich so oder so weiterlaufen. Mit ihr oder ohne sie. Aus dem Augenwinkel bemerkte ich, dass meine Frau sich schon auf ihre Aussage vorbereitete.

Dieses Schauspiel musste ihr den letzten Nerv rauben. Sie schielte auf einen zerknitterten Zettel, den sie auf ihren zitternden Knien hielt. Mal sehen, was sie jetzt machen wird.

Einer Sache konnte ich mir sicher sein. Es wird nicht so einfach werden, wie mit meiner Mutter. Meine Frau war meist viel zu beherrscht. Und selbst, wenn sie Lampenfieber hatte, so hatte sie ganz sicher keine Angst. Sie wird langsam, sachlich und zum Thema aussagen. Darauf wette ich.

Diese Eigenschaften hatten mich an ihr immer erstaunt. Ich wusste nicht, wie sie das machte. Als Kind hatte sie es auch nicht einfach gehabt. Vielleicht ist es bei ihr nicht so drastisch gewesen wie bei mir, aber ich weiß, dass auch sie einiges im Leben mitgemacht hat. Es hatte eine Phase in unserem Leben gegeben, in der wir viel über unsere Kindheit gesprochen haben. Über unsere Familien. Unglaublich, wie unterschiedlich zwei Menschen ähnliche Erlebnisse und ähnliche Probleme meistern. Während aus mir ein Hysteriker und Pessimist wurde, hat sie sich ihren Optimismus bewahrt. Der Gegenwind, der ihr oft ins Gesicht blies, hat ihren Willen nicht brechen können. Ganz im Gegenteil, durch ihn wurde sie langmütig und lernte, sich durchzusetzen. Sie war in der Lage, auf den richtigen Augenblick zu warten, und wenn dieser kam, gab es kein Zurück mehr. Sie erreichte das, was sie wollte. Immer. Es bedurfte großer Selbstdisziplin, sich nicht von ihr vom eigenen Weg abbringen zu lassen. Und die hatte ich nicht. Ich kann mich erinnern, wie sie einmal ganz dringend einen Küchentisch kaufen wollte. Eigentlich hatten wir schon einen. Und der war gar nicht schlecht. Er gehörte zu der Kücheneinrichtung, die wir in der Wohnung vorgefunden hatten, als wir uns dort einmieteten. Doch eines Tages hatte er für sie jeden Reiz verloren. Sie stellte fest, dass man ihn austauschen müsse und teilte mir auch gleich mit, dass sie schon einen im Auge hätte. Ich aber dachte gar nicht daran, etwas wegzuwerfen, das ich mochte. Wir fingen an zu diskutieren. Ich äußerte meine Ansicht, dass mir unser Tisch gefalle, er praktisch sei und wir kein Geld für einen neuen hätten. Meine Frau stellte fest, dass ich eigentlich Recht hätte. Meine Argumente hätten sie überzeugt. Wir beendeten das Gespräch. Ein halbes Jahr später, als wir uns auf den Weg machten, um einige notwendige Möbel zu kaufen, blieb sie wieder vor besagtem Tisch stehen. Das Thema ging von vorne los. Ich versuchte, sie davon zu überzeugen, dass wir andere Sachen bräuchten und wenn wir den Tisch kaufen würden, auf irgendetwas anderes verzichten müssten. Sie kapitulierte. So zumindest dachte ich. Einige Monate später wiederholte sich die Situation. Das war schon das dritte Mal. Beim vierten hatte sie es geschafft.

Wir fuhren los, um Gardinen zu kaufen. Als wir an dem Tisch vorbeigingen, warf ich nur einen flüchtigen Blick darauf.

»Nicht schlecht, was?«, hörte ich ihre fröhliche Stimme hinter mir. »Ich wusste, dass du irgendwann Gefallen an ihm

finden würdest. Ich würde ihn so gern haben. Er ist so schön. Er passt perfekt in unsere Küche.«
»Meine liebe Gattin. Du kennst meine Meinung bereits. Lass uns nicht zum zehnten Mal mit dieser Diskussion anfangen.«
Abends, nachdem wir miteinander geschlafen hatten und ich mit geschlossenen Augen dalag und mich an der Stille und ihrer weichen, warmen Haut unter meinen Fingern erfreute, fragte sie, ob ich sie liebe.
»Sicher, mein Schatz. Warum fragst du?«
»Wenn du mich wirklich liebst, warum willst du mir dann nicht diesen Tisch kaufen, obwohl du weißt, wie glücklich mich das machen würde?«, flüsterte sie mir ins Ohr.
»Wenn das so ist, dann kann ich wirklich nicht nein sagen«, entgegnete ich und versuchte, zärtlich dreinzublicken. In Wirklichkeit war ich enttäuscht. Am nächsten Tag fuhren wir wieder zu dem Geschäft. Ich kann wirklich nicht verstehen, wie man so stur sein kann! Wie ist es möglich, dass das Glück eines Menschen von irgendeinem beschissenen Gegenstand abhängt? Und doch ...
Im Saal wurde es laut. Das Blitzlichtgewitter der Kameras erhellte den Flur. In der Tür tauchte meine Mutter auf. Sie ging langsam. Mein Bruder führte sie am Arm. Nach einer Weile betraten, würdevoll schweigend, auch Richter und Schöffen den Saal. Meine Mutter zuckte erschrocken zusammen. Sie war noch blasser als zuvor. Die Finger ihrer

dünnen, geäderten Hände krallten sich in einen Schal, den sie in ihrem Schoß hielt. Ihr eingefallenes Gesicht mit den hervorstehenden Wangenknochen war zu Boden gerichtet, so als ob sie Angst hätte, einen Basilisken zu erblicken und zu versteinern, wenn sie in Richtung des Rednerpultes blicken würde.

Nachdem er es sich in seinem Sessel bequem gemacht hatte, ließ der Richter seinen Blick über die Versammelten schweifen und begann:

»Frau Szrympa«, meine Mutter hob ihren Kopf. In ihren Augen war immer noch Angst zu sehen. »Ich habe beschlossen, Sie nicht mit einem allzu hohen Bußgeld zu bestrafen. Ich verstehe, dass diesem Verhalten schmerzhafte Erlebnisse in der Vergangenheit zugrunde liegen, und das stellt meiner Ansicht nach mildernde Umstände dar. Doch muss ich leider daran erinnern, dass Sie vor Gericht stehen. Solche Äußerungen wie vorhin dürfen hier nicht fallen. Würde ich gar keinen Verweis erteilen, so könnte dies andere zu ähnlichem Verhalten ermuntern. Deswegen sehe ich mich gezwungen, eine Geldstrafe in Höhe von dreihundert Papieren zu verhängen.«

Wie soll sie das nur bezahlen? Das ist doch die Hälfte ihrer Rente. Sie wird Hilfe brauchen.

»Herr Verteidiger«, wandte sich der Richter an Kowalski. »Haben Sie irgendwelche Fragen an die Zeugin?«

»Nein«, erwiderte Kowalski.

»Herr Staatsanwalt?«

»Fragen habe ich keine«, der Staatsanwalt richtete sich auf. »Ich fordere jedoch, die Aussage von Frau Szrympa in diesem Verfahren unberücksichtigt zu lassen. Das, was hier gesagt wurde, kam nicht aus dem Munde einer ausgeglichenen Person. Ich denke, dies ist nicht nur meine Meinung. Aussagen von Personen, die nicht voll zurechnungsfähig sind, dürfen für das Urteil nicht von Gewicht sein.«

»Aber ich bin doch zurechnungsfähig!«, rief meine Mutter.

»Frau Szrympa, bitte beruhigen Sie sich«, sagte der Richter mit sanfter Stimme. »Herr Staatsanwalt, ich denke, dass dieses Verhalten der Zeugin durch den auf ihr lastenden Druck hervorgerufen wurde. Dazu kamen sicherlich noch tragische Erinnerungen an die Vergangenheit, die ein vorübergehendes Gefühl der Wut ausgelöst haben mögen.«

»Hohes Gericht, bei allem nötigen Respekt«, gab der Staatsanwalt nicht auf. »Hat das Hohe Gericht schon jemals erlebt, dass ein normaler, wütender Mensch mit solch einer Ernsthaftigkeit geäußert hat, dass der einzige Ausweg aus einer Situation das Töten seines Nächsten sei? Sollte diese Aussage auch weiterhin Einfluss auf den Ausgang des Verfahrens haben, schlage ich vor, ein psychiatrisches Gutachten einzuholen.«

Der Richter blickte zum Staatsanwalt. Für mich war die Sache klar. Ich wusste, dass meine Mutter an Depressionen litt. Sie ging seit langem zum Psychiater. Schon vor Jahren, zu Zeiten der damaligen Prozesse, hatte sie eine Reihe von Tests erfolgreich überstanden. Das könnte jetzt anders sein. Ich beugte mich zu Kowalski und flüsterte ihm ein paar Sätze ins Ohr.

Er schaute mich düster an.

»Sicher?«

»Ja«, stieß ich ihn an. »Beeilen Sie sich, bevor meine Mutter in der Klemme sitzt!«

»Hohes Gericht.« Kowalski war augenblicklich aufgestanden. »Ich beantrage, die Aussage von Frau Szrympa aus dem Verfahren auszuschließen.«

»Sind Sie sich sicher, Herr Verteidiger?«, der Richter blickte ungläubig drein. Ganz so, als ob er sich inmitten eines seltsamen Traumes befände, aus dem er aufwachen wollte.

Meine Mutter warf mir einen verstohlenen Blick zu, in dem ich Dankbarkeit erkannte. Ich schloss langsam die Augen und nickte leicht, um ihr zu signalisieren, dass alles in Ordnung ist. Ihr Mund verzog sich zu einem kaum sichtbaren, traurigen Lächeln.

»Absolut, Hohes Gericht«, erwiderte Kowalski.

Der Richter saß noch eine Weile regungslos da, als ob er überlegte, und wandte sich dann zögernd an die

Protokollführerin.
»Bitte streichen Sie die Aussage von Frau Szrympa aus dem Protokoll. Frau Szrympa, Sie dürfen den Zeugenstand verlassen.«
Meine Mutter sagte kurz „Danke“, und ging rasch zu einer der hinteren Reihen.
»Ich hatte es zwar nicht so schnell geplant, aber wenn die Sache nun eine solche Wendung genommen hat, beginne ich mit der Vernehmung des nächsten Zeugen der Verteidigung. Ist die Gattin von Herrn Szrympa im Saal anwesend?«
»Ja«, erklang die dumpfe Antwort aus der dritten Fensterreihe.
»Wenn dem so ist, dann bitte ich Sie nach vorne in den Zeugenstand. Sie werden vereidigt.«
Meine Frau erhob sich. Sie wirkte selbstsicher. Zumindest für die anderen. Ich durchschaute mühelos die ihren Bewegungen anhaftende Unsicherheit. Immer, wenn sie ihre Angst verbergen wollte, schritt sie einher, als ob sie einen Stock verschluckt hätte, erhobenen Hauptes, und fixierte ihren vermeintlichen Gegner. Sie wollte wohl auf diese Weise zeigen, dass sie bereit war, der Gefahr Auge in Auge gegenüberzustehen. Pah, dass es keine Herausforderung gab, der sie nicht gewachsen wäre. In vielen Fällen erwies sich diese Methode als wirksam. Bekannte sagten oft zu mir, dass sie unter ihren Blicken ganz klein würden. Dass sie sich

unwohl fühlten. Durch deren Verunsicherung war sie automatisch im Vorteil. Obwohl sie Angst hatte, war sie schon von vornherein der Goliath. Die anderen mutierten zu winzigen, hilflosen Menschlein. Der Haken an der Sache ist nur, dass jeder Goliath irgendwann auf seinen David trifft. Ich habe ihr oft gesagt, sie solle aufpassen. Aber sie gab nichts auf meine Ratschläge. Sie war sich ihres Verhaltens einfach nicht bewusst. Sie handelte intuitiv. Es war für sie derart normal, dass sie diese Haltung einnahm, wenn sie auch nur die geringste Gefahr witterte. Und deshalb passierte es auch, dass diejenigen, die Streit suchten, merkwürdigerweise ihre verborgene Angst erspürten. Dann nahmen sie bewusst den ihnen vor die Füße geworfenen Fehdehandschuh auf. Ein wahrer Kampf begann. Wie viele Tränen sind dann anschließend geflossen ...

»Im Bewusstsein meiner strafrechtlichen Verantwortung schwöre ich, die Wahrheit zu sagen und nichts als die Wahrheit«, wiederholte sie feierlich die Worte des Richters.

»Gut. Dann können wir beginnen«, der Greis in der Robe lehnte sich bequem in seinen Sessel. Seine Hände stützte er auf die Armlehnen.

»Frau Szrympa. Bitte erzählen Sie in ein paar kurzen Worten etwas über sich.«

»Ich heiße Gattin Szrympa, ich bin Lehrerin. Verheiratet. Vermutlich werde ich demnächst Witwe sein, wenn

mein Mann, der in dieser Verhandlung angeklagt ist, hingerichtet wird.«
»Einspruch, Hohes Gericht«, erhob sich der Staatsanwalt. »Die Zeugin sollte sich vorstellen und nicht ihre Vermutungen äußern, und schon gar nicht den Ausgang des Verfahrens suggerieren.«
»Einspruch akzeptiert. Frau Szrympa, versuchen Sie etwa schon zu Beginn, unser Unterbewusstsein zu manipulieren?«
»Ähm ... Nein. Verzeihung.« Meine Frau nahm Haltung an und musterte den Richter durchdringend. Wie eine Schlange, die ihr Opfer hypnotisiert. Auf einmal gab sie ein langes Keuchen von sich. »Verzeihen Sie bitte, wenn ich arrogant erscheine, aber ich bin sehr nervös. Schließlich geht es um meinen Mann. Ich befürchte, ich werde nicht in der Lage sein, ihm zu helfen ...«
Urplötzlich stockte mir das Blut in den Adern. Das ist unmöglich, schoss es mir durch den Kopf. Hat sie wirklich in ein und demselben Satz gesagt, dass sie Angst hat und nervös ist? Wie viele Überraschungen hielt dieser Tag noch für mich bereit? Erst meine Mutter, jetzt sie. Haben denn alle Frauen, die ich liebte, heute vor, mich mit irgendetwas in Erstaunen zu versetzen?

XV

Der Kommissar schlenderte langsam in seinem Dienstzimmer umher. Sein Kopf schaukelte auf dem dünnen Hals im Rhythmus der unnatürlich langen Schritte. Ganz so, als hätte er Siebenmeilenstiefel an.

Die Finger seiner hinter dem Rücken verschränkten Hände bewegten sich nervös. Auf einmal blieb er vor dem Fenster stehen. Als er so mit dem Rücken zu mir dastand, regungslos, erschien mir seine schlanke Gestalt einem im Wasser watenden Storch zum Verwechseln ähnlich. Er hätte jetzt nur noch ein Bein anheben müssen. Nachdem das Geräusch seiner Schritte im Raum verstummt war, herrschte im Büro absolute Stille. Es gab nicht einmal eine Wanduhr, die sie hätte stören können. Ich habe diese Art von Stille schon immer gehasst. Ich wusste nicht, was ich tun sollte. Etwas sagen? Aber was? Mir wollte nichts Vernünftiges einfallen. Und dummes Zeug reden war nicht mein Stil. Der Kommissar muss meine Verlegenheit gespürt haben, denn plötzlich sah er mich über seine Schulter hinweg an. Sein langes, unordentlich gestutztes Haar verdeckte ihm dabei sein linkes Auge, sodass er für einen Augenblick wie ein Pirat aussah. Nur für einen Moment, denn er strich es sich sofort aus dem Gesicht und klemmte es hinter sein Ohr. Ein Kommissar mit langem Haar. Das ist ja ein Ding! Sicherlich einer von denen, die sich als Teenager ganz schön vollgekifft hatten. Bis zu dem Tag, an dem sie, dank einer wundersamen Wandlung, zu dem Schluss kamen, dass das schlecht sei und die Gesellschaft vor diesem Zeug geschützt werden müsse. Und dann wurden sie eben Polizisten. Der Kommissar seufzte laut und blies dabei die Backen auf. Seine Stirn wurde für einen Augenblick von Falten zerfurcht.

»Ich habe es Ihnen schon gesagt. Ich darf nicht vom Prozedere abweichen. Nicht einmal auf Ihren Wunsch hin. Alles hat so zu laufen, wie vorgesehen. Sollte eine Kontrolle kommen und Lücken bemerken, bin ich dran.« Er setzte sich wieder an seinen Schreibtisch und musterte mich. Dann breitete er zum Zeichen seiner Ratlosigkeit die Arme aus und fügte hinzu: »Es tut mir leid.«

»Seit wann herrscht denn bei der Polizei solche Ordnung?«, lächelte ich grimmig. »Aus Erfahrung weiß ich, dass bei euch eher totales Chaos herrscht. Es wäre mir nicht in den Sinn gekommen, dass hier so etwas wie Kontrollen existiert. Sieh' einer an. Wir sind zu einem Rechtsstaat geworden.«

»Herr Szrympa«, der Kommissar ließ sich nicht aus der Ruhe bringen. »Wenn Sie der Ansicht waren, dass Sie mich aus der Fassung bringen könnten, indem Sie so einen Scheiß erzählen, dann haben Sie sich verrechnet. Ich höre doch so etwas zwanzig Mal am Tag. Das regt mich nicht mehr auf. Die Phase, in der ich es lustig fand, ist ebenfalls vorbei. Jetzt

ist es nur noch langweilig. Ehrlich gesagt, von jemandem mit Ihrem Lebenslauf hätte ich mehr erwartet«, lächelte er herausfordernd.
Ich hatte einen ebenbürtigen Gegner vor mir. Ihn kennzeichnete all das, woran es mir fehlte: Geduld, Selbstbewusstsein und ein ganz bestimmter Sinn für Humor, schwer zu beschreiben, doch einnehmend.
»Schade, dass ich Sie enttäuscht habe«, brummte ich zurück und senkte den Kopf. »Wissen Sie, eigentlich habe ich schon seit Jahren niemandem mehr irgendetwas Intelligentes mitzuteilen. Ich habe überhaupt nichts mehr mitzuteilen. Will man nicht leben, so will man nicht einmal mit seinen Nächsten Umgang pflegen. Ich dachte, dass jemand mit Ihrer Erfahrung das verstehen würde. Nun, aber auf die Polizei kann man sich eben nie verlassen, vor allem dann nicht, wenn man sie braucht.«
»Ha, ha!«, lachte er schallend auf. »Sie gefallen mir. Sie geben nicht so schnell auf, was? Ich kenne viele wie Sie. Ihr versucht es so lange, bis ihr bekommt, was ihr wollt oder bis man euch die Fresse poliert«, sein Lächeln verschwand plötzlich und in seinem Gesicht erschien Verbissenheit. »Ich habe nichts gegen Sie. Und ich würde Ihnen wirklich gern helfen. Ich sehe jedoch, dass Sie das nicht verstehen wollen. Sollten Sie auch weiterhin versuchen, mich aus der Fassung bringen zu wollen, so kann ich mich nach Ihren Spielregeln

richten. Ist es das, worum es Ihnen geht?«
Diese Diskussion strengte mich an. Den ganzen Morgen saß ich schon bei ihm. Alles in allem bekam ich langsam Hunger. Was sollte ich ihm nur sagen, um zu ihm durchzudringen? Im Laufe der Jahre bin ich tatsächlich aus der Übung gekommen, mich mit Menschen zu unterhalten. Wann konnte das nur passiert sein? Als ich jung war, bin ich damit doch ganz gut zurechtgekommen. Zumindest für jemanden mit meiner Vergangenheit. Die Jahre an der Universität waren wohl die schönsten meines Lebens. Abendelang konnte ich nicht einschlafen, ganz aufgewühlt von den Gedanken an die am nächsten Tag stattfindenden Lehrveranstaltungen. Von Gedanken an die Menschen, die ich treffen und mit denen ich mich unterhalten würde. Natürlich waren es nicht die Vorlesungen, die mich am meisten begeisterten, sondern die Zeitfenster dazwischen. Man ging mit der ganzen Gruppe irgendwohin und redete stundenlang über alle möglichen Themen. Die meiste Zeit über Belanglosigkeiten. Aber allein die Tatsache, dass ich mit jemandem frei Ansichten austauschen konnte, war das größte Glück für mich. Für einen Augenblick im Mittelpunkt zu stehen, wenn man eine Anekdote zum Besten gab. Um sich dann wieder in den Schatten zurückzuziehen, um den Geschichten der anderen zuzuhören. Und außerdem musste ich keine Angst haben, dass mich mein Vater zur Sau macht,

wenn ich zu spät nach Hause komme. Meine Probleme waren die meinen allein. Schlechte Noten waren ausschließlich mein Grund zu Sorge, die guten Grund für meinen Stolz. Ich allein entschied, was mit mir passiert. Wenn ich keine Lust hatte, zu den Lehrveranstaltungen zu gehen, dann blieb ich bei den Diskussionen in unserem Lieblingskeller. Manchmal dauerten sie stundenlang, und meist kam im Laufe der Zeit jemand neues hinzu. Dann wiederum musste ein anderer unbedingt zu irgendeiner Vorlesung, die er nicht ausfallen lassen konnte. Es kam vor, dass ein und dieselbe Person einige Male am Tag kam und ging und die Zeit zwischen den Lehrveranstaltungen „effektiv“ in unserer „Diskussionsgruppe“ verbrachte.

Im Frühling, wenn die Natur die winterliche Apathie abschüttelte, zogen wir in den Hof um. Betonierte Wege durchschnitten die baumbewachsenen Rasenflächen. Oft setzte man sich unter einen Baum ins Gras. Diejenigen, die Angst hatten, sich eine Blasenentzündung einzufangen, machten es sich auf den Bänken bequem.

Doch das alles war schon so lange her ... Später jagte die Zeit dahin, wie ein Blitz, der den Gewitterhimmel durchschneidet.

Ehe ich mich versah, war ich schon ein verheirateter Mann mit langjähriger Berufserfahrung. Alles an seinem Platz. Ein seit Jahren gebautes Nest. Routine. Und die Tentakel

der grausamen Vergangenheit, die mich gefangen nahmen wie die Zunge eines Chamäleons eine vorbeifliegende Libelle.
Ich dachte, dass mir das Urteil im Prozess wegen Misshandlung der Familie Linderung verschaffen würde. Doch es brachte nichts als Leid und Wehmut. Ich wurde zur Halbwaise.
Der Vater, den ich sowieso nie hatte, hatte sich gänzlich aus meinem Leben verabschiedet. Die Mutter, für die ich einst mein Leben gegeben hätte, nervte mich plötzlich. Sie erzählte Geschichten, die ich nicht hören wollte.
Sie freute sich über Nichtigkeiten. Sie war so fröhlich, dass es mich in Harnisch brachte. Wenn ich bei ihr anrief, redete sie nur über sich selbst. Oft hörte ich ihrem Geschnatter zu und hoffte, sie würde nach mir fragen. Eines Tages wurde mir endlich klar, dass ich, anstatt zufrieden darüber zu sein, dass sie sich noch am Leben erfreuen konnte, begonnen hatte, sie dafür zu verdammen. Das war ungerecht! Sie war diejenige, die es zugelassen hatte, dass mich mein Vater misshandelte. Dass sie sich zwischen ihn und mich warf, wenn er mich schlug, zählte nicht. Sie hätte mehr tun müssen. Den Mut aufbringen, zur Polizei zu gehen, ohne auf seine Einschüchterungen zu achten. Eine wahre Mutter hätte so gehandelt. Aber sie hat es nicht getan. Sie schaute zu, wie er mich zerstörte.

Und als die Auswirkungen unumkehrbar wurden, gewann sie ihr Vertrauen ins Leben zurück. Und was war mit mir? Was sollte ich mit mir anfangen? Meine Psyche glich einem von einer Granate zerfetzten Körper, der stümperhaft operiert worden war und für den Rest des Lebens entstellt bleiben sollte.

Ich begann, den Kontakt mit ihr zu meiden, tätigte nur noch Höflichkeitsanrufe einmal im Monat. Nach zwei, drei Minuten sagte ich, ich müsse aufhören, weil ich es eilig hätte. Das war alles. Mein Elternhaus wollte ich gar nicht mehr sehen.

In meiner eigenen Familie lief auch nicht alles so, wie es sollte. Ich liebte meine Frau. Doch ich wusste nicht, wie ich mich als Partner verhalten sollte, und da ich Angst davor hatte, mich aufzuführen wie mein Vater, erlaubte ich ihr alles.

Selbstverständlich ging es mir nicht gut damit, denn sie hatte schnell bemerkt, dass sie mich leicht um den kleinen Finger wickeln kann. Sie machte, was sie wollte, ohne auf meine Bedürfnisse Rücksicht zu nehmen. Dann fühlte ich mich übergangen. In mir wuchs Wut. Ich versuchte, sie in Zaum zu halten, doch es funktionierte nicht. Es konnte nicht funktionieren. In manchen Situationen lief das Fass über. Es bedurfte keines großen Anlasses. Irgendeine Kleinigkeit genügte. Dann explodierte ich. Meine Frau hatte Angst.

Ihre Angst steigerte meine Wut nur noch. Auf diese Weise entstand eine Spirale sich beständig wiederholender Verhaltensmuster.

Es vergingen Jahre, bis es mir klar wurde dass ich genauso bin wie Er: mein Vater und Scharfrichter. Die Erinnerung an die Hölle, die er mir einst bereitet hatte, hinderte mich nicht daran, meiner Frau dasselbe Leid anzutun. Gut, dass wir keine Kinder hatten. Meine Frau wollte immer mindestens drei. Ich anfangs nicht. Später sehr. Ich konnte jedoch lange Zeit keine Anstellung finden, die unserer Familie eine gewisse Sicherheit garantiert hätte. „Kinder kosten Geld", hatte ich oft von meinem Vater gehört. Als ich schließlich eine geeignete Arbeit gefunden hatte, wollte ich einige Jahre abwarten, um etwas für ein Haus oder eine Wohnung zur Seite zu legen. Später war es dann schon zu spät für Kinder.

Eines Tages überkam mich das Gefühl, das alles habe keinen Sinn. Ich brach die Brücken hinter mir ab und begann zu entschwinden. Ich brach den Kontakt zu meinen Bekannten ab. Das Verhältnis zu meinen Arbeitskollegen war nicht mehr als förmlich. Ich entfernte mich auch immer mehr von meiner Frau, schloss mich stundenlang im Zimmer ein, allein mit meinen Gedanken. Mit einer Wut, die mich auffraß. Mit Verbitterung. Für alles, was mir in meinem Leben widerfahren war, machte ich mich selbst verantwortlich. Für mein Leid in der Kindheit. Für meine Liebe, und spatter die Abneigung meiner Mutter gegenüber. Meine Feigheit. Dafür, dass ich mich an jenem Tag nicht zu meinem Scharfrichter umgedreht und ihm, von Angesicht zu Angesicht gegenüber stehend, nicht die Chance gegeben hatte, das auszusprechen, was er sagen wollte. Vielleicht hätte ich mich dann besser gefühlt. Vielleicht wäre es gar nicht so furchtbar gewesen. Wir hätten miteinander reden sollen. Verzeihen. Aber ich habe es nicht getan. Ich stand da, steif wie eine Vogelscheuche, und starrte auf meinen Koffer, bis mein Vater den Raum verließ. Warum fällt es uns so schwer zu verzeihen? Warum nur können wir nicht einen Augenblick lang unsere Wunden vergessen? Unsere Vergangenheit. Indem wir verzeihen, können wir doch etwas für unsere Zukunft tun. Neue Wege schaffen. Lernen, Mensch zu sein. Denn dafür leben wir doch: um Mensch zu sein. Jeder von uns träumt mindestens einmal davon, nach dem Tod in den Himmel zu kommen, weil er ein Mensch war, der Gutes tat. Doch kommt man dorthin, wenn man nicht verzeihen kann? Den meisten von uns gelingt das leider nicht sehr gut.

Wir verbergen unsere Traumata jahrelang auf dem Grund unserer Seele. Uns scheint, dass derjenige, dem wir verzeihen sollen, unsere Geste nicht zu schätzen weiß, wenn wir nicht über einen großen Zeitraum demonstrieren, in welchem Maße wir verletzt wurden.

Muss der Akt der Vergebung so außergewöhnlich und pathetisch sein wie der Augenblick, in dem sich eine Jungfrau ihrem ersten Mann hingibt? Am liebsten würden wir eine einhundertzwanzigteilige brasilianische Telenovela daraus machen.

Das alles war paradox. Mein ganzes Erwachsenenleben lang war ich nicht in der Lage, in der Gegenwart zu leben. Ich suchte nach Glück, indem ich nur an die Zukunft dachte: „Morgen wird alles besser. Schau nach vorn. Mach dein eigenes Ding. Der morgige Tag wird dich dafür belohnen", redete ich mir ein. Ich plante die Ferien im Voraus. Sobald ich den Urlaubsort erreicht hatte, begann ich, über die Heimkehr nachzudenken.

Zu Studienzeiten plante ich bereits Familie und Kinder, die ich letztlich nie hatte. Kurz nachdem wir uns unser erstes Auto gekauft hatten, träumte ich schon vom nächsten. Doch an diesem einen Tag war ich nicht in der Lage, daran zu denken, dass mein Leben ohne diesen beschissenen Alten, diesen Scharfrichter, nie mehr so sein würde wie zuvor.

»Herr Kommissar, ich bin müde.« Ich fuhr mir mit der Hand über die Stirn. »Tut mir leid, wenn ich Sie mit meinem Verhalten beleidigt habe. Die letzten Tage waren nicht einfach für mich.«

Im Gesicht des Kommissars war ein Anflug von Verständnis zu erkennen. Vielleicht sogar Mitgefühl. Er nickte.

»Wollen Sie eine Pause machen?«

»Wenn es möglich ist«, erwiderte ich dankbar. Mein Blick wanderte zum Telefon. »Herr Kommissar, dürfte ich mal telefonieren? Ich würde gern kurz mit meiner Frau sprechen«, bat ich mit gespielter Schüchternheit.

»Aber gerne«, willigte er ein, erstaunlicherweise ohne zu zögern. »Soll ich Sie alleine lassen?«

»Und was ist mit den Formalitäten? Bekommen Sie dadurch keine Probleme?« Die plötzliche Freundlichkeit des Polizisten verwunderte mich.

»Wir machen das so: Ich hole mir einen Kaffee. Sie haben mir doch versprochen, dass Sie sich benehmen werden. Also vertraue ich Ihnen. Alles klar?« Ohne meine Antwort abzuwarten, machte er sich daran, das Dienstzimmer zu verlassen, drehte sich aber mit der Hand auf der Türklinke noch einmal um. »So ganz nebenbei, wozu sollte hier jemand reinkommen wollen? Es sei denn, Sie machen irgendeinen Blödsinn.«

Ich nahm die Hand vom Hörer.

»Machen Sie sich keine Sorgen. Ich habe nicht vor, der Rechtssprechung im Wege zu stehen«, erwiderte ich und verzog meinen Mund zu einem gezwungenen Lächeln.

»Schade, dass Sie erst so spät darauf gekommen sind«, der Kommissar nickte und ging hinaus.

Sofort, nachdem die Tür zugefallen war, wählte ich

die Nummer.

»Hallo.« Die Stimme meiner Frau klang traurig.

»Hallo, ich bin's«, flötete ich. »Wie geht es dir? Hast du geschlafen?«

»Oh, hallo!«, rief sie erfreut aus. »Nein, ich habe nicht geschlafen. Ich denke schon seit dem frühen Morgen an dich. Gestern Abend habe ich überlegt, wer der beste Zeuge der Verteidigung sein könnte. Es müssen ganz sicher deine Mutter und dein Bruder sein. Ehrlich gesagt, habe ich auch an mich gedacht. Was sagst du dazu?«

»In Ordnung. Das ist eine gute Idee. Ich sehe, du kommst prima zurecht. Denk immer daran, ich vertraue deinem Urteil.« Eine Weile hielt ich schweigend den Hörer. »Schade, dass du nicht hier bist. Du fehlst mir.«

»Es ist ganz sicher nichts vorgefallen?«, fragte sie aufgewühlt. Sicher war sie verwundert über das, was sie da eben gehört hatte. Ich glaube, ich habe ihr seit Jahren nicht mehr gesagt, dass sie mir fehlt.

»Ja, ja, alles in Ordnung. Wirklich. Du weißt doch, wie das bei Verhören so ist. Sie haben mich immer wieder zu denselben Fakten befragt. Ich musste alles von vorne bis hinten in allen Einzelheiten erzählen. Hör mal, der Kommissar macht gerade eine Pause, aber er wird gleich wieder hier sein und ich wollte dich um einen Gefallen bitten.«

»Einen Gefallen? Worum geht es?«, hörte ich im Hörer eine neugierige Stimme.
»Könntest du die Adresse und Telefonnummer meines Vaters herausfinden? Je schneller, desto besser.«
Statt einer Antwort hörte ich eine unerträgliche Stille, die nur Bestürzung meiner Frau bedeuten konnte.
»Hast du mich verstanden?«, vergewisserte ich mich.
»Sławej, bist du dir sicher, dass alles in Ordnung ist? Was ist los? Bitte lüg mich nicht an«, ihre aufgeregte Stimme jagte mir einen kalten Schauer über den Rücken. Ich konnte ihr die Wahrheit nicht sagen. Würde ich es tun, dann würde sie meiner Bitte nie nachkommen.
»Ich habe keine Zeit für lange Erzählungen. Wenn der Kommissar reinkommt, war's das. Bitte, tue es für mich. Ich erkläre es dir in aller Ruhe, wenn du mich in der Haft besuchst.«
»Gut«, erwiderte sie nach einer längeren Weile des Zögerns. »Aber es geht um nichts Schlimmes? Ganz sicher?«
»Ganz sicher.« Ich versuchte zu lachen, aber meine Stimme klang wohl unnatürlich lässig.
»Und du führst auch nichts im Schilde? Versprochen?«
»Versprochen«, erwiderte ich und kam nicht mehr dazu, noch etwas zu sagen, denn die Tür ging plötzlich auf.
»Hör mal, die Pause ist vorbei, wir müssen Schluss machen.«
»Tschüss. Ich liebe dich«, hörte ich. Ich tat so, als ob ich

die letzten Worte nicht mehr gehört hätte, und legte auf.

»Herr Sławej, hier ist Ihr Kaffee.« Der Kommissar lachte herzlich, wodurch seine auch so schon sehr schrumpeligen Wangen mit noch größeren Hautfalten bedeckt wurden. Wie eine alte Renette.

»Vielen Dank. Er wird mir sicher gut tun«, erwiderte ich sein Lächeln, nahm den Becher und blies auf das heiße Genussmittel.

»Wie geht es Ihrer Frau? Sie macht sich sicherlich Sorgen um Sie?« Sein Gesicht nahm nun einen betrübten Ausdruck an. »Sie ist eine nette Frau. Sie liebt Sie sehr. Als ich mit ihr gesprochen habe, konnte man sehen, dass sie für Sie durchs Feuer gehen würde.«

»In der Tat«, ich biss mir auf die Unterlippe.

Schade, dass ich nie in der Lage gewesen bin, dieses Gefühl in der gleichen Intensität zu erwidern. Ich hätte sie am liebsten verlassen. Aber ich hatte Angst, ihr damit wehzutun. Also blieb ich mit ihr zusammen. Aus Angst und Mitleid. Bis zu dem Tag, an dem sie sich selbst klar darüber werden würde, wen sie sich als Ehemann ausgesucht hat und mich verlassen würde. Doch dieser Tag kam nie. Ich habe schon immer darüber nachgedacht, was sie wohl an mir gefunden hatte ...

»Was meinen Sie damit?«, unterbrach die Stimme des Kommissars meine Gedanken.

»Wie bitte?«

»Sie sagten: „In der Tat". Was wollten Sie damit zum Ausdruck bringen?«

»Ach. Nichts wirklich Wichtiges. Nur, dass ich mir im Klaren darüber bin, wie sehr sie mich liebt. Es schmeichelt mir.«

»Es schmeichelt Ihnen?«, der Kommissar sah mich erstaunt an. »Ihre Frau würde ihr Leben für Sie geben, und Sie sagen, das würde Ihnen „schmeicheln"?«

»Na, ja, schon«, stotterte ich ein wenig verdattert. »Wie würden Sie es denn nennen?«

Anstelle einer Antwort trat Stille ein. Eine lange Stille. Der Kommissar musterte mich aufmerksam, als ob er irgendetwas aus meinen Gedanken lesen wollte. Mir wurde unbehaglich zumute. Ich begann, den heißen Kaffee zu schlürfen.

»Sie lieben sie nicht, nicht wahr?« Die Frage stürzte auf mich wie ein jagender Falke auf einen Spatz. Ich hatte schon geahnt, dass er es vermuten würde, doch war ich nicht darauf vorbereitet, dass er so direkt danach fragen würde.

»Ich glaube nicht«, antwortete ich kurz und starrte auf den Boden. »Früher mal, da liebte ich sie mehr.«

»Warum sagen Sie es ihr nicht?«, der Kommissar neigte sich zu mir und stütze die Ellenbogen auf seinen Schreibtisch. »Das hat doch keinen Sinn. Es ist doch Quälerei, für Ihre Frau und für Sie selbst.«

Was hätte ich antworten sollen? Vor diesem Menschen konnte man nicht davonlaufen. Er verstand mehr als ich erwartet hatte.

»Weil ich Angst habe«, stammelte ich. Meine Schläfe fing intensiv an zu pulsieren. »Ich habe Angst, sie zu verletzen.«

»Sie zu verletzen? Was glauben Sie denn, was Sie jetzt gerade tun? Glauben Sie wirklich, sie fühlt Ihre erloschene Liebe nicht? Indem Sie dieses Theater fortsetzen, machen Sie ihr nur unnötig Hoffnungen. Sie spielen Katz und Maus mit ihr.« In den Augen des Kommissars loderte Wut. Er musterte mich streng. »Sie sagen ihr, dass Sie sie lieben, aber Sie umarmen sie nicht. Sie schmiegen sich nicht an sie. Sie küssen sie nicht. „Ich liebe dich." Für Sie sind das doch nur leere, bedeutungslose Worte, für Ihre Frau ist das die Hoffnung auf ein besseres Morgen. Auf ein ruhiges Altwerden an der Seite des Mannes, den sie liebt. Doch sieht sie in Ihren Gesten keine Veränderung. Nur Kälte und das Gefühl der Zurückweisung. Glauben Sie etwa, das macht sie glücklich? Das hätten Sie wohl gerne! Ich wette, dass es sie nur langsam in den Wahnsinn treibt. Was sind Sie nur für ein Arschloch! Wirklich, ...«

Ich antwortete nicht auf diese Anschuldigungen. Überhaupt sprach ich bis zum Ende des Verhörs nur noch wenig. Der Kommissar fragte nach vielen verschiedenen Dingen.

Ich antwortete kurz und beschränkte mich auf

das Wesentliche. Ohne irgendwelche Ausführungen.
Ich wollte so schnell wie nur möglich in die Zelle zurück. Mir wurde schlecht. Am Ende des Verhörs hatte ich das Gefühl, dass der Kommissar mich gänzlich durchschaut hat. Er war dem Menschen auf die Schliche gekommen, der ich wirklich war und den ich so sorgfältig vor anderen verbarg. Ich sah es in seinen Augen. Beim Rausgehen hatte ich all meinen Mut zusammengenommen, um hineinzusehen. Es dauerte nur den Bruchteil einer Sekunde, denn sein Blick, voller Verachtung und Abscheu, verbrannte mich wie das Weihwasser den Teufel.
Als der Riegel der schweren Eisentür endlich mit einem Krachen hinter mir zugeschoben wurde, sank ich kraftlos auf die Pritsche. Ich drehte mich zur Wand. Mir war schlecht. Ich fühlte, wie sich meine Gesichtsmuskeln zusammenzogen. Ich wollte sie aufhalten, doch es gelang mir nicht. Die Augenbrauen begannen, einander wie zwei Magnete anzuziehen. Ich biss mir fest auf die Zunge. Bis es blutete. Ich presste die Lider zusammen. Trotzdem gelang es mir nicht, das Zittern meiner Lippen zu kontrollieren. Eine kleine, hartnäckige Träne fand einen Spalt und floss unter dem geschlossenen Lid hervor. Sie rann langsam und still über meine Wange. Gaaanz still. So, dass die anderen meine Verzweiflung nicht hörten.

XVI

Der Richter blickte verständnisvoll zu meiner im Zeugenstand stehenden Frau, die mit den Tränen kämpfte. Es musste sie eine Menge Kraft kosten.

»Ich liebe meinen Mann immer noch sehr. Er ist ein guter Mensch. Vielleicht ein wenig aufbrausend und pessimistisch, aber gut. Ich weiß nicht, was ihn dazu bewogen hat, zu solchen Mitteln zu greifen. Er verhielt sich ganz normal. Er ging zur Arbeit wie immer. Lachte. Ich habe keinerlei Anzeichen für seine Pläne bemerkt.«

»Was für Anzeichen meinen Sie? Könnten Sie vielleicht ein Beispiel anführen, damit ich Sie besser verstehe?« Der geduldige Richter sprach die letzte Frage deutlich und langsam aus, als ob er mit einem Kindergartenkind sprechen würde.

»Na ja, irgendein Zeichen dafür, dass er unglücklich ist. Ich weiß nicht genau. Dass er traurig oder die ganze Zeit schlecht gelaunt ist, zum Beispiel. Oder vielleicht apathisch. Das ist es, woran ich denke, aber ich habe bei ihm nichts derartiges bemerkt.«

»Und wie hat sich Ihr Mann Ihnen gegenüber verhalten?«

»Normal. So, wie üblicherweise auch.«

»Dann sagen Sie bitte, wie es üblicherweise war«, fügte der Richter erheitert hinzu. »Sie sind sich doch im Klaren darüber, dass die hier im Saal Anwesenden keinen Einblick in Ihr Leben hatten.«

»Ach, ja.« Meine Frau erweckte den Eindruck, nur teilweise anwesend zu sein. Ihre zweite Hälfte irrte woanders umher. Vielleicht rief sie sich die wenigen Momente in Erinnerung, in denen sie mit mir glücklich war. »Wie war mein Mann im Alltag? Normal. Er stand morgens auf, wir frühstückten gemeinsam, dann gab er mir einen Kuss auf die Wange und ging«, lächelte sie. »Wenn der Abend herannahte, tauchte er zum Abendessen auf. Manchmal kam er sogar früher nach Hause und half mir, den Tisch zu decken. Wir redeten über das, was im Laufe des Tages passiert war. Über die Arbeit. Wir schmiedeten Zukunftspläne. Dann schauten wir fern oder lasen Bücher. Oft schlief ich ein, und er saß noch bis spät in die Nacht.«

»So hat also Ihr Alltag ausgesehen. Immer?« Der Richter legte den Kopf schief zur Seite, wie ein Dackel, der verwundert eine Fliege auf der Fensterscheibe beobachtet. Ihm fehlten lediglich die langen Ohren, die er aufstellen könnte, um zu lauschen.

»Nun, ... ja.« Meiner Frau war nicht wohl in ihrer Haut. »Wie hätte es denn aussehen sollen?«

»Ich weiß es nicht«, gluckste der Richter und mit ihm zusammen einige Zuhörer im Saal. »Was würden Sie denn zu irgendeiner Abwechslung in dieser Routine sagen? Wie sah

Ihr Intimleben aus, wenn ich fragen darf?«

»Muss ich auf diese Frage a-antworten?«, stammelte meine Frau.

»Sie müssen nicht, es wäre jedoch besser, wenn Sie es täten.« Der Richter kratzte sich am Kinn. »Ich versuche festzustellen, welche Art von Beziehung Ihr Mann zu Ihnen hatte. Vielleicht erfahren wir dadurch, ob er zu tieferen Gefühlen fähig war, oder ob das Familienleben für ihn nur Routine darstellte. Wie Arbeit: gewissenhaft ausgeführt, aber ohne tiefere Gefühle.«

»Nein. Hohes Gericht, mein Mann ist ganz sicher zu tieferen Gefühlen fähig! Das Gericht hat ihn wohl falsch bewertet!«, rief meine Frau aufgeregt.

»Frau Szrympa, bitte verstehen Sie zunächst einmal, dass ich niemanden bewerte. Ich versuche lediglich, die Fakten zusammenzutragen, die mir dabei helfen, mir ein umfassendes Bild von Ihrem Mann zu machen. Das ist alles.«

»Ja. Schon gut.« Ein Nicken sollte bedeuten, dass sie verstanden hat. »Es ist schwierig, sich unter Druck an etwas Konkretes zu erinnern. Lassen Sie mich nachdenken«, ihre zarte Hand glitt über ihre Wangen. Der Zeigefinger der linken Hand tauchte unter eine ihr ins Gesicht fallende Haarsträhne und wischte diskret das tränenfeuchte Auge ab. »Ich hab's. Ich weiß. Zum Beispiel Geburtstage. Wir haben unsere Geburtstage immer zu zweit gefeiert. Ich habe immer Überraschungen für ihn vorbereitet, und er welche für mich. Am Geburtstag erwartete mich ein wunderschön gedeckter Tisch. Schon im Treppenhaus nahm ich den Duft verschiedener Speisen wahr, die Sławej für mich zubereitet hatte. Ich betrat die Wohnung. Überall brannten Kerzen. Auf dem Tisch stand ein Strauß roter Rosen. Sławej war oft so beschäftigt mit dem, was er gerade tat, dass er nicht einmal hörte, wie ich hereinkam. Er stand am Herd in einer roten Schürze, die ihm, obwohl sie riesig schien, nur knapp bis zu den Knien reichte. Fröhlich trällernd war er den Töpfen zugewandt, in denen er etwas umrührte, wendete oder anbriet.

Sobald er mich bemerkte, bekamen seine Augen einen anderen Ausdruck als üblich. Für einen Augenblick konnte man darin einen Glücksschimmer erkennen. Er ließ alles auf dem Herd stehen und liegen und kam mich begrüßen, vollgeschmiert mit Mehl, Sauce oder Öl. Er küsste mich zärtlich«, meine Frau lächelte bei der Erinnerung daran. »Im Wohnzimmer war alles wunderschön vorbereitet. Auf dem Teller lag eine Glückwunschkarte. Die Rosen dufteten. Der Schein der Kerzen erfüllte den Raum. Im Hintergrund liefen Duke Ellington oder Miles Davis.

Fast immer, wenn ich den Stuhl beiseite schob, fand ich auf ihm Geschenke. Zwei oder drei. Wir kauften uns immer

jeweils zwei oder mehr kleinere Geschenke.
Dann aßen wir in aller Ruhe zu Abend und redeten über uns. Über Dinge, die uns bekümmerten oder erfreuten. Über unsere Pläne. Über Kinder.« Das Kinn meiner Frau zitterte leicht. Ehrlich gesagt wunderte es mich nicht. Ich wusste, wie sehr sie sich immer Kinder gewünscht hatte.
»Wir saßen so bis zu vorgerückter Stunde bei Tisch und ich betete jedes Mal, diese Augenblicke mögen so lange wie nur möglich andauern. Dass sie niemals aufhörten. Ja. Diese Augenblicke waren es, für die es sich zu leben lohnte«, sie warf in meine Richtung einen Blick voller Liebe. »Ich bereue keine einzige Sekunde, mich an Sławej gebunden zu haben. Ganz besonders erinnere ich mich an meinen dreißigsten Geburtstag. Damals fand ich auf dem Tisch eine Flasche mit einer Schleife daran.
Es war keine gewöhnliche Flasche. Im Flaschenhals befand sich ein winziger Glaszylinder. Ein zusammengerolltes Blatt Papier war darin. Als ich anfing zu lesen, was darauf geschrieben stand, war ich sehr ergriffen. Es war ein Gedicht. Er hatte es für mich geschrieben.
Es hatte sicher nicht die Klasse eines Sonetts von Baudelaire, aber ich bin mir sicher, dass dies auch nicht beabsichtigt war. Dieser eng beschriebene Schnipsel Papier war voller guter Dinge. Und tiefer Gefühle, wie es sicher das Hohe Gericht nennen würde«, brach meine Frau plötzlich ab. Der Richter,

völlig unvorbereitet, erzitterte fast unter dem eisigen Blick, mit dem sie ihn durchbohrte.

»Das ist doch schon was«, der Greis hatte Mühe, die Verlegenheit zu verbergen, die ihn ergriffen hatte. Er räusperte sich leicht und hielt sich dann, von einem Hustenanfall heimgesucht, die Hand vor den Mund. »Aber fahren Sie bitte fort. Je mehr Beispiele Sie uns vorbringen können, desto größer die Chance für Ihren Mann, dass sich in alledem, was Sie sagen, unwiderlegbare Beweise seiner Unschuld finden werden.«

»In der Tat«, meine Frau lächelte säuerlich. »Spaziergänge, zum Beispiel. Das ist auch eine interessante Sache. Wir waren anders als unsere Altersgenossen. Wir hielten uns fern von dröhnenden Diskotheken, Getümmel, Partys und Besäufnissen bis zum Morgengrauen. Stattdessen gingen mein Mann und ich abends gern in den Park. Vielleicht erscheint es lächerlich, aber im Alter von dreißig Jahren führte mich mein Mann am Arm. Eher wie zwei Rentner. Aber ich mochte das.

Wir betrachteten die Bäume. Ihre Blätter, die unter der Berührung des Windes rauschten. Wir waren beide sehr von der Natur fasziniert. Wir setzten uns an den Fluss und lauschten dem Rauschen seiner Wasser. Ich lehnte mich an ihn. Er umarmte mich und wir verharrten so für lange Augenblicke. Manchmal in völligem Schweigen.

Aber trotzdem wusste ich, woran er dann dachte. Ganz so, als führten wir einen stummen Dialog.

Wir sprachen oft über das, was uns umgab: über Gras, Steine, Vögel. Wir wunderten uns, wie es sein konnte, dass das Gras hier viel grüner war als in anderen Ländern und dass es überhaupt so viele Schattierungen haben konnte. Oder, dass die Steine aus dem Flussbett sich so glatt anfühlten. Dass der Himmel so ein herrliches Blau haben konnte und im Licht der untergehenden Sonne auf einmal einen rosaroten Ton annahm.

Die Luft im Park war so erfrischend. Einige Male passierte es, dass wir, in das Geräusch des über die Steine plätschernden Wassers vertieft, einschliefen. Der kalte Hauch des späten Abends weckte uns. Um uns herum war es schon dunkel. Die Schatten der Baumkronen zeichneten sich links und rechts kaum vom sternenübersäten Himmel ab. Weit und breit war keine Menschenseele.

Sławej umarmte mich dann noch fester. Ich spürte die Wärme seines Körpers. Mit seinen Lippen strich er mir langsam über den Hals, die Wangen, und dann wanderte ihre Berührung zu meinem Mund. Zart. Sinnlich.

Das waren die schönsten Küsse. Wir konnten uns dann lange Zeit lieben. Im Park. Auf den Steinen. Nicht darauf achtend, dass jemand kommen könnte. In solchen Augeblicken existierte die Welt nicht mehr für uns. Es gab

nur uns beide: ihn und mich. Absolut schwerelos.
Ich spürte dann ein starkes Band zwischen uns. Als ob wir mit einem unsichtbaren Faden aneinander gebunden wären, den niemand auf dieser Welt zerreißen kann. Kann so ein Band zwei Menschen verbinden, die sich nicht lieben? Und wenn Sławej mich geliebt hat, so bedeutet das, dass sehr wohl in ihm menschliche Gefühle glommen. Kann denn jemand, der zu solchen Gefühlen fähig ist, ein schlechter, des Lebens unwürdiger Mensch sein?«
»An dem, was Sie sagen, ist was dran. Es ist für mich ein gewisses Indiz, leider kann ich es nicht als schlagkräftigen Beweis behandeln. Ihre Argumente sind das Ergebnis des Nachdenkens, sie könnten durch Emotionen gekennzeichnet sein, die unter Einfluss von Hormonen entstehen, wie sie nach einem Liebesakt ausgeschüttet werden«, dozierte der Richter ruhig. »Und das ist für die Rechtsprechung zu wenig. Ich kann nicht in die Akten schreiben, dass Ihr Mann keine entsprechende Strafe verdient hat, weil Sie gespürt haben, dass er Sie liebt. Sie müssen sich ein wenig mehr Mühe geben. Bitte bringen Sie etwas Konkreteres an. Etwas Handfestes.« Auf dem Gesicht des Richters erschien für einen Moment lang ein Ausdruck des Zweifelns.
Meine Frau stand regungslos da und biss sich besorgt auf die Lippen. Alle starrten sie in schweigender Erwartung an.
»Unsere Ferien sind auch erwähnenswert«, wie aus

der Lethargie erwacht, nahm sie den vom Richter geworfenen Fehdehandschuh auf. »Sławej, der sonst ruhig und unnahbar war, strahlte schon lange Wochen vor der Abreise. Bis spät in die Nacht saß er über den Landkarten und suchte die beste Route aus. Landkarten waren sowieso seine Leidenschaft. Er konnte ganze Tage über ihnen verbringen.

Wir fuhren gegen Abend los. Ich liebte Ferien mit ihm über alles. Er war dann jemand anders. Jemand, den ich nicht kannte. Genau dann lernte ich am besten jene Winkel seiner Seele kennen, die mir bislang verborgen geblieben waren. Und er hatte immer eine Überraschung für mich parat. Ich hatte den Eindruck, dass er sich mir häppchenweise hergibt, als ob er Angst hätte, dass er für mich langweilig würde, wenn er alle Geheimnisse seiner Persönlichkeit auf einmal preisgibt.

Wenn alles für die Reise vorbereitet war, stiegen wir ins Auto. Er startete den Motor, schaltete das Radio ein, gab mir einen Kuss auf die Wange, ließ mit einem zufriedenen Lächeln die Kupplung kommen und gab Gas.

Ich erinnere mich an die wunderbaren Momente, wenn wir am späten Abend dem Ende unserer Reise entgegenfuhren. Warme, nach Lavendel duftende Luft, die durch die heruntergekurbelten Scheiben strömte und das Auto erfüllte, weckte mich.

Ich nahm Butterbrote und Kekse aus der Tasche. Das war für ihn das Zeichen, dass wir anhalten sollten. Sobald er einen passenden Platz gefunden hatte, parkte er das Auto. Wir breiteten auf dem Gras eine Picknickdecke aus, machten es uns darauf bequem und während wir uns am Duft des frischen Kaffees und der Butterkekse erfreuten, blickten wir auf die ersten Sonnenstrahlen. Manchmal passierte es, dass wir bei Sonnenaufgang schon am Strand waren. Nur die Möwen durchbrachen die Stille mit ihrem Gesang. Der weiche Sand knirschte unter den Füßen.

Wir warteten dann gar nicht, um erstmal ins Hotel zu gehen, sondern ließen das Auto stehen und sprangen ins Meer. Das Wasser war so früh am Morgen noch kalt, aber das machte uns nichts aus. Das Bad war für uns nach der ermüdenden Reise wie ein Tropfen Wasser für einen Durstigen. Die Ferien waren für uns immer die schönste Zeit des Jahres. Sławej war dann anders. Er verhielt sich, als ob er endlich er selbst sein könnte. Locker. Lächelnd.«

»Kam Ihnen nie der Verdacht, dass Ihr Mann an Depressionen leiden könnte?«, die Stimme des Staatsanwalts riss sie brutal aus ihrer Wanderung durch die Vergangenheit. Er hatte bis jetzt vielleicht drei Mal etwas gesagt und musste sich jetzt plötzlich mir nichts, dir nichts, einmischen. »Kommt es Ihnen nicht seltsam vor, dass der Tapetenwechsel einen so starken Einfluss auf das Verhalten

Ihres Mannes hatte? Traurig und ewig erschöpft zu Hause, und im Urlaub fröhlich?«

»Herr Staatsanwalt«, empörte sich meine Frau. »Sagen Sie mir nicht, dass Sie im Alltag immerzu fröhlich und gut gelaunt sind und im Urlaub im Schmollwinkel sitzen.«

Im Saal ertönte dröhnendes Gelächter.

»Ruhe bitte!«, rief der Richter. »Frau Szrympa, ich rufe Sie zur Ordnung.«

»Verzeihung, Hohes Gericht. Es sollte ein Scherz sein. Er ist mir ein wenig misslungen«, meine Frau errötete. »Aber ich weiß nicht, welchen Zusammenhang die Frage des Herrn Staatsanwalts mit dem hat, was ich gerade erzählt habe.«

»Ich wollte auf die Tatsache aufmerksam machen, dass sogar anhand dessen, was Sie sagen, deutlich wird, dass sich Herr Szrympa seltsam verhalten hat«, kommentierte der Staatsanwalt die Frage. »Wenn es Ihnen gelungen wäre, die Ursache für das Verhalten Ihres Mannes richtig zu deuten, wären Sie vielleicht in der Lage gewesen, ihm zu helfen und das alles wäre gar nicht geschehen.«

»Tut mir leid, Hohes Gericht, aber ich habe nicht vor, mir derlei Anschuldigungen anzuhören. Erstens: Ich bin keine Psychologin. Zweitens: Mein Mann war bei verschiedenen Ärzten und es wurden bei ihm nie irgendwelche Beschwerden mit diesem Hintergrund festgestellt. Die Ansicht des Herrn Staatsanwalts stellt lediglich irgendwelche

Mutmaßungen dar. Es sei denn, Sie haben irgendein Dokument in der Hinterhand, das eine Depression meines Mannes attestiert und von dessen Existenz ich nichts weiß.«

»Bitte beruhigen Sie sich, Frau Szrympa«, der Richter machte eine versöhnliche Geste und wandte sich dann an den Staatsanwalt.

»Herr Staatsanwalt, möchten Sie uns irgendein Dokument übergeben? Haben Sie Kenntnis von irgendeiner klinisch festgestellten Depression des Herrn Szrympa?«

»Nein, Hohes Gericht, ich wollte lediglich darauf hinweisen, dass eine solche Tatsache durchaus denkbar wäre. Ich beantrage eine Untersuchung von Herrn Szrympa durch einen psychologischen Sachverständigen.«

»Gut, Antrag angenommen. Bis zur Bekanntgabe der Ergebnisse des Gutachtens bitte ich Sie, von etwaigen öffentlich ausgesprochenen Mutmaßungen abzusehen. Vorerst beschäftigen wir uns mit der Aufnahme der Aussage von Frau Szrympa.«

»In Ordnung.« Der Staatsanwalt nickte wie ein braves Kind.

»Frau Szrympa, bitte fahren Sie fort«, kam die Stimme vom Richtertisch. »Sie waren bei den Urlauben stehen geblieben.«

»Ja, genau«, meine Frau zuckte zusammen. »Ich habe lediglich versucht, zu sagen, dass viele der schönen Erinnerungen, die ich an Sławej habe, mit unseren Ferien verbunden sind. Ich habe einmal irgendwo gelesen, dass gerade in der Urlaubszeit viele Ehen in die Brüche gehen. Die Eheleute, die sich im Alltag in die Arbeit stürzen und sich praktisch nur abends im Bett sehen, haben während der Ferien die Gelegenheit, ihre ganze Zeit miteinander zu verbringen. Vielen wird dann klar, dass sie sich anders entwickelt haben, sich fremd geworden sind und nicht mehr zueinander passen. Unsere Beziehung wurde in solchen Momenten nur fester. Bedeutet das denn gar nichts? Für eine gelungene Beziehung braucht es doch zwei. Auch wenn ich alles nur Mögliche getan und mir so gut ich nur könnte Mühe gegeben hätte, wäre unsere Ehe ohne den Willen und die Liebe Sławejs nicht von langer Dauer gewesen.« Sie seufzte schwer und lehnte sich an das Geländer. »Hohes Gericht, ich könnte stunden-, wenn nicht tagelang erzählen, wie viel Gutes ich an der Seite meines Mannes erlebt habe. Ich denke, ich würde viele hieb- und stichfeste Argumente finden, die für seine Unschuld sprächen. Ich kenne ihn seit langem. Ich weiß, dass er seine dunklen Seiten hat. Aber wer hat die nicht?« Sie ließ ihren Blick provokativ durch den Saal schweifen. Einige der Anwesenden nickten zustimmend. »Außerdem kann ich mit aller Aufrichtigkeit sagen, dass er davon viel weniger hat als von den guten. Von solchen, die aus ihm einen Menschen machen, einen wie das Hohe Gericht, der Herr Staatsanwalt oder die hier versammelten Zeugen. Einen Menschen, der sich mit Problemen herumschlägt und manchmal schlechtere Tage hat. Hohes Gericht, jemand könnte sagen, dass ich eine verblendete Ehefrau bin, die die Wahrheit über ihren Mann nicht erkennen will. Ich kenne diese Wahrheit aber besser als alle anderen. Wenn ich ihn ansehe, dann sehe ich keinen kranken und undankbaren, sondern einen guten Menschen voller Feingefühl. Einen Menschen, der sich nicht nur einmal heruntergebeugt hat, um denjenigen die Hand zu reichen, die gefallen waren. Schade nur, dass – paradoxerweise – im Augenblick seines eigenen Falls keiner hier ist, der ihm hilft. Er hat sich oft bei mir beklagt, dass es in seinem Leben schon immer so war. Ich habe das nie geglaubt. Ich dachte, er sei ein übertriebener Pessimist. Heute weiß ich, was Sławej meinte. Und jetzt tut es mir so leid, dass ich die ganzen Jahre blind war. Heute sehe ich ihn, vom Leben gebrochen, und um ihn herum erkenne ich niemanden, der ihm die Hand reichen würde. Ich sehe nur Hyänen und Geier, die auf seinen schnellen Tod warten, um sich bei dieser Gelegenheit ein sattes Festmahl zu bereiten.«

XVII

Die Trennscheibe zur Besucherkabine war zerkratzt und voller fettiger Fingerabdrücke.
Genau in der Mitte schmückte sie ein Bruchmuster in Spinnenform. Irgendein Wiederholungstäter hatte wohl die Beherrschung verloren, als ihm seine Frau die Scheidungspapiere zum Unterschreiben vorgelegt hatte, ist durchgedreht und hat versucht, mit dem Kopf durch die Glaswand zu gehen.
Ich hob langsam den Hörer ab. Er war total klebrig. Wann haben die hier das letzte Mal saubergemacht?
»Was willst du?!«, bellte es in dem Augenblick aus ihm, in dem ich ihn an mein Ohr hielt. Ich fühlte, wie sich meine Pupillen instinktiv weiteten und wurde von dem Überfluss an Licht fast blind. Trotzdem versuchte ich, Ruhe zu bewahren. Es ist nicht einfach, ein zwangloses Gespräch zu führen, wenn der Puls die Geschwindigkeit eines BMW auf einer deutschen Autobahn erreicht: hundertachtzig, zweihundert, zweihundertzwanzig, und immer schneller werdend.
»Hallo. Wie geht es dir?« Ich versuchte, freundlich zu sein und damit an den letzten Rest seiner menschlichen Gefühle zu appellieren, falls er überhaupt noch solche besaß.
»Du hast mich doch sicherlich nicht deswegen hierher

bemüht, um zu fragen, wie es mir geht? Das geht dich einen Scheißdreck an.« Seine Stimme war schroff wie immer. Auch nach so vielen Jahren vernahm ich Zorn, Wut und Groll darin.

»Papa.« Ich versuchte, seinem kalten Blick auszuweichen und starrte auf ein hinter seinem Rücken hängendes Kreuz. Und da gab es tatsächlich etwas zu sehen. Die Nägel aus den Händen des Christus waren abgefallen und nun hing Er mit dem Kopf nach unten, nur noch mit den Füßen an das Holz geschlagen. Interessant, warum ein Folterwerkzeug zu einem religiösen Symbol erhoben wurde? Und wozu sie es hier, verdammt noch mal, aufgehängt haben, wenn es sowieso niemand beachtete? Wenn der Jesus herunterfiele, würde das ohnehin keiner zur Kenntnis nehmen.

In diesem Land sind Kreuze allgegenwärtig. Sogar im Parlament, in dem die Politiker während der Plenarsitzung um Regen beten[3]. Und das im 21. Jahrhundert. Es ist also nicht verwunderlich, dass sie dieses Symbol auch hier hingehängt haben. Trotzdem konnte ich mich des Gedankens nicht erwehren, dass es besser wäre, wenn sie es hier entfernen würden. Ich glaube nämlich nicht, dass

[3] 2006 legte die PiS-Fraktion im polnischen Sejm einen Antrag vor, eine Messe abzuhalten, in der um Regen gebetet werden sollte, da Polen zu dieser Zeit von einer Dürre heimgesucht wurde. Die Messe fand am 20.07.2006 tatsächlich statt. Der Vorfall erregte große Aufmerksamkeit und war Anlass zu vielen hämischen Kommentaren in der polnischen Bevölkerung. – Anm. d. Übers.

irgendjemand, der hier einsitzt, es mit anderen als blasphemischen Gedanken anschaut ...
»Hör mal. Es kommt dir vielleicht absurd vor, aber ich habe dich gebeten zu kommen, weil ... weil ich deine Hilfe brauche.«
»Waas?!« Seine Augen blitzten auf. Meine Worte haben genau die Wirkung erzielt, die ich erwartet hatte. Ein rotes Tuch. »Machst du dich lustig über mich, du Dreckskerl? Für mich bist du nichts anderes als ein Stück Scheiße. Eine Kakerlake, die man zertritt! Am liebsten würde ich dir die Fresse polieren. Wenn nur diese Scheibe nicht wäre ... Nach all dem, was du mir angetan hast ...« Ehrlich beschämt schüttelte der Alte den Kopf. »Dass du noch die Dreistigkeit hast, mich nach so vielen Jahren hierherzubemühen und um Hilfe zu bitten!«
»Ich habe lange überlegt, ob ich dich herholen sollte«, warf ich ein und verzog den Mund zu einem provokativen Lächeln. »Und ich habe entschieden, dass es doch einen Versuch wert ist. Die Freude, die dir das, was ich dir zu sagen habe, bereiten wird, wird sicherlich viel größer sein als der Stress, den du erlebst, während du dir meine grässliche Fresse ansehen musst.«
»Was willst du?« In dem dumpfen Knurren nahm ich einen Ton der Verlegenheit wahr.
»Hast du auch nur einen Augenblick darüber nachgedacht,

warum wir uns ausgerechnet hier treffen, im Besucherraum der Untersuchungshaft? Was glaubst du, warum ich hier sitze?«

»Ich weiß nicht«, seine Miene wurde düster, doch ich hatte nicht mal die Zeit, zwei Mal zu blinzeln, und sie war wieder überheblich. »Aber du kannst dir nicht vorstellen, welche Freude es für mich ist, dich in so einer Situation zu sehen.« Auf seinem Gesicht erschien ein höhnisches Lächeln.

»Du hast es geschafft. Erinnerst du dich nicht an den Dekalog? Als du klein warst habe ich versucht, dir ein Leben nach seinen Prinzipien einzutrichtern. Das vierte Gebot? So eine Strafe trägt man davon, wenn man seine Eltern nicht mit Respekt behandelt. Die Wahrheit kommt früher oder später ans Licht.«

Ich fühlte ein Brennen im Gesicht, als ich diese Worte hörte. Mein Bauch krampfte sich augenblicklich auf Nussgröße zusammen und die Schläfen begannen zu pochen. Er hat versucht, mir ein Leben nach dem Dekalog einzutrichtern ... Hat es überhaupt Sinn, mit ihm zu reden? Und, was hatte ich denn erwartet? Dass mein Vater nach den paar Jahren Reue zeigt? Nein, das sicher nicht. Denn wenn es so wäre, dann hätte ich ihn nicht hergerufen. Nein! Ich wusste, dass er keine Reue zeigen würde, aber ich dachte, redete mir ein, dass er vielleicht ein wenig reifer geworden war. Dass er mit mir auf einem etwas anderen Niveau reden würde. Ich hatte

mich geirrt.
»Ja, der Dekalog. Ich erinnere mich.« Ich gab mir Mühe, dass meine Stimme ruhig klang. »Wie könnte ich das vergessen. Nun, leider ist es mir nicht gelungen, zu einem anständigen Menschen heranzureifen. Und jetzt bin ich hier und brauche dich. Ich dachte, dass die letzten Jahre deine Wunden geheilt hätten, doch ich sehe, dass dem nicht so ist. Ich glaube, dass es dich zu viel Überwindung kosten würde, mir in dieser Situation deine helfende Hand zu reichen. Es tut mir leid, dass ich dich hierherbemüht und es gewagt habe, dich um Hilfe zu bitten. Wirklich. Lebe dein Leben in Frieden.« Ich legte den Hörer auf und erhob mich langsam.
»Warte«, drang ein gedämpftes Rufen zu mir. Ein langer Finger mit wie zu „guten alten" Zeiten abgekautem Fingernagel klopfte gegen die Scheibe.
»Ich bin nicht hierhergefahren, um mit leeren Händen abzuziehen.« Seine Stimmbänder klimperten wie die Saiten einer verstimmten Gitarre. »Bevor du hier rausgehst, wirst du mir sagen, worum es dir geht. Nur eines muss klar sein. Ich stelle hier die Fragen, und du beantwortest sie. Kurz und bündig. Und kein „Aber". Verstanden?«
Na bitte, mein alter Vater ist aus dem Jenseits zurückgekehrt. Genau so, wie ich ihn aus meiner Kindheit in Erinnerung hatte. Wie er mich in meinen schlimmsten Albträumen quälte.

Ich nickte automatisch, mehr aus Angst als zum Zeichen der Zustimmung.

»Warum hast du mich hergerufen?« Die harte, pfeifende Stimme malträtierte meine Ohren. »Schnell!«

»Ich war neugierig, ob du weißt, was mir passiert ist und warum ich hier sitze.«

»Du lügst! Das war nicht der wahre Grund!«

»Doch, das war er. Ich woll...«

»Unterbrich mich nicht!« Sein wütender Blick durchbohrte meinen Schädel. »Ich frage zum letzten Mal: Warum hast du mich herbestellt?«

»Ich wollte, dass du siehst, wie tief ich gefallen bin. Wie ich am Boden liege. Völlig wehrlos. Hilflos. Ohne eine Idee wie, und auch ohne den Willen, aus der Sache herauszukommen. Ich wollte, dass du siehst, was deine Erziehung aus mir gemacht hat. Ich hatte die Hoffnung, dass sich dein Gewissen endlich rühren wird, wenn du siehst, wie sich dein eigen Fleisch und Blut wegen dir quält. Aber ich war ein Narr. Dich rührt nichts und nie etwas.«

»Ha, ha!« Sein psychedelisches Lachen ging mir durch Mark und Bein. »Zum einen, ich bin immer noch der Meinung, dass das nicht der Grund ist, warum du mich hergeholt hast. Aber bevor ich mit dir abrechne, sage ich dir was. Es gab keinen einzigen Tag, am dem ich nicht nachgedacht habe, über dich, deinen Bruder, eure Mutter und das ganze Leid, das ich euch zugefügt habe. Das Leid, das ihr mich nicht habt wiedergutmachen lassen. Und jetzt hör gut zu, denn ich habe nicht vor, mich zu wiederholen«, das eisige Zischen erfüllte meine Ohren. »Erinnerst du dich an den Tag, an dem ich dich gebeten habe, mir zu verzeihen?«

»Ja«, murmelte ich.

»Ich habe mich damals sehr davor gefürchtet, verurteilt zu werden. Sehr! Doch es gab etwas, vor dem ich noch mehr Angst hatte: dass ich dich verliere. Mir wurde klar, dass deine Vorwürfe begründet sind. Dass ich dich wirklich misshandelt hatte, so wie du es vor Gericht ausgesagt hast. Aber ich habe es die ganzen Jahre nicht so empfunden«, sein basiliskengleicher Blick paralysierte mich. »Ich war überzeugt davon, ein guter Vater zu sein. Streng, aber gut. Ich kannte keine andere Erziehung. Mein Vater hatte mich genauso erzogen. Erst nach deiner Aussage wurde mir bewusst, dass ich krank bin. Dass ich mich behandeln lassen muss. Ich bekam Panik. Schon damals, vor Gericht, wollte ich dich um Erbarmen anflehen. Doch ich hatte nicht den Mut. Stundenlang habe ich wie in Trance auf ein Gespräch mit dir gewartet. Voller Ungewissheit. Ich wollte dir das alles schon damals sagen. Dich darum bitten, mir die Chance zu geben, alles wiedergutzumachen. Dich um Hilfe bitten. Aber du hast mich abgewiesen. Ich blieb allein. Ich weiß, ich habe es nicht anders verdient. Aber es war grausam. Ich will, dass du weißt, dass ich dir keinen Vorwurf mache, dass du gegen mich ausgesagt hast. Es war dein Recht. Aber ich hasse dich dafür, dass du mich wie einen Hund behandelt hast, als ich dich um Vergebung angewinselt habe ...«

Mein Vater verstummte. Aber in meinen Ohren wurde es nicht still. Ich hörte ein seltsames Klingeln. Zuerst von weit weg kommend und leise. An eine Fahrradklingel erinnernd. Dann wurde es ein immer stärkeres, rhythmisches Wummern einer Kirchenglocke, die zur Sonntagsmesse ruft. Plötzlich wurde das Wummern stärker. Jetzt war es ein Wecker. Er klingelte aus ganzer Kraft und wurde immer lauter, so, als ob ihn mir jemand in mein Trommelfell gesteckt hätte. Ich hielt mir die Ohren zu, aber anstatt aufzuhören, wurde das Klingeln immer stärker. Es attackierte mich von allen Seiten. Bis es sich auf einmal in ein durchdringendes, dröhnendes Pfeifen verwandelte. Nein, es war ein Schrei! Der ergreifende Schrei eines kleinen, entsetzten Kindes. Meine Kehle zog sich langsam zusammen, sodass ich kaum noch schlucken konnte. Ich öffnete meinen Mund weit, um einen tiefen Atemzug zu nehmen, aber um mich herum gab es keine Luft, nur Feuer, das meine Lunge mit einem entsetzlichen Brennen füllte. Das Kreuz hing nach wie vor über meinem Vater, doch der Jesus war nur noch mit einem Bein daran befestigt. Seine Arme hingen kraftlos herunter.

Mein Vater schaukelte gleichmäßig nach rechts und links wie ein Stehaufmännchen. Er schaukelte immer stärker. Nein, es waren die Wände, die schaukelten! Oder war ich das? Meine Finger wurden ganz weiß vom eisernen Umklammern der Stuhllehne. Nur nicht herunterfallen. Gleich ist der Sturm vorbei, und dann wird wieder alles in Ordnung sein. Ich schloss die Augen. Ich war nur einen Schritt davon entfernt, das Bewusstsein zu verlieren. Noch einen Augenblick und es reißt mir meinen Kopf ab. Aus der Dunkelheit der geschlossenen Lider erschien eine verschwommene Gestalt. Sie rannte in der Ferne, mit zersaustem Schopf. Gebeugt. Ihre Schwärze kontrastierte seltsam mit dem makellosen Weiß des Schnees. Ich wollte ihr etwas zurufen, doch anstatt Worten entwich mir nur ein stummes Stöhnen. Ich nahm all meine Kraft zusammen, um es noch einmal zu versuchen. Aber da war niemand mehr, dem man etwas hätte zurufen können ...

Das Drehen hörte langsam auf. Ich fühlte wieder Luft in meiner Lunge. Als ich die Lider hob, saß der alte Szrympa immer noch steif auf seinem Stuhl und blickte mich aufmerksam an.

»Was war denn los mit dir?«, fragte er ruhig. »Du verhältst dich, als ob du gleich kotzen würdest. Du bist leichenblass.«

»Weil ich mich genau so fühle«, lächelte ich schwach.

Der Vergleich mit einer Leiche war nicht unzutreffend. Es

belustigte mich sogar, dass mein Vater wenigstens ein Mal meine Gemütslage erkannt hatte. Ich weiß nicht warum, aber trotz der ganzen Situation empfand ich ihm gegenüber ein wenig Sympathie. Mit dem, was er vorhin gesagt hatte, hat er fast einen Herzinfarkt und einen Hirnschlag gleichzeitig bei mir verursacht, aber es war wahrscheinlich ehrlich. Plötzlich, als ob ich mir gar nicht darüber im Klaren wäre, was ich sage, fragte ich:

»Was passiert denn eigentlich gerade in deinem Leben? Hast du irgendeine Familie?«

»Ich? Ich ...« Mit dieser Frage hatte ich ihn komplett aus dem Konzept gebracht. Er wurde ganz rot und begann nervös, die Hände aneinanderzureiben. »Was meinst du damit?«

»Na, wie dein Leben weitergegangen ist nach ... Na ja, du weißt schon, was ich meine. Hast du irgendeine neue Frau? Wo wohnst du? Was machst du?« Ich weiß wirklich selbst nicht, warum ich das gefragt habe. Es war einfach ein Impuls. Auf einmal waren diese Fragen in meinem Kopf aufgetaucht und noch bevor ich mir dessen richtig bewusst wurde, hatte ich sie schon gestellt.

»Aber warum willst du das wissen? Das ist doch ... Du erwartest doch nicht etwa, dass ich dir antworte. Das ist so, als ob ich einem Fremden von mir erzählen sollte.«

»Sogar noch schlimmer«, ich verzog meinen Mund. »Das ist so, als ob du deinem größten Feind von dir erzählen solltest.

Es kam mir einfach irgendwie plötzlich in den Sinn. Und ich dachte, ich frage einfach. Und du wirst entweder antworten, oder auch nicht.«

»Ich verstehe.« Ich hatte den Eindruck, dass er sogar ein wenig verlegen wurde. Er hat mir doch noch vor einem Augenblick gestanden, dass er mich hasst. Und ich frage mir nichts, dir nichts, wie es ihm geht. »Das hat aber nichts damit zu tun, warum du mich hergebeten hast, oder?«, fügte er kühl hinzu, als ob er bemerkt hätte, dass ich ihn beobachte und er sich auf einmal bloßgestellt fühlte.

»Nein. Nicht deswegen.« Ich verstand, dass es keinen Sinn hatte, das Thema weiter zu verfolgen. Er war wohl eher nicht bereit, über sein Leben zu erzählen. »Ich habe dich gebeten herzukommen, weil ich, wie schon gesagt, eine Bitte an dich habe. Ich habe versucht, Selbstmord zu begehen. Aber es hat nicht geklappt. Jetzt bin ich in Haft und mich erwartet ein Prozess.«

»Warum?«

»Warum? Was ist, hast du nichts über das neue Gesetz mitbekommen? Selbstmörder sind angeblich so eine Art ...«

»Das meinte ich nicht«, entrüstete sich der Greis. »Ich will wissen, warum du versucht hast, dich umzubringen.«

»Und was denkst du?«

»Ich weiß es nicht.«

»Sicher?« Ich verzog meinen Mund zu einem traurigen

Lächeln. »Denk einen Augenblick darüber nach. Aber gründlich. Bitte!«

»Hör mal zu, Sławej, ich habe keine Lust auf deine Spielchen. Entweder du sagst es, oder du lässt es bleiben. Quäle mich nicht mit Fragen. Langsam verliere ich die Geduld.«

»Was denkst du, würde ein glücklicher Mensch versuchen, Hand an sich zu legen?«

»Ich weiß es nicht«, zuckte er mit den Schultern. »Kommt darauf an. Ich glaube, nein.« Er erweckte den Anschein, als ob er es wirklich nicht wüsste.

»Ich denke, er würde es ganz sicher nicht tun«, fauchte ich irritiert. Unglaublich, wie wenig dieser Mensch von menschlichen Gefühlen verstand. »Ich denke, dass glückliche Menschen sich nicht umbringen müssen und dass sie lange und ... glücklich bis ans Ende ihrer Tage leben.« Ich musste unwillkürlich lachen, als mir klar wurde, was ich da sagte.

»Ach so, also warst du unglücklich? Warum? Du hast doch alles erreicht, was du dir gewünscht hast. Du hast das Studium abgeschlossen. Hast glücklich geheiratet. Deine Mutter verteidigt. Mich bezwungen, deinen Dämon, der dich gequält hat. Du solltest froh sein.« Er verzog ironisch den Mund. Er hat es sich ein weiteres Mal nicht entgehen lassen, sich als Opfer hinzustellen. Die Tatsachen zu verdrehen.

»Interessant, nicht wahr. Ich habe so viel im Leben erreicht, und doch habe ich mich nie glücklich gefühlt. Du hast sicher absolut keine Ahnung, warum? Ich glaube, ich habe eine Vermutung. Ich habe lange darüber nachgedacht. Lange genug, um es zu begreifen. Und genau das ist der wahre Grund dafür, dass ich dich hierhergebeten habe. Ich wollte, dass du dir anhörst, was ich dir zu sagen habe.« Ich blickte verstohlen zu ihm hin. Ich versuchte, seinem stechenden Blick auszuweichen. Aber nun war es wieder erforderlich, ihm in die Augen zu schauen. Wenigstens kurz. Eins, zwei, drei ... jetzt.

»Ich habe nur eine Bitte. Wenn du zustimmst, dann versprich mir, mich nicht zu unterbrechen, bis ich fertig bin.«

Unsere Blicke kreuzten sich wie zwei Schwerter. Sie prallten aufeinander, dass die Funken flogen. Es kämpften Vater und Sohn. Plötzlich ließ die Kraft seines Blickes nach.

»Gut, aber ich habe auch eine Bedingung.« Er fuhr mit der Hand durch sein dichtes, graues Haar. »Du hast nicht mehr als zehn Minuten. Dann gehe ich.«

Ich kann nicht behaupten, nicht überrascht gewesen zu sein, dass er so schnell einverstanden war. Andererseits ... Wenn er hört, was ich ihm zu sagen habe, wird er es sicher nicht bereuen.

»Das reicht völlig. Gut, dann fange ich an. Ich denke, dass das Gefühl von Glück bis zu einem bestimmten Punkt genetisch bedingt ist. Ein Mensch ist glücklich oder nicht.

Ich bin es nicht, weil du es nicht warst.« Mein Vater öffnete den Mund und war schon dabei, seine Lunge mit Luft zu füllen, um etwas zu sagen, aber ich beruhigte ihn mit dem Zeigefinger. »Es war selbst als Kind nicht schwer zu sehen, dass du nicht glücklich warst. Ich denke, ich habe das von dir geerbt. Das ist das eine. Es gibt aber noch die andere Seite der Medaille. Ein Mensch wird unter dem Einfluss seines Umfeldes unglücklich, durch nicht enden wollende, traurige Erlebnisse, Angst ... Und wenn das alles auch noch in der Kindheit geschieht, in der sich die menschliche Psyche entwickelt, dann ist eine Katastrophe vorprogrammiert.

Wie soll aus einem jungen Bäumchen eine mächtige, breite Eiche heranwachsen, wenn es immerzu gebrochen und beschnitten wird? Natürlich, Brüche kann man zusammenfügen, Schnitte zukleben, und der Baum wird weiterwachsen. Aber er wird sich von Anfang an pathologisch entwickeln. Die Äste werden nicht stark und biegsam, die Blätter grün, der Stamm hart und dick sein. Warum? Weil der Saft, der aus den Schnitten herausgeflossen ist, vergeudet wurde. Er konnte dem Bäumchen nicht die Kraft geben, die es hätte, wenn er genutzt worden wäre.

Du warst unglücklich. Du wusstest nicht, was du mit dir anfangen sollst. Du hattest den Eindruck, dass die Leute dir nicht helfen wollen. Dass du schon für immer unglücklich sein würdest. Du warst voller Wut auf das Leben, die

Menschen, dich selbst. Du hast beschlossen, wahrscheinlich ohne dir selbst darüber im Klaren zu sein, dass du nicht einsam leiden wirst.

Du hast begonnen, nach irgendetwas zu suchen, an dem du deinen Schmerz auslassen könntest. Das zusammen mit dir leiden würde. Vielleicht konntest du, wenn du dem Schmerz anderer zugesehen hast, deinen eigenen vergessen. Es war für dich eine Art Trost. Zu meinem Unglück war dieser Jemand ich. Ich litt an deiner statt.

Und du warst das Umfeld, das meine Entwicklung formte. Leider warst du kein Gärtner, der sich um seine Setzlinge kümmert. Du warst ein Schinder, der den Baum anschneidet und dabei zusieht, wie langsam der Saft aus ihm sickert.

Du hast deine Finger damit benetzt, ihn berührt, warst davon fasziniert. Es hat dir gefallen, wie er heraustropft. Hast beobachtet, wie er im Boden versickert und weitergeschnitten, um nachzuprüfen, wie viel noch herausquellen kann und was passieren würde, wenn alles herausgeflossen ist. Doch hast du nie daran gedacht, dass ich ihn vielleicht irgendwann brauchen werde, um ein normaler, starker Baum zu sein, der Schatten spendet und anderen Schutz bietet.

Unter mir suchte leider niemand Schatten. Ich hatte keine Blätter. Der Saft hatte dafür nicht ausgereicht. Schutz bot ich auch nicht. Wenn ein leichter Wind aufkam, konnte ich

kaum selbst mit ihm fertig werden. Wer würde sich denn unter einen Baum stellen wollen, der jeden Augenblick zusammenbrechen konnte? Und wie soll der Baum glücklich werden, wenn er sich nutzlos fühlt? Alles auf dieser Erde hat seinen Sinn. Ich hatte keinen.
Als endlich ein Vogel erschien, der in meinen kümmerlichen Ästen sein Zuhause fand, war ich ganz außer mir vor Freude. Ich verspürte eine Kraft, die ich bisher nie hatte. Ich brachte sogar die ersten Blätter hervor. Erstaunlicherweise waren sie gesund und grün. Es hatte sich jemand gefunden, der mich trotz meiner Makel liebte und an mich glaubte. Ich musste mich um ihn kümmern. Aber wie soll sich ein krankes Bäumchen um jemanden kümmern? Der Winter kam und mit ihm der Frost. Die schönen Blätter fielen herunter. Meine Rinde war zu schwächlich und weich, um gegen die Kälte zu schützen. Aber, warum auch immer, der Vogel flog nicht davon. Er fror lieber in meinen Ästen, als wegzufliegen. Ich nahm all meine Kräfte zusammen, um ihn zu wärmen. Aber ich hatte so wenig davon. Und sie zu sammeln war so anstrengend. Doch der Vogel war stur. Er lebte viele Jahre mit mir zusammen und ich konnte nichts mehr tun, außer zuzusehen, wie er von Tag zu Tag immer mehr verkümmert. Wie sollte ich glücklich sein, wenn ich sein Schicksal sah? Da erinnerte ich mich an
den erbarmungslosen Gärtner, der meine Rinde

eingeschnitten hatte, als ich noch jung war. Doch ich war nicht mehr wütend auf ihn. Ich empfand ihm gegenüber nur noch Mitleid. Stattdessen begann ich, mich selbst zu hassen. Dafür, dass ich so schwach, so willenlos war und nichts getan hatte, als er meinen Stamm eingeschnitten hatte. Es war doch meine Pflicht gewesen, mich zu wehren. Ich war derjenige, der etwas hätte tun sollen. Egal, dass meine Äste zu kurz und zu schwächlich waren, um ihn damit zu peitschen. Egal, dass meine Wurzeln zu tief im Boden verankert waren, um von dort wegzulaufen. Ich begann, tausend Dinge zu suchen, die ich hätte tun können, um den Gärtner aufzuhalten. Ich begann, mich genauso zu hassen, wie du dich. Aber ich will, im Gegensatz zu dir, mein Umfeld nicht zerstören. Es hat das Recht, zu leben. Es muss leben. Deshalb habe ich eine Bitte. Du warst derjenige, der mit all dem begonnen hat, und du musst es beenden. Du musst den kranken Baum fällen. Wenn der Prozess losgeht, wirst du der Kronzeuge der Anklage sein. Mein Anwalt wird dir erklären, was du aussagen sollst, damit sie mich zum Tode verurteilen ...

XVIII

Der Richter maß meine Frau mit strengem Blick. Dies war nicht sein Tag. Er musste sich ständig Aussagen anhören, die ihm nicht besonders gut gefielen.

»Versuchen Sie zu unterstellen, dass Ihr Mann Opfer irgendeiner kollektiven Verschwörung geworden ist? Dass uns das Richten über ihn Spaß macht?«

»Nein. Auf gar keinen Fall. Ich versuche nur zu sagen, dass ich den Eindruck habe, viele Personen fänden Gefallen daran, wenn man ihn exemplarisch verurteilen würde«, widersetzte sich meine Frau.

»Also sind Sie der Meinung, dass Sie es mit einer Art Bande von Sadisten zu tun haben, die wehrlose Menschen quälen, um die Zeit totzuschlagen?«, schnaubte der Richter bissig.

»Aber nein, Hohes Gericht! Sollte meine Argumentation auf diese Weise aufgenommen worden sein, so tut es mir sehr leid. So wollte ich nicht verstanden werden.« Meine Frau heftete ihren Blick auf den Richter, auf dessen Gesicht ein triumphales Lächeln erschien. »Ich meinte lediglich, dass in jeder Gesellschaft perverse Individuen vorkommen. Einigen von ihnen gelingt es manchmal sogar, in hohe Ämter zu kommen und sie denken sich unsinnige Gesetze aus, anstatt sich um wichtige Dinge zu kümmern, nur um die Stimmen der Wählerschaft zu gewinnen. Ich habe den Eindruck, dass mein Mann der albernen Idee eines solchen Subjekts zum Opfer gefallen ist. Dies ist meine persönliche Meinung. Ich verstehe jedoch, dass politische Fragestellungen in dieser Verhandlung nichts zur Sache tun und meine Äußerung hier fehl am Platz ist. Allerdings zähle ich andererseits auf Nachsicht seitens des Hohen Gerichts, da es mich selbst gebeten hat, meinen Standpunkt zu äußern. Ich sehe keinen Grund, warum ich lügen sollte, und das unter Eid.«

»Aber, ja«, antwortete der Richter ruhig, seine blutunterlaufenen Augen sagten aber etwas anderes. »Da wir bei Meinungen politischer Natur angelangt sind, verstehe ich, dass Sie nichts mehr hinzuzufügen haben, was im direkten Zusammenhang mit Ihrem Mann steht ...«

»Abgesehen davon, dass er unschuldig und, wie ich bereits festgestellt habe, ein guter und ehrlicher Mensch ist, habe ich nichts mehr zu sagen«, antwortete meine Frau mutig.

»Ja, ja, selbstverständlich«, der Richter nickte mechanisch. »Ihre Aussage wurde zu Protokoll genommen. Ich danke Ihnen. Sie sind aus dem Zeugenstand entlassen.«

»Vielen Dank, Hohes Gericht. Ich bin mir selbstverständlich im Klaren darüber, dass das Hohe Gericht alles dafür tun wird, dass die abschließende Entscheidung gerecht ausfallen wird«, verabschiedete sich meine bessere Hälfte charmant.

Sie versuchte, locker zu erscheinen, aber ich wusste, dass sie völlig am Ende war. Ihr normalerweise lockiges, dunkles

Haar hing schlaff hinunter, die Enden waren ganz weiß geworden und die Locken verschwunden.

Es schien so, als ob es innerhalb einer Sekunde ergraut wäre.

Als sie den Saal verließ, warf sie mir einen warmherzigen Blick zu, ich bemerkte jedoch, dass darin auch unbeschreibliche Wehmut lag. Mich hinter Kowalskis Rücken versteckend senkte ich den Kopf und drehte meine aneinander gepressten Daumen im Kreis, während ich auf meine ineinander verschlungenen Hände starrte. Ich konnte die feindseligen Blicke der Menge im Saal fühlen.

Wenn ich gekonnt hätte, wäre ich augenblicklich rausgegangen oder im Erdboden versunken. Aber ich konnte nicht.

Meine Frau hatte ihre Schuldigkeit gut getan.

»Kommen wir also zur Vernehmung des letzten Zeugen in dieser Sache«, unterbrach der Richter die Stille. »Ich bitte den Zeugen der Verteidigung, Herrn *Gewissens,* zu mir.«

Ein Polizist öffnete die Tür einen Spalt breit und nach einer Weile drang von draußen ein gedämpftes Rufen in den Saal:

»Herr *Gewissens* wird in den Verhandlungssaal Nummer sieben gebeten.«

Durch die Tür schritt majestätisch ein Mann im besten Alter. Er war nicht dick. Aber auch nicht dünn. Man kann sagen, er war gut gebaut. Sein angegrautes, zu einem Pferdeschwanz gebundenes Haar fiel ihm in den Nacken. Eine kleine, runde

Brille haftete auf seiner Kartoffelnase. Er ging sicheren, langsamen Schrittes. Er strahlte eine verborgene, unergründliche Kraft aus.

»Treten Sie näher, Herr *Gewissens*«, ermutigte ihn der Richter freundlich.

Der Mann blieb am Zeugenstand stehen und warf dann einen kurzen Blick in meine Richtung.

»Das Hohe Gericht hat mich mit jemandem verwechselt.« Seine Stimme war sonor und klar. Er muss den Richter erschreckt haben, denn dieser fuhr regelrecht hoch.

»Ich verstehe nicht. Sie heißen nicht *Gewissens Stimme*?« Er hob fragend die Achseln.

»Aber nein«, lachte der Mann auf. »Ich heiße Hypno Tiseur und bin Professor der Parapsychologie. Was *Gewissens Stimme* angeht, die das Hohe Gericht aufgerufen hat, geht es um die Stimme des Gewissens des Herrn Szrympa. Sie ist diejenige, die in der Sache aussagen wird. Ich bin hier, um Herrn Szrympa in den Zustand des Unbewussten zu versetzen und diese *Stimme* aus der Lethargie zu erwecken, damit sie unabhängig aussagen kann. Können wir beginnen?«

»Entschuldigen Sie bitte, Herr ... Tiseur, aber ich hoffe, es handelt sich hier um einen Scherz!« Der Richter wurde ganz rot. Für sein fortgeschrittenes Alter sogar zu sehr.

»Hohes Gericht, ich möchte nicht unhöflich sein, also sehen Sie bitte in die Unterlagen, bevor ich etwas

Vorschriftwidriges sage. Dort sollte genau beschrieben sein, wer in dieser Sache als Zeuge auszusagen hat.« Tiseurs Stimme war nach wie vor ruhig. Der Richter schien völlig aus dem Konzept gebracht. Als er auf das vor ihm liegende Blatt blickte, bemerkte ich in seinen Augen außergewöhnliches Erstaunen. Er wurde blass und in seinem Gesicht bildeten sich einige neue Falten.

»Tatsächlich«, flüsterte er, nach Fassung ringend. »Ich muss etwas übersehen haben. Fahren Sie also bitte fort«, fügte er hinzu und schaukelte auf seinem Thron hin und her, so als ob er gleich herunterfallen würde, vergiftet durch Arsen, das ihm irgendein Verräter verabreicht hatte.

»Herr Szrympa, ich bitte Sie zu uns. Wir würden gerne Ihrer *Gewissens Stimme* einige Fragen stellen.«

Ich erhob mich und setzte mich unsicheren Schrittes in Richtung des Zeugenstandes in Bewegung. Obwohl ich entschlossen war, es zu tun, war ich mir nicht ganz sicher, ob alles klappen würde und hatte Angst, dass ich womöglich noch unter Hypnose den Richter angreifen würde. Nicht, dass ich Angst um meine eigene Haut gehabt hätte. Ich würde nur ungern das Leben des sympathischen alten Herrn auf dem Gewissen haben, der bis hierher seine Arbeit gut erledigt hatte.

Als ich auf dem extra für mich bereitgestelltem Stuhl Platz nahm, trat der Gerichtsarzt auf mich zu, der in der Zwischenzeit den Saal betreten hatte. Seine Anwesendheit löste hier und da ein Raunen aus. Doch der Richter machte dem ein Ende, indem er energisch seinen Hammer einsetzte.

»Geht es Ihnen heute gut?« Der Arzt verschwendete keine Zeit, ergriff mit beiden Händen meinen Kopf und schob mit den Daumen meine Lider nach oben. »Sie haben Augenringe, aber die Augen sind nicht blutunterlaufen. Haben Sie irgendein Gefühl der Atemnot? Herzklopfen vielleicht? Ist Ihnen übel?«

Ich schüttelte den Kopf zum Zeichen von „Nein".

»Gut, wenn das so ist, messe ich nur noch schnell Ihren Blutdruck und dann können wir anfangen.« Er bückte sich und nahm aus der Tasche eine Manschette, die er um mein Handgelenk legte, noch bevor ich überhaupt blinzeln konnte. Das Gerät gab ein seltsames Geräusch von sich. Ich fühlte einen kräftigen Druck. Ich hatte nicht einmal Zeit, auf den Schmerz zu reagieren, denn der Herr Doktor legte die Manschette schon wieder an ihren Platz zurück.

»Alles in Ordnung. Hundertzwanzig zu achtzig. Sie müssen gute Nerven haben.« Er blinzelte mir zu und lächelte schelmisch. »Hohes Gericht, Sie können beginnen. Ich bleibe hier, für alle Fälle.«

»Bitte.« Der Richter wies ihm einen Platz in der ersten Reihe zu.

Nun trat Hypno Tiseur zu mir. Er ergriff sanft meine Handgelenke. Eigenartig, so ein Riesenkerl, und sein Griff war so mädchenhaft. Er reizte meine Haut nur leicht. Ich verspürte eine merkwürdige Glückseligkeit.
»Herr Szrympa, sehen Sie mich bitte an.« Er kam näher und musterte mich mit einem sanften, doch entschlossenen Blick. »Entspannen Sie sich. Bitte atmen Sie langsam und gleichmäßig. Einatmen, ausatmen.«
Während ich mich auf die Atmung konzentrierte, legte Tiseur die Hände auf meine Ohren. Nun hörte ich mein Atmen noch deutlicher, so als ob es nicht in meiner Lunge, sondern direkt in meinem Kopf stattfinden würde. Tiseur wies mich an, nach rechts und links zu schauen und kontrollierte mit der Kraft seiner Hände behutsam meine Bewegungen. Ich fühlte, wie meine Wirbel knackten. Ein komisches Gefühl. Das, was danach folgte, war schon eher angenehm. Ich fühlte zwei riesige Daumen auf meinen Schläfen. Sie massierten sie leicht, mal rechts, mal links herum. Ich hörte, wie mir irgendwelche Stimmen aus der Ferne Anweisungen erteilten. Ich versuchte, mich auf sie zu konzentrieren – ich sollte auf die weiße Wand vor mir blicken und meine gesamte Aufmerksamkeit auf sie lenken. Das gelang mir allerdings nicht ganz, denn ich hörte Flüsterstimmen, die direkt von unterhalb meines Herzens zu kommen schienen. Sie waren so leise, dass ich überhaupt

nicht verstehen konnte, was sie sagten.
Anstatt mich weiterhin auf die Wand zu konzentrieren, lauschte ich ihnen aufmerksam. Es war eine Art Meeresrauschen. Eine ununterbrochene Folge unverständlicher Laute. Eine ungewöhnliche Wärme durchdrang meinen Körper.
»Schhht, schhht.«
Wenn es so weitergeht, schlafe ich ein und aus der Hypnose wird nichts. Ich muss mich auf die Wand konzentrieren.
»Gaaanz ruuhig. Ruuuhe. Du muuusst gar nichtsss«, antwortete das Rauschen auf meine Gedanken. »Ruuhig. Ich haaabe so laaange auf ein Treffen mit dir gewartet, aber du bist mir immer entwischhht. Du willst mir doch nicht noch einmal davonlaufen? Es ist an der Zeit, dass wir uns endlich von Angesicht zu Angesicht begegnen.« Das Rauschen verwandelte sich in eine milde und etwas klarere Stimme.
»Wer bist du?«, fragte ich verwundert.
»Was denkst du denn?«, seufzte die Stimme. Dieses Mal klang sie traurig. »Ich bin das, was du über die ganzen Jahre in dir unterdrückt hast. Das, was du nicht hören wolltest, als noch Zeit war für eine Rettung. Ich bin die Stimme deines Gewissens. Ich bin es, die die ganze Zeit versucht hat, Kontakt mit dir aufzunehmen. Aber du warst taub für mein Rufen. Jetzt, da du mich brauchst, ist es schon so spät.«
»Ich rufe *Gewissens Stimme* in den Zeugenstand!«, rief Tiseur

aus der Ferne. »Sie soll vor das Hohe Gericht treten und eine Aussage im Prozess von Sławej Szrympa machen!«

»Schade«, seufzte die *Stimme.* »Ich dachte, ich hätte einen Augenblick Zeit, um dir ein paar wichtige Sachen mitzuteilen, aber sie warten schon auf mich. Ich befürchte, ich werde dir nicht helfen können.«

»Wie: helfen?« Meine Kehle krampfte sich plötzlich zusammen. »Was willst du tun?«

»Ich wollte mit dir über dein Leben sprechen. Darüber, was du getan hast und warum es passiert ist. Aber es bleibt keine Zeit mehr dafür. Ich muss jetzt schnell weiter.«

»Was willst du tun?«, stammelte ich.

»Viele Fragen beantworten. Vielleicht kann das, was ich zu sagen habe, diejenigen, die über dich richten, zu einigen wichtigen Überlegungen veranlassen«, antwortete *Gewissens Stimme* langsam. »Schade, dass es so spät ist ...«

»Hör mal. Unabhängig davon, was sie dich fragen werden, sag die Wahrheit. Hörst du? Lüge nicht!«

»Keine Angst. Ich bin nicht du. Ich bin die Stimme deines Gewissens. Im Gegensatz zu dir kann ich nicht lügen. Das Gewissen sagt dir immer die Wahrheit. Merk dir das!«

»*Gewissens Stimme* des Herrn Szrympa, bitte erscheinen Sie vor Gericht«, mahnte Tiseur.

»Jetzt geh schon!«, drängte mich *Gewissens Stimme.* »Geh und ruh' dich aus. Keine Angst, es wird nicht wehtun. Ich muss mir für einen kurzen Moment deine menschliche Hülle ausleihen. Bald wird alles vorbei sein. Wer weiß, vielleicht gelingt es uns noch, in aller Ruhe miteinander zu sprechen? Ich wäre sehr froh darüber. Und jetzt schlaf ruhig. Gaaanz ruuhig. Ruuuhe. Schhht.«

Erneut erfüllte mich eine glückselige Ruhe. Die Stimmen, die noch vor einem Augenblick aus der Ferne zu mir drangen, waren jetzt verstummt. Ich war von einer durch nichts gestörten Stille umgeben und sah nichts außer weißem, grellem Licht, das überall war. Ganz so, als ob die Welt nicht existieren und ich in einem Vakuum schweben würde. Nur ich und sonst nichts. Bis es auf einmal um mich herum unheimlich dunkel wurde. Ich war eingeschlafen.

XIX

Sławej Szrympa bewegte sich seltsam auf seinem Stuhl. Eine Art leichter Konvulsionen zerrte an ihm. Die Anwesenden betrachteten das von Hypno Tiseur gebotene Spektakel mit beinahe offenen Mündern. Der Arzt wollte sogar ein paar Mal die ganze Prozedur abbrechen, doch Tiseur gab ihm wiederholt ein Zeichen, dass er alles unter Kontrolle habe.

Sławej beruhigte sich schließlich. Sein Blick bekam wieder einen Ausdruck. Er blickte Hipno Tiseur aufmerksam an, wischte sich langsam mit der Hand über die Augen und wandte sich dann an den Richter:

»Hohes Gericht, ich habe gehört, dass man mich als Zeugen aufgerufen hat. Hier bin ich also.«

»Oooh! Aaah!«, brodelte es auf. Einige Personen bekreuzigten sich hastig. Einige andere fingen an, irgendwas vom Erscheinen des Antichristen in ihren Bart zu murmeln. Zwei Damen versagten anscheinend wegen dem Ganzen die Nerven, denn sie machten sich eilig daran, den Saal zu verlassen.

»Meine Damen und Herren, ich bitte um Ruhe!«, beschwichtigte der Richter die Versammelten bereits zum wiederholten Male. Doch sogar er machte einen ehrlich erstaunten Eindruck. Er blickte unsicher zu Hypno Tiseur, dann zu Sławej oder besser gesagt zu dem, was nun durch ihn sprach, dann nochmals zu Tiseur, und fragte schließlich:

»Herr Tiseur, kann ich die Fragen direkt an den Zeugen stellen, oder

soll ich dies über Sie tun?«

»Aber selbstverständlich. Das Hohe Gericht kann es selbst tun. Meine Aufgabe beschränkt sich nun auf die Überwachung der Situation.«

»Danke«, antwortete der Richter und wandte sich dann an Gewissens Stimme. »Ich bitte Sie um die genaue Angabe Ihrer Personalien, Herr Gewissens.«

Die zerbrechliche Gestalt Sławejs wurde von einem gespenstischen Lachen durchgeschüttelt.

»Ha,ha! Personalien ... Herr Gewissens ... Bin schon dabei. Anschrift: Sławej Szrympa. Nachname: Gewissens. Beruf: Stimme. Ha, ha ... Ihr Menschen seid eine Spezies, die nicht mit Dingen umgehen kann, die sie nicht versteht. Und wenn euch etwas über den Weg läuft, das eure Vorstellungskraft sprengt, dann habt ihr ein Problem: Wie soll man sich in einer solchen Situation verhalten? Man kann so tun, als ob man es mit etwas Vertrautem zu tun hätte und damit nach den allgemein gültigen Regeln umgehen. Man kann auch zugeben, dass eine solche Situation zum ersten Mal vorkommt. Ihr Menschen wählt meist die erste Lösung. Ich weiß nur nicht, ob ihr das macht, weil ihr so selbstgefällig seid und eure Unwissenheit nicht zugeben wollt, oder ob ihr eure Verlegenheit zu verbergen sucht, die in solchen Situationen normalerweise überaus groß ist.

Ich bin mir durchaus im Klaren darüber, dass es für das Hohe Gericht ein Novum ist, ein Gespräch mit einer Stimme des Gewissens zu führen. Sicherlich hat das Hohe Gericht nie mit der eigenen, geschweige denn einer fremden gesprochen. Zum einen, ich bin kein „Herr“.

Vielleicht verfüge ich im Augenblick über eine menschliche Hülle, doch in Wirklichkeit bin ich etwas, das ganz sicher nicht aus Fleisch und Blut ist. Abgesehen davon hat es mich sehr erheitert, dass sich das Gericht an mich gewandt hat als ob „Gewissens“ mein Nachname wäre. Das Hohe Gericht darf mich mit „Sławejs Stimme“ anreden, wenn es dem Gericht Mut macht. Ich gehöre ja zu ihm. Eigentlich, um genau zu sein, zu seinem Gewissen. Ich bin immer und überall bei ihm. Unsere Schicksale waren und werden immer miteinander verflochten sein.«

Auch wenn es Sławej vielleicht nicht bewusst ist, so kann doch der eine nicht ohne den anderen existieren. Wenn er stirbt, so sterbe auch ich. Es sei denn, das Hohe Gericht hat mal von jemandem gehört, der kein Gewissen hat? Oder von einem Gewissen, das auf der Suche nach seinem Besitzer umherirrt?«

»Nein«, stotterte der Richter, weiß wie eine Wand.

»Natürlich nicht, das weiß ich doch. Ich habe keine Antwort erwartet. Es war eine rhetorische Frage«, spottete die Stimme. »Nun? Möchte mich das Hohe Gericht nun endlich verhören? Wir haben nicht allzu viel Zeit.«

»Jaaa. Gewissens ... Sławejs Stimme. Du bist Zeuge der Verteidigung. Wir möchten daher, dass du uns alles erzählst, was uns helfen könnte zu verstehen, dass die Tat, die der Angeklagte begangen hat, unter Umständen verübt wurde, die seine Schuld ausschließen würden.«

»Hohes Gericht. Ich bin nur die Stimme des Gewissens. Meine Aufgabe besteht darin, Sławej beim Treffen situationsadäquater

Entscheidungen zu helfen. Ein Gewissen hat in sich eine Sammlung moralischer Werte kodiert. Wenn es fühlt, dass Sławej moralische Werte verletzt, so wird es stärker und ruft nach mir, damit ich ihn zur Ordnung rufe. Ich bin also in der Lage festzustellen, ob sich Sławej in einem bestimmten Moment gut oder schlecht verhalten hat. Sollte das Hohe Gericht jedoch meine Meinung hören wollen, so muss es mir konkretere Fragen stellen.«

»Ich verstehe«, der Richter zeigte entschlossen seinen Willen zur Zusammenarbeit. »Bitte berichte uns doch über Augenblicke, in denen Sławej wie ein rechtschaffener Mensch gehandelt hat. Es geht mir um Beispiele solcher Situationen. Je mehr davon, desto besser für den Angeklagten.«

»Solcher Situationen gab es in seinem Leben zweitausenddreihundertsiebenundzwanzig. Ich beginne chronologisch. Als er ...«

»Verzeihung, aber willst du mir damit sagen, dass du in der Lage bist, genau anzugeben, wie oft Sławej sich in seinem Leben richtig verhalten hat?«

»Natürlich.«

»Kannst du uns auch sagen, wie oft er sich falsch verhielt?«

»Ja.« Dieses Mal schien sich die Gewissens Stimme ein wenig zu verdüstern.

»Nun, wie viele Male?«

»Viertausendfünfhundertdreiundneunzig.«

»Du weißt viel, Stimme«, hustete der ältere Herr in der Robe. »Ich bin *neugierig, wie meine Statistiken in dieser Hinsicht aussehen.«*

»Bitte befragen Sie hierzu Ihre eigene Stimme. Sie wird sicherlich diese Frage mit Leichtigkeit beantworten können«, warf Gewissens Stimme des Sławej Szrympa mit vollem Ernst ein.

Der Richter errötete augenblicklich.

»Nun gut, genug davon. Bitte nimm nicht jeden belanglosen Witz ernst. Die Statistiken von Herrn Sławej sprechen eindeutig zu seinen Ungunsten. Und deiner Meinung nach, Stimme, kann man auf dieser Grundlage nicht feststellen, dass er ein schlechter Mensch war?«

»Nein«, erwiderte die Stimme. »Wenn das Leben nur so einfach wäre ... Leider ist es das nicht. Bitte erlauben Sie mir, einige Zusammenhänge zu erklären. Das Gewissen steht über der Moral. Es ist das, was uns – mit Hilfe seiner Stimme – sagt, dass wir etwas Schlechtes getan haben, wenn unsere Moral nicht stark genug war, uns von der Missetat abzuhalten. Moral ist jedoch nicht universell. Es gibt unterschiedliche Auffassungen darüber, was moralisch ist. Sie können sich je nach Kulturkreis, sozialer Herkunft, Bildungsniveau und vielen anderen Faktoren verändern. Daher sind auch einige eher bereit, manche Taten zu vollbringen oder zu begehen als andere. Deswegen sollten wir damit sehr vorsichtig sein, Urteile über unsere Nächsten zu fällen. Um die Moral richtig zu verstehen, muss ich in meinen Ausführungen zwei Begriffe verwenden: Ratio und Emotio. Der erste ist nichts anderes als der menschliche Verstand. Die Fähigkeit des nüchternen und logischen Denkens. Der zweite hingegen beschreibt unsere emotionale Verfassung, das, was wir fühlen. Die Moral

einer bestimmten Person ist von der Ratio abhängig. Je größer die Rolle, die die Ratio im Leben eines Menschen spielt, desto mehr nimmt er von der Welt wahr, die ihn umgibt. Umso tiefer ist auch seine Moral. Ist das Hohe Gericht in der Lage, meinen Gedankengang nachzuvollziehen?

»Ja«, erwiderte der Richter wie beseelt. »Das ist überaus interessant. Bitte rede weiter. Wenn ich etwas nicht verstehe, werde ich Fragen stellen. Ich habe mich schon daran gewöhnt«, lächelte er schwach.

»Ich verstehe«, bestätigte die Stimme. »Es geht einfach darum, dass ein Durchschnittsmensch in den meisten Situationen unter dem Einfluss seiner Emotio handelt, und nicht – wie viele von uns meinen könnten – unter dem der Ratio. Emotio hingegen unterdrückt die Moral.

Bitte stellen Sie sich eine Mutter vor, die in äußerster Armut lebt und zusieht, wie ihr Kind verhungert. Es umgeben sie wohlhabende Menschen, die sie problemlos unterstützen könnten. Die Mutter fleht um Nahrung, doch niemand erbarmt sich ihrer. Und der Zustand des Kindes, das sie über alles liebt, verschlechtert sich. Letzten Endes hat die Frau nur zwei Möglichkeiten: entweder das Gesetz brechen und Essen stehlen oder, trotz ihres Unglücks, nach dem Gesetz handeln und zulassen, dass das Kleine stirbt. Sagen Sie mir bitte, welche Möglichkeit wird sie wählen?«

»Essen stehlen«, entfuhr es jemandem aus der ersten Reihe.

»Ruhe, bitte«, drohte der Richter, der Möglichkeit zu antworten beraubt.

»Tatsächlich? Was bringt Sie auf diesen Gedanken?« Die Stimme

wandte sich an den Herrn, der gewagt hatte, etwas zu sagen.

Der Gefragte blickte zum Richter, und als ihm dieser erlaubte, das Wort zu ergreifen, antwortete er sofort:

»Ich selbst würde so handeln.«

»Danke!« Die Stimme lächelte. »Sehen Sie, Hohes Gericht? Die Emotio gewinnt die Oberhand über den Verstand. Bitte erlauben Sie, diesen Aspekt auszuweiten.

Wenn die Frau Essen gestohlen hat und ein Mensch mit einer gut entwickelten Ratio ist, ist ihre Moral ebenfalls stark. Wenn die Emotionen dann abebben, wird sie sich klar darüber werden, dass sie etwas Falsches getan hat, indem sie stahl. Dann wird die Stimme des Gewissens, die sich in ihr regen und sie daran erinnern wird, falsch gehandelt zu haben, auf fruchtbaren Boden fallen und in ihr Schuldgefühle auslösen.

Doch wenn die Ratio der Frau schwach ausgebildet ist – und ihre Moral somit auch schwach ist – dann wird die sich in ihr regende Stimme des Gewissens unterdrückt. Für die Frau wird es schwieriger, sich in Gänze zu vergegenwärtigen, dass das, was sie getan hat, falsch war, denn sie versteht zu wenig von der sie umgebenden Welt und all den Konsequenzen, die ihre Tat nach sich ziehen wird. Emotio wird ihr darüber hinaus noch zuflüstern, dass sie doch einen anderen Menschen vor dem Tode bewahrt hat. Sie wird sich keine Gedanken über andere Aspekte dieser Tat machen.« Die Stimme blickte fragend zum Richter.

»Ich verstehe«, fühlte sich dieser zu einer Antwort verpflichtet. »Ist das schon alles?«

»Fast«, erwiderte die Stimme. »Ich möchte nur noch hinzufügen, dass auch ein Mensch mit hohem Sinn für Moral versuchen kann, seine Stimme des Gewissens zu unterdrücken. Doch wird sich diese Stimme immer wieder in ihm melden. Dadurch ist solch ein Mensch zu einem Leben mit immerwährenden Schuldgefühlen verurteilt. Genau so ist es im Falle von Sławej. Ich wollte oft mit ihm reden, doch er hat mich immer zurückgewiesen. Darüber hinaus besteht seine Tragödie darin, dass er sich sogar die Schuld für Taten aufgeladen hat, auf die er absolut keinen Einfluss hatte. Das ist alles.«

»Ich danke vielmals für diese umfassenden Erklärungen. Wir werden sie ganz sicher bei der Urteilsprüfung berücksichtigen. Leider drängt schon die Zeit«, der Richter beugte sich zu der Stimme, »und wir haben nicht die Möglichkeit, uns alle Einzelheiten über zweitausenddreihundertsiebenundzwanzig gute und viertausendfünfhundertdreiundneunzig schlechte Taten Sławejs anzuhören. Bitte erzähle uns von den letzten drei guten Taten von Herrn Sławej und wann er sie vollbracht hat.«

Gewissens Stimme wurde noch trauriger. Sie machte sogar den Eindruck, als ob sie zögerte und etwas verbergen wollte.

»Die letzte gute Tat Sławejs wurde vor drei Jahren begangen.«

»Was war es?«

»Er kümmerte sich um seine Frau, als diese krank war. Er wachte die ganze Nacht an ihrem Bett.«

»Ach, dann wird die Pflege der eigenen Frau zu den guten Taten gezählt?«, lachte der Richter auf. »Gut zu wissen, denn ich war

mein ganzes Leben lang überzeugt davon, dass es eine Pflicht sei.«

»Wenn gemäß der menschlichen Normen das Fehlen dieser Pflege den schlechten Taten zugerechnet wird, dann muss wohl die Pflege zu den guten gezählt werden, nicht wahr? Abgesehen davon schließen sich Pflicht und gute Tat nicht gegenseitig aus.«

»Stimmt«, sagte der Richter langsam und kaum hörbar. »Und sage mir doch bitte, wann Herr Szrympa die letzte schlechte Tat verübt hat.«

»Leider waren die letzten Monate randvoll mit solchen gefüllt«, Gewissens Stimme wurde traurig, als ein Raunen durch den Saal ging, und schloss dann an: »Hohes Gericht, ich habe anfangs geäußert, dass ich nicht sagen kann, ob Sławej ein guter Mensch ist oder nicht, und nur seine Taten bewerten kann. Wenn mir das Hohe Gericht erlauben würde, zu versuchen, ihn so zu beurteilen, wie es Menschen tun, dann würde dies dem Hohen Gericht vielleicht ermöglichen, ihn besser zu verstehen. Leider weiß ich nicht, ob es mir gelingen wird, denn ich mache es zum ersten Mal.«

»Aber bitte sehr.« Der Richter schien interessiert.

»Wenn man lediglich die Anzahl der guten und schlechten Taten in Betracht zieht und von dem absieht, was ich vorhin erwähnt habe, so könnte Sławej sicherlich nach menschlichem Ermessen zweifellos als schlechter Mensch gelten. Aber kann man sich bei jemandes Beurteilung mit der Berechnung der Menge und Qualität seiner Taten begnügen und die Betrachtung der Beweggründe, von welchen er sich hat leiten lassen, ignorieren? Es ist nämlich so, dass die Mehrzahl der schlechten Taten, die Sławej in letzter Zeit verübte, gegen ihn selbst gerichtet war. Er war

allzu streng mit sich. Er konnte sich selbst nicht mehr ansehen. Er hatte keine Achtung vor sich selbst. Er hat versucht, sich das Leben zu nehmen. Wir alle wissen, dass er das getan hat, aber hat jemand über das Warum nachgedacht?« Die Stimme ließ den Blick langsam über die Versammelten schweifen. *»Ich weiß es. Sławej liebt seine Frau sehr, hat jedoch Angst, es ihr zu sagen. Er hat sogar Angst davor, es sich selbst einzugestehen. Sein Problem liegt darin, dass er sich selbst nicht ausstehen kann. Er glaubt, seine Frau einzuschränken. Nicht in der Lage zu sein, ihr das zu geben, wonach sie sich sehnt. Er hegt die Hoffnung, dass sie in Frieden leben wird, wenn er fortgeht.*

Bitte töten Sie ihn nicht nur deswegen, weil irgendjemand ein entsprechendes Gesetz verabschiedet hat. Diejenigen, die Gesetze verabschieden, tun es oft nicht für das Allgemeinwohl, sondern aus persönlichen Motiven heraus. Aus Angst zum Beispiel. So ist es im Falle von Töten. Ist denn eine öffentliche Hinrichtung im Namen des Gesetzes etwa kein Töten? Ist denn das Töten anderer etwa nicht ein Anzeichen von Angst? Wir ängstigen uns vor dem, was wir nicht kennen. Das uns fremd ist. Wir haben in dieser Hinsicht Vorurteile erschaffen. Und wenn wir uns dem plötzlich Auge in Auge stellen müssen, dann übermannt uns Angst. Wir hören auf, zu denken. Über unser Verhalten gewinnen Emotionen die Oberhand.

Es sind dieselben Emotionen, die ich vorhin erwähnt habe und die unsere Ratio verblenden. Anstatt Ruhe zu bewahren, den Gegenstand unserer Angst kennenzulernen und zu versuchen, mehr über ihn in Erfahrung zu bringen, geraten wir in Panik, in Folge derer unser

Selbstverteidigungsmechansimus aktiviert wird. Ein Instinkt. Weiß das Hohe Gericht, was ich meine?«

»Ehrlich gesagt, nicht wirklich«, zuckte der Richter gleichgültig mit den Schultern.

»Dann werde ich versuchen, es dem Hohen Gericht zu erklären, indem ich meine erschöpfenden Überlegungen mit einem gewissen Beispiel verbildliche«, schlug Gewissens Stimme vor. »Sicherlich ist es dem Gericht als Kind einmal passiert, eine Spinne bei der Wanderung über sein Bein oder seinen Arm zu ertappen?«

»Nun ja ... und das nicht nur einmal.«

»Und was hat das Hohe Gericht dann getan?«

»Ich weiß es nicht mehr. Das ist lange her.«

»Sicher? Bitter versuchen Sie, sich daran zu erinnern«, drängte die Stimme.

»Ich weiß nicht. Ich schüttelte sie angeekelt von meiner Hand. Ich rannte weg vor ihr. Oft erschlug ich sie einfach.«

»Genau«, lächelte die Stimme. »Aber weshalb?«

»Nun, irgendwie reflexartig, weil mir ...« Der Richter unterbrach mitten im Satz und vor Scham rot werdend, dass er sich hat erwischen lassen wie ein Grundschüler, flüsterte er leise: »... aus Angst.«

»Das dachte ich mir«, nickte die Stimme. »Ein kleiner Junge, der ruhig dasitzt, sieht plötzlich eine Spinne auf seinem Arm. Er hat so eine noch nie vorher gesehen und weiß nichts Konkretes über sie. Doch hat er von Älteren, den Eltern gehört, Spinnen seien Ekel erregend, haarig, widerlich und gefährlich. Aber welcher Quelle entnahmen sie dieses

Wissen? Aus einer Enzyklopädie? Sicher nicht, denn dann wüssten sie, dass Spinnen nützlich und gar nicht so schrecklich sind. Das Kind hat von anderen nur ein paar Geschichtchen gehört, die auf Vorurteilen und Unwissenheit beruhen. Da er nie zuvor eine Spinne gesehen und somit keine Chance hatte, sich selbst eine Meinung zu bilden, nimmt er das als Wahrheit hin, was ihm andere gesagt haben. Er beginnt, sich vor diesen Ungeheuern mit langen Beinen und dickem Hinterleib zu fürchten. Wenn er so etwas in seiner Nähe sieht, hört er auf, logisch zu denken. Im Angesicht der vermeintlichen Gefahr handelt er instinktiv und erschlägt die Spinne, um zu überleben. Er stellt sich nicht einmal die Frage, wonach diese auf seiner Hand suchte. Ist so ein kleines Geschöpf wirklich gefährlich? Höchstwahrscheinlich hatte es nichts Böses im Sinn. Sein Weg kreuzte einfach den des Kindes. Trotzdem wurde es getötet. Aus Angst.«

»Ein sehr schöner und bildhafter Vergleich, Stimme«, lächelte der Richter zynisch. »Schade nur, dass deine Aussage völlig von dem Thema abweicht, dem wir etwas mehr deiner Zeit opfern sollten. Uns geht es nur um eine Frage: Glaubst du, Stimme, dass Sławej nach dem, was passiert ist, in der Lage ist, ein normales Leben zu führen? Bitte bedenke, dass du unter Eid aussagst.«

»Ich würde mir sehr wünschen, dass dem so wäre«, die Stimme wurde traurig. »Leider glaube ich nicht, dass dies möglich sein wird. Sławej ist des Lebens so müde, dass er bei der nächsten sich bietenden Gelegenheit wieder versuchen wird, es sich zu nehmen. Lange Jahre habe ich versucht, laut genug zu sein, dass er mich wahrnimmt. Damit wir reden

können. Aber er war taub für meine Rufe.

Er wollte immer die Kontrolle über sein Leben haben. In jeder Situation Herr der Lage sein. Doch das ist leider nicht immer möglich. Oft muss man den Dingen ihren Lauf lassen. Sie so nehmen, wie sie sind. Es zulassen, dass der Strom des Lebens einen mitträgt, wie die Strömung eines Flusses einen kleinen Zweig. Leider konnte Sławej das nicht.

Trotz allem, was ihm sein Vater angetan hatte, war er ein mutiger und offener junger Mann. Leider hat er sich schnell verändert. Er verbitterte. Er wurde streng zu sich selbst und seinem Umfeld. Er war felsenfest davon überzeugt, dass man es sich erarbeiten muss, um im Leben irgendetwas erreichten zu können, um glücklich zu sein. Dass man an der eigenen Disziplin arbeiten muss. So etwas wie Vorsehung existierte für ihn überhaupt nicht.

»Willst du uns zu verstehen geben, dass Vorsehung etwas Reales ist? Etwas, das wirklich existiert?«, fragte der Richter interessiert.

»Es fällt mir schwer, darüber zu sprechen«, zuckte die Stimme mit den Schultern. »Jedermann hat einen freien Willen und kann selbst entscheiden, ob er an sie glaubt oder nicht. Doch wage ich zu behaupten, dass diejenigen, die an sie glauben, glücklicher durchs Leben gehen als diejenigen, die es nicht tun. Hatte das Hohe Gericht denn nie den Eindruck, zur richtigen Zeit am richtigen Ort zu sein? Probleme, die, warum auch immer, alle gleichzeitig auftauchten und mit denen man sich herumschlagen musste? Und wie zum Trotz, ungeachtet der Anstrengungen und der vollsten Hingabe, nichts gelingen wollte?

Und plötzlich, tauchte jemand, wie aus dem Hut gezaubert, mit der ersehnten Hilfe auf? Oder das Gericht kam ganz plötzlich, unter dem Einfluss irgendeines Impulses, wie beseelt, auf eine geniale Idee, die alle Probleme löste?«

»Nun, ein paar Mal ist es wohl vorgekommen«, erwiderte der Richter etwas verwirrt.

»Ich bin sicher, das Gericht war dann der Meinung, dass es eine Schicksalsfügung oder Vorsehung war«, pointierte die Stimme triumphal.

»Ich muss zugeben, dass ich in der Tat so dachte«, antwortete der Richter resigniert. »Aber was tut das zur Sache im Fall Sławejs?«

»Sehr viel. Ein Mensch, der nicht an das Schicksal, eine höhere Macht glaubt, verliert schnell den Glauben an das Leben. Den Glauben daran, noch etwas erreichen zu können. Der Glaube an sich selbst ist notwendig. Er ist aber nicht das einzige Fundament, auf dem man etwas Stabiles erbauen kann. Manchmal ist sein Überfluss sogar der Grund für das Scheitern eines Menschen. Wenn es im Leben einmal Momente gibt, in denen nichts zu klappen scheint, dann muss man es mal gut sein lassen. Wenn ein Mensch zu lange hartnäckig gegen die Widrigkeiten des Schicksals ankämpft und nicht den Eindruck hat, in der Lage zu sein, sie zu überwinden, dann beginnt er, den Glauben an sich selbst und seine Fähigkeiten zu verlieren. Er bricht zusammen. Verfällt in Depressionen. Genau so war es im Falle von Sławej. Hätte er sich in kritischen Momenten vom Strom des Lebens tragen lassen, wäre er glücklicher. Das Leben hätte ihn mit Frieden beschenkt, dafür,

dass er es so akzeptiert, wie es ist. Dieser Frieden hätte ihm Kraft gegeben. Und wenn sich schon alles gefügt hätte, dann hätte er verstanden, dass es Dinge im Leben gibt, auf die man keinen Einfluss hat. Aber Sławej gab nicht auf. Er kämpfte immer bis zum bitteren Ende. Er vergeudete seine Energie für Wut, und war trotzdem nicht in der Lage, alles zu kontrollieren. Im Endeffekt kam er zu der Überzeugung, dass er zu nichts fähig ist. Er hat die Achtung vor sich selbst verloren und begann sogar, sich selbst zu hassen.«

»Aber wie kann man denn sich selbst hassen?«, fragte der Richter verwundert.

»Leider habe ich auf diese Frage keine Antwort. Ich vermute jedoch, dass man sie in Sławejs Kindheit suchen muss.« Die Stimme wurde traurig. »Wie ich schon erwähnt habe, hat sie einen enormen Einfluss auf sein Leben ausgeübt und ihn dorthin geführt, wo er sich gegenwärtig befindet. Das ist alles, was ich zu diesem Thema zu sagen habe. Ich wiederhole jedoch, dass ich meine, dass man Sławej eine Chance geben sollte, selbst über sein Schicksal zu entscheiden. Er wird vermutlich das zu Ende führen, was er bereits beschlossen hat, aber zumindest stirbt er dann aus freiem Willen und mit größerer Würde, als wenn er vor einer johlenden Menge hingerichtet würde.

»Ich verstehe. Jedoch kann das Recht pathologisches Verhalten von Individuen nicht dulden. Sie haben einen schlechten Einfluss auf die Gesellschaft. Oder etwa nicht?«

»Ich muss jetzt aufhören. Ich habe schon alles gesagt, was wichtig war.« Die Stimme schien nicht an der letzten Frage des Richters interessiert.

Langsam verlor sie an Klarheit. »Ich habe hier auch so schon zu viel Zeit verbracht. Das ist gefährlich für Sławej.«

»In diesem Fall werden wir keine weiteren Fragen mehr stellen«, sagte der Richter sachlich. Er blickte vielsagend zum Staatsanwalt und zu Kowalski. »Ich denke, die Anklage und die Verteidigung werden nichts dagegen haben, wenn ich die Stimme aus dem Zeugenstand entlasse. Stimme, du kannst gehen.«

»Danke«, röchelte die Stimme. Dann verstummte sie, und Sławejs Körper wurde wieder steif.

XX

Ich irrte durch unermessliche Dunkelheit. Ich versuchte, mir mit ausgestreckten Händen einen Weg zu ertasten. Irgendetwas zu fassen, das mir die Sicherheit geben würde, dass ich überhaupt noch existiere. Ich hatte das Gefühl, im leeren Raum zu schweben. Völlig kraftlos. Ohne den geringsten Einfluss auf das, was mit mir geschieht. Ich fuchtelte verzweifelt mit den Armen und versuchte, mich auf die Zehenspitzen zu stellen, in der Hoffnung, endlich nach etwas greifen zu können. Den unter den Füßen entschwundenen Boden wiederzufinden.

Aber ich fand nichts. Nur Leere, Dunkelheit und lautlose Stille. Langsam verlor ich den Verstand. Panische Angst überkam mich. Die Lunge wurde schwer, als ob eine mindestens zweihundert Kilo schwere Scheibenhantel darauf gelegt worden wäre. Der Magen schmerzte, als ob ihn jemand auswringen würde. Ich fühlte, wie Gänsehaut meine Arme überzog und die Haare zu Berge aufstanden. Ich nahm schon all meine Kraft zusammen, um die Dunkelheit mit einem Überschallschrei des Schmerzes zu zerreißen, als ich in der Ferne ein kleines, helles Pünktchen erblickte. Wie an einem unsichtbaren Faden gezogen, kam ich ihm erstaunlicherweise langsam immer näher. In dem Maße, in dem es immer größer wurde, begannen einzelne Worte die Stille zu stören. Schließlich gelang es mir, einen vollständigen Satz zu hören:

»Die Zeit deiner Rückkehr ist gekommen, Sławej. Ich habe meine Pflicht erfüllt.«

»Wer bist du?« Die Stimme war vertraut, doch ich konnte mich nicht erinnern, wem sie konkret gehörte.

»Wie denn? Erinnerst du dich nicht mehr an mich? Wir haben noch vor ein paar Augenblicken miteinander gesprochen.«

»Gewissens Stimme!«, rief ich aus.

»Ja, ich bin es. Ich habe vor Gericht ausgesagt, so, wie du mich darum gebeten hast. Ehrlich und ohne Lügen. Und jetzt kehre zurück. Du kannst hier nicht länger bleiben. Du musst dein Leben weiterführen.«

»Aber es ist doch ...«, wollte ich mich widersetzen, doch ein gewaltiges Aufblitzen blendete mich und ich vernahm das Geschrei Dutzender Stimmen. Ich fühlte, wie mir die Luft wegblieb. Ich atmete tief ein, um mich mit Sauerstoff zu versorgen. Ein erster Zug, dann ein zweiter und ein dritter. Als ich endlich zu mir kam, wurde mir klar, dass meine Augen trotz der mich umgebenden Helligkeit geschlossen waren. Ich öffnete sie. Über mir stand Hypno Tiseur. Er sah traurig aus. Er half mir, aufzustehen. Als ich meinen Blick durch den Saal und über die Richterbank schweifen ließ, lief ein Schauer über meinen Rücken. Aber schon nach einem Augenblick verspürte ich Erleichterung und gleich darauf Freude. Alle blickten mich feindselig an. Das, was Gewissens Stimme gesagt hat, muss sie wütend gemacht haben. Das einzige Urteil, mit dem ich nun rechnen konnte, war der Tod.

XXI

Die Stille wurde von Schritten auf dem Flur gestört. Jemand kam aus dem linken Flügel und wandte sich langsam unserer Zelle zu. Moment mal, wer könnte das sein? Die Schritte waren monoton und gleichmäßig. Außerdem wurde das übliche Klappern der Absätze von einem spezifischen, metallischen Geräusch begleitet. Das war hundertprozentig Mietek. Wir nannten ihn Freddie Astaire, denn die Sohlen seiner Schuhe waren mit Blechen beschlagen, ähnlich wie die von Steppschuhen. Er näherte sich immer schneller. Vielleicht brachte er die Post? Welchen Tag haben wir heute? Dienstag. Post fällt also aus. Die Schritte hielten plötzlich inne. Zwei Zellen weiter rasselte ein Schloss. Niemand für uns, also. Was konnte das nur sein? Irgendeine Kontrolle? Ich hörte Gesprächsfetzen, dann schloss sich die Tür und Mietek setzte sich wieder, wie eine Katze auf Mäusejagd, in Richtung unseres kleinen Mauselochs in Bewegung. Plötzlich wurde die Abdeckung des Türspions weggeschoben und ein blaues Auge erschien darin. Einen Moment später wurde der Schlüssel im Schloss herumgedreht und die Tür geöffnet.

»Herr Szrympa, du hast Besuch. Mir nach, bitte«, röchelte er mit versoffener Stimme und bevor ich überhaupt reagieren konnte, fügte er hinzu: »Na los, Beeilung! Ich hab' nicht den ganzen Tag Zeit.«

»Ich komme schon.« Ich setzte mich auf einen Stuhl, zog hastig meine Schuhe an und rannte, das Hemd in die Hose steckend, in Richtung Ausgang. Wer könnte es nur sein? Sicherlich meine Frau. Obwohl ich erst übermorgen mit ihr gerechnet habe. Vielleicht mein Vater?

»Mit wem habe ich heute das Vergnügen?« Ich versuchte, uninteressiert zu wirken. Je mehr Interesse die Wärter in der Stimme eines Gefangenen vernahmen, desto geringer war die Chance darauf, eine Antwort zu bekommen.

»Warum so neugierig? Wenn du da bist, Meister, dann wirst du's schon sehen«, lächelte Mietek zufrieden.

»Na gut«, murmelte ich. Es ist mir wieder nicht gelungen. Wann werde ich endlich lernen, meine Emotionen für mich zu behalten?

Der Weg zum Besuchersaal war nicht weit, aber ich hatte den Eindruck, dass eine Ewigkeit vergangen war, bis wir ihn erreichten. Als man mich zu einer Kabine führte, erblickte ich dort meine Frau. Also doch. Was macht sie hier so früh? Ich blickte verstohlen zu ihr. Sie sah sehr besorgt aus. Ihr Gesicht war ganz blass und die Augen blutunterlaufen. Sicher hat sie gerade geweint. Beim Hinsetzen schob ich den Stuhl geräuschvoll an den Tisch und hob dann den Hörer ab.

»Wie konntest du mir das nur antun!?«, schrie sie verärgert, ohne mir auch nur die Chance zu geben, sie zu begrüßen.

»Hallo, ich freue mich, dass du gekommen bist«, antwortete

ich fröhlich, als ob ich ihre Aufgebrachtheit nicht bemerkt hätte.

»Hältst du mich denn für eine absolute Idiotin!?« Ihre Augen sprühten Funken. Wie zu guten alten Zeiten. »Was soll das alles bedeuten!? Sag mir wenigstens ein Mal die Wahrheit, du dreckiger Feigling! Warum hast du das getan?«

»Was?«

»Warum hast du dem Anwalt, den ich dir besorgt habe, das Mandat entzogen!? Du weißt doch, dass er landesweit der beste Fachmann für solche Fälle ist! Was willst du mit diesem Kowalski erreichen? Er hat doch keine Ahnung von so etwas! Der Typ macht Scheidungen und Unterhaltssachen!«

»Ich will nicht über dieses Thema diskutieren. Du hast die Zeugen ausgesucht, ich den Anwalt. Ich denke, das ist ein guter Deal. Ich vertraue ihm. Wir kennen uns seit unserer Kindheit. Und Vertrauen bedeutet hier viel mehr als irgendein Arschkriecher mit Krawatte, der jeden Prozess nur deshalb gewinnt, weil er hochgestellte Kumpels hat«, warf ich entschieden ein, ohne sie anzublicken.

»Was erzählst du denn da?« Sie hielt sich die Hand vor den Mund. »Wie kommst du nur darauf?«

»Was, wie? Komm schon, Schatz, er mag ja fähig sein, aber ohne Beziehungen wäre er nie so weit gekommen. Ich wette, wenn du in seinem Lebenslauf graben würdest, würde sich herausstellen, dass seine Mutter oder der Vater, ein Onkel oder Großvater Richter, Staatsanwalt oder irgendein anderer Gesetzesvertreter ist.«

»Sławej! Was ist nur in dich gefahren? Woher kommt diese Missgunst?« Sie legte ihre Hand an die Scheibe. »Bitte, berühre mich!«

»Du weißt doch, dass das unmöglich ist.« Ich wusste, was sie meinte, stellte mich aber dumm.

»Sławej! Bitte!« Ihr Blick hypnotisierte meine Hand so lange, bis sie die Scheibe an der gleichen Stelle berührte wie die ihre. »Und jetzt sieh mich an.«

Ich hasste es, das zu tun. Ich fühlte mich dann völlig nackt. Wehrlos. Meine Frau war die einzige Person, in derer Gegenwart ich mich jemals enthüllen konnte. Aber damit war mittlerweile auch Schluss. Lange her. Eines Tages hatte ich mich einfach von ihr entfernt. Ich hatte eine unsichtbare Wand gebaut. Eine Art Strafraum.

Ab diesem Moment konnte ich sie nicht einmal ohne Furcht ansehen. Ich hatte den Eindruck, als ob mich Röntgenstrahlen durchleuchten würden. Wie ein Lügner, der Angst davor hat, dass sich jemand in sein Gehirn einklinkt und seine geheimsten Gedanken liest. Aber konnte ich ihr das heute abschlagen?

Zum wiederholten Mal im Leben fühlte ich, wie mein Puls beschleunigte. Die Atmung wurde flach. Unterbrochen.

Die Schläfen begannen zu schwitzen. Ich ließ meinen Blick über die Wand schweifen. Über die hinter dem Rücken meiner Frau. Ich versuchte, mich auf ein Rohr zu konzentrieren, das links von ihr vom Boden zur Decke verlief.

Ich kam bis zur Mitte. Auf dieser Höhe befand sich ihr Kopf. Langsam begann ich, den Blick aus der Ecke in die Mitte zu verlagern. Vor mir war jetzt nur noch ihr Gesicht. Trotzdem nahm ich es lediglich als einen verschwommenen Fleck wahr, weil ich mich weiterhin auf die Wand konzentrierte.

Ich hatte rote Flecken im Gesicht. Ich musste auch furchtbar schwitzen, denn ich bemerkte, wie an meinen Seiten, unter meinen Armen hervor, eine feuchte Schmiere herablief. Warum fällt mir das so schwer? Ich muss doch nur noch die Augen so fokussieren, dass sie ihr Gesicht erkennen. Das Gesicht der Person, die ich doch so sehr liebte ...

»Siehst du. Du hast es geschafft«, lächelte sie erfreut, ganz so, als ob sie meine Anspannung nicht bemerken würde. Ihr Blick fesselte mich wie ein unsichtbares Lasso. Ich wollte mich wegdrehen, konnte aber nicht. Ich war wie versteinert. Was wird jetzt passieren? Was für Dinge wird sie mir sagen? Sicherlich das, was ich erwartete. Das, was ich so beflissen vor ihr zu verbergen suchte.

»Sławej, beruhige dich. Du bist ja ganz aufgeregt. Ich will dir doch nichts Böses tun. Ich bin deine Frau. Ich liebe dich.« Ihre Stimme streichelte mein verschwitztes Haar und machte mir Mut.

»Ich weiß«, stotterte ich. »Aber ... aber das alles ist so schwer. Du wirst mich nicht ... nicht verstehen können.«

»Doch, das werde ich. Ich kenne dich besser, als du denkst. Beruhige dich jetzt.« Ich fühlte, wie ihre Finger meine Hand berührten, als ob überhaupt keine Scheibe dazwischen wäre. »Wenn es dein Wunsch ist zu sterben, dann sag es mir jetzt. Wenn du das tust und mir den Grund dafür nennst, dann werde ich deinen Willen respektieren und lasse dich in Ruhe. Ich werde dir sogar helfen, mit Würde bis zum Ende durchzuhalten. Auch wenn ... auch wenn es für mich Leiden bedeutet.«

Ich blickte sie erstaunt an. Das war unmöglich. Hatte sie wirklich gesagt, dass sie mir dabei helfen wird, bis zum Ende durchzuhalten? Ich fühlte, wie sich mein Magen verkrampfte. Wie sollte ich ihr das denn bloß erklären?

»Ja, ich möchte sterben«, rutschte es mir heraus, ganz so, als ob mein Bauch entschieden hätte, die Sache für mich zu erledigen, weil er merkte, dass ich zögerte.

»Gut.« Ihre Lippen verzogen sich, aber sie unterdrückte den Schmerzensschrei. Ihre Augen hingegen ließen es nicht zu, kontrolliert zu werden. Dicke Tränen flossen aus ihnen heraus. »Ich respektiere das. Ich verstehe es nicht, aber ich respektiere es. Bevor ich anfange, dir zu helfen, möchte ich, dass du mir nur noch eines sagst. Warum?«

Nun, jetzt war es passiert. Ich dachte, sie würde diese Frage vergessen. Aber leider hat sie sie wiederholt. Was soll ich ihr antworten? Die Wahrheit? Sie hat sie doch verdient. Sollte ich ihr sagen, dass ich mich hasste? Dass ich mich nicht ausstehen konnte und der Meinung war, dass ich bei der Gelegenheit auch noch ihr Leben kaputtmachte? Dass ich wertlos war und nichts im Leben erreichen würde? Dass sie mich so oder so irgendwann verlassen würde, weil sie mich nicht mehr würde ertragen können? Ich kannte sie. Wenn ich ihr das sagen würde, würde sie wieder anfangen zu versuchen, mich von ihren idealistischen Ideen zu überzeugen.

Sie würde mich bitten, mir noch eine Chance zu geben. Sagen, dass sie mir helfen wird, ins alltägliche Leben zurückzufinden. Und nach einigen Wochen, wenn uns das Grau des Alltags wieder erfasst hätte, würde sie sicher zu ihrer Arbeit zurückkehren und mich meinem Schicksal überlassen. Und wieder müsste ich mich mit mir selbst abplagen. Mir das Klagen anderer anhören, wie unbeholfen und überempfindlich ich doch wäre. Sie würden mir sagen, ich solle mich an die Arbeit machen, anstatt mich selbst zu bemitleiden.

Ein freundlicherer unter diesen Hitzköpfen würde vielleicht

sogar welche für mich finden und dann würden sie mir auf die Finger schauen, damit ich sie auch richtig mache. Sie würden mir Ratschläge geben, wie ich mein Leben steuern sollte, was ich zu tun und zu lassen hätte – Ratschläge in ihren Augen, doch in Wirklichkeit nichts anderes als Befehle, für deren Nichteinhaltung ich mit Rügen bestraft würde.
Wohin zum Abendessen gehen. Was im Kino ansehen. Welches Buch lesen. Sie würden mir empfehlen, zum Psychologen zu gehen, würden ein Hobby für mich finden, welches ich hassen würde, dem ich mich aber widmen müsste. Sie würden mir befehlen, Kinder zu machen. Und sie dann zu erziehen. Kurz gesagt, sie würden sich in mein Leben einmischen, damit ich das tue, wovon sie träumten, sich aber nicht zu machen trauten. Genau wie mein Vater.
Doch sicherlich würde niemand darüber nachdenken, warum mein Schicksal diesen Verlauf genommen hatte. Was will ich im Leben erreichen? Wer bin ich wirklich? Was sind meine geheimsten Sehnsüchte? Was würde mich glücklich machen? Niemand würde danach fragen, denn um das herauszufinden, ist viel mehr Zeit nötig als für oberflächliches, beschissenes Gelaber, dass das Leben schwer ist und ich mich zusammenreißen soll.
Wer hat denn schon Lust, seine Zeit seinem Nächsten zu opfern? Wozu? Jeder von uns hat doch seine eigenen Probleme.

Nein. Ich will das nicht noch mal durchmachen. Ich bin schon müde.

»Tut mir leid, wenn ich dich verletze, aber ich liebe dich nicht mehr«, sagte ich hastig, weil ich wollte, dass diese Lüge über meine Lippen kommt, bevor ich anfange, rot zu werden und sie das bemerkt. »Die Liebe zu dir hielt mich am Leben. Sie gab mir Hoffnung. In dem Augenblick, in dem ich aufgehört habe, dich zu lieben, hat mich auch der letzte Rest Lebenswillen verlassen. Ich kann einfach nicht mehr.«

»Ich glaube dir nicht«, schluchzte sie. »Ich glaube es nicht. Ich fühle deine Berührung auf meiner Haut, deine Küsse. Sławej, ich weiß, dass es in der ganzen Sache um dich geht. Um deine Wut auf dich selbst. Deshalb bitte ich dich, gib mir noch eine Chance, damit ...«

»Nein!« Ich hatte nicht erwartet, dass sie so stur sein würde. »Darum geht es hier wirklich nicht. Ich liebe dich nicht mehr. Ich wollte es dir nicht sagen, um dich nicht zu verletzen. Aber ich kann es nicht mehr länger verstecken. Du musst endlich jemanden finden, der dich wirklich lieben wird.«

»Ich verstehe.« Richtige Niagarafälle liefen nun ihr Kinn herab. »Ich weiß nicht, ob es mir jemals gelingen wird, über das hinwegzukommen, was ich heute gehört habe. Doch bis dahin habe ich noch eine letzte Bitte an dich. Entzieh' Kowalski das Mandat. Er wird dir nicht helfen. Mein Anwalt wird dir wenigstens Zeit verschaffen. Zeit, die zum Nachdenken nötig ist. Solltest du deine Meinung nicht ändern und auch weiterhin Selbstmord begehen wollen, so wirst du es tun können. Ohne dich werde ich so oder so ein Niemand sein.«

»Genug! Lass das!«, warf ich scharf ein. »Wir sind das schon viele Male durchgegangen. Und jedes Mal endete es gleich. Du bist stur und wirst nicht ruhen, bis du das erreicht hast, was du willst. Aber dann langweilst du dich schnell. Jetzt winselst du hier herum, doch wenn ich das tue, worum du mich bittest, singst du in zwei Monaten wieder das alte Lied, dass ich mich zusammenreißen soll. Du hast nichts verstanden. Ich habe meine Entscheidung bereits getroffen. Dein Schluchzen wird darauf keinen Einfluss haben.«

»Sławej, ich verspreche dir, dass es nicht so sein wird. Ich werde mich um dich kümmern. Ich werde tun, was auch immer du willst«, meine Frau hatte in meiner letzten Aussage ein wenig Hoffnung gewittert. So war es immer. Ich konnte nicht mit ihr diskutieren, denn sie drehte mir bis zum Schluss die Worte im Munde um. Bis sie ihren Willen durchgesetzt hatte. »Sławej, ich flehe dich an, noch ein letztes, einziges Mal!«

»Verpiss dich, du Hure!« Der Schmähruf erfüllte den Saal wie ein Donner. »Ich habe schon alles gesagt, was ich zu sagen hatte. Und jetzt geh' mir aus den Augen, wenn du meinen Willen nicht respektieren kannst. Weißt du noch, was du am Anfang gesagt hast? Dass du mir helfen wirst, wenn ich deine Frage ehrlich beantworte. Meine Antwort war ehrlich. Also hör' endlich auf, mich mit deiner Sturheit zu nerven! Ich will dich nicht mehr sehen!«, meine Augen blitzten. Die Wachtel kam angerannt und hielt mich mit einem festen Druck auf meine Schulter augenblicklich davon ab, aufzustehen. Sie hingegen tat es. Beim Aufstehen stolperte sie über den Stuhl und fiel hin. Ohne nach links und rechts zu blicken, raffte sie sich schnell auf und lief hinaus. Das Echo ihres Weinens hallte noch eine ganze Weile von den Wänden des Flurs wider, bis es endlich verstummte.

Sie war gegangen. Ich hoffe, es war für immer. Ihr Anblick in diesem Zustand verursachte ein heftiges Stechen in meiner Brust. Ich hätte niemals gedacht, dass wir uns auf diese Art trennen würden. Wenn ich nur gekonnt hätte, hätte ich die Wache überwältigt, ihr die Pistole abgenommen und mir eine Kugel verpasst. Vielleicht wäre sogar irgendein neuer Picasso dabei herausgekommen. Über die ganze Wand, mit dem Titel: „Purpurrotes, wütendes Hirn, mit einer Spur Leidenschaft darin“. Diese ganzen Maler gaben ihren Kunstwerken doch immer ähnlich seltsame Namen. Doch leider konnte ich nicht.

Nach dem Streit mit meiner Frau legten mir die Wärter

Handschellen an. Die Hände taten mir noch eine ganze Weile weh davon, noch lange, nachdem der Riegel in der Zelle hinter mir zugeschoben wurde. Meine „Kollegen“ blickten mich vielsagend an, doch keiner wagte zu fragen, was passiert sei. Ich legte mich auf meine Pritsche. Der Schmerz in meiner Brust wurde immer heftiger. Ich holte ein paar Mal tief Luft, doch es half nicht. Ich konnte mich nicht beruhigen.

Mich quälten die schlimmsten aller Gefühle. Ich hasste mich noch mehr. Wie konnte ich sie nur so behandeln? Warum konnte ich nicht Ruhe bewahren? Andererseits war ich zufrieden, dass ich mich wenigstens das eine Mal durchgesetzt hatte. Dass ich ihr gezeigt hatte, was für ein knallharter Kerl ich doch bin. Ach, was soll's. Soll sie doch weinen. Vielleicht sorgt so eine Schocktherapie ja dafür, dass sie endlich beginnt, mich zu hassen. Und mich vergisst. So wäre es am besten. Ich hatte doch so oder so endgültig beschlossen, nicht mehr in jene Welt zurückzukehren. Für mich ist das schon das Ende. Das Pochen in meinem Kopf ließ langsam nach. Der Brustkorb schmerzte zwar noch immer, doch ich versuchte, nicht daran zu denken. Ich schloss die Augen und machte mich wieder daran, tief und langsam zu atmen. Millionen von Gedanken flossen zu einem einzigen gigantischen, chaotischen Bild zusammen. So wie zu viele Farben das größte Kunstwerk zerstören, so zerstörte der Überfluss an Reflexionen meinen Gedankenfluss. Ich atmete gleichmäßig. Worüber wollte ich denn grübeln? Über mein Leben? Nein. Meine Liebe? Auch nicht. Die Kindheit? Moment mal, da war doch was ...

Ich kam jedoch nicht mehr dazu, mich daran zu erinnern, was genau ich suchte, denn heimtückischer Schlaf überwältigte meinen Verstand mit voller Wucht. Er überkam ihn so schnell, dass ich schon schlief, noch bevor meine Augen zugefallen waren.

XXII

Meine Frau rannte aus dem Saal und hielt sich die Hand vor ihren krampfhaft verzerrten Mund. Draußen war der Tumult der aufgeregten Zeitungsfritzen zu hören. Der Pförtner hatte ihnen sicherlich gerade das Urteil mitgeteilt. Wäre da nicht die Polizeiabsperrung, die den Gerichtssaal vor ungebetenen Besuchern schützte, wären sie sicherlich schon hier und hätten alles und jeden niedergetrampelt, nur um ein Interview mit mir, dem Richter oder meiner Frau zu führen. Ich wette, es war ihnen völlig egal, mit wem. Hauptsache, man bekam irgendeine Story eines Augenzeugen aus dem Saal. Eine Story, mit der sie exklusiv die wissbegierigen Massen füttern könnten.

Entgegen meinen Erwartungen gab es hier drin keinen Tumult. Im Saal herrschte wieder absolute Stille. Dieselbe wie zu Beginn: hässlich und an den Sensenmann erinnernd. Niemand gab auch nur einen Seufzer von sich. Ich war mir nicht sicher, ob aus Mitleid mit mir, oder aus Verwunderung ob der Nachricht über das strenge Urteil.

»Bezüglich der Art und Weise der Durchführung der Todesstrafe, so wird eine Volksabstimmung darüber entscheiden«, fuhr der Richter mit düsterer Stimme fort. »Alle Interessierten können per SMS Vorschläge an die Nummer 790 452 401 senden. Die Kosten für eine SMS betragen zehn Papiere inklusive Steuer. Die Abstimmung erfolgt in zwei Phasen. In der ersten werden alle Vorschläge angenommen, aus denen auf einer Sondersitzung des Gerichts die originellsten zehn ausgewählt werden. Aus diesen wird dann in der zweiten Phase die endgültige ausgewählt. Es entscheidet die Anzahl der abgegebenen Stimmen. Unter den Personen, deren Vorschläge sich für die letzte Zehn qualifizieren, werden attraktive Prämien verlost. Der Hauptgewinn ist ein Familienticket in der Ehrenloge während der Exekution, Trostpreise hingegen sind drei Personenkraftwagen sowie sechs Reisen auf die Malediven. Gibt es noch irgendwelche Fragen?«

»Ja!«, rief ein grau melierter Mann aus der dritten Fensterreihe. »Wer wird die Exekution durchführen?«

»Immer mit der Ruhe, guter Mann!«, tadelte ihn der Richter. »Ich wollte gerade auf das Prozedere zu sprechen kommen, mit Hilfe dessen der Henker ausgewählt wird. Die Exekution wird von demjenigen durchgeführt, der innerhalb von zehn Tagen das beste Gebot bei einer Auktion abgibt, die morgen auf www.e-kill.him beginnen wird. Gemäß einer Sonderverordnung des Staatsoberhauptes, können fünfzig Prozent der bei der Auktion entgoltenen Summe von der Einkommenssteuer abgesetzt werden. Unternehmen dürfen sogar fünfundsechzig Prozent absetzen. Und nun danke ich allen für die Aufmerksamkeit. Die Verhandlung ist geschlossen. Bitte gehen Sie auseinander.« Der Richter schlug so heftig mit dem Hammer auf das Pult, dass seine Perücke hochsprang.

Die Leute strömten nun in Massen aus dem Saal. Sie drängten aneinander wie bei der Eröffnung des ersten „Medienmarktes". Jeder wollte nach dem Herauskommen so weit vorne wie nur möglich sein, damit man gut sehen konnte, wie er in die Kamera winkt. Wer weiß, vielleicht klappt es sogar, ein kleines Interview zu geben? Ich fragte die Polizisten, die mich eskortieren sollten, ob sie kurz warten könnten, bis draußen etwas weniger los ist. Nachdem Kowalski seine Aktentasche gepackt hatte, blickte er zu mir.

»Ich wünsche Ihnen alles Gute, Herr Sławej«, lächelte er traurig.

»Danke«, erwiderte ich das freudlose Lächeln. »Sie waren hervorragend. Vielen Dank für Ihre Hilfe.«

Meine letzten Worte prallten nur noch vom Rücken des Anwalts ab, der, ohne abzuwarten, bis ich fertig gesprochen hatte, auf dem Absatz kehrt machte und in Richtung Tür marschierte. Ich sah, wie seine rechte Hand zu seinem Hals wanderte. Sicher brachte er seine Krawatte für ein Interview in Ordnung, für das ihm jemand höchstwahrscheinlich einen gesalzenen Preis bezahlt hatte.

Im Saal war niemand mehr außer den Putzfrauen, die sich an ihre Arbeit machten, meinem Vater, der zwar auch den Raum verließ, jedoch langsam, stolz wie ein Pfau und mit einem zufriedenen Lächeln im Gesicht, sowie meiner Mutter. Sie saß zusammengekauert auf ihrem Stammplatz in der ersten Reihe und sah mit abwesendem Blick aus dem Fenster. In der linken Hand drückte sie krampfhaft ein kleines, schwarz-weißes Foto zusammen. Mit dem rechten Daumen strich sie unbewusst über den oberen Teil. Ganz so, als wenn sie das Köpfchen eines kleinen Jungen streicheln würde. Der kleine Junge auf dem Foto war ich.

Plötzlich lief es mir kalt den Rücken herunter. Das erste Mal seit vielen Jahren verspürte ich eine enorme Wärme, als ich sie ansah. Ich betrachtete ihre weißliche, faltige Haut. Die unordentlich gemachten Haare, die ihr schmales Gesicht verdeckten, so wie damals, wenn sie sich über mich beugte, um die Zeichnungen anzusehen, die ich andächtig anfertigte. Das erste Gesicht, an dessen Anblick ich mich erinnern kann. Voller Wärme, Güte und Verständnis, trotz der ungemeinen Hoffnungslosigkeit der Situation, in der wir leben mussten. Das Gesicht der Person, die über Jahre die Frau meines Lebens war. Meine Muse. Der einzige Rückhalt. Als ich klein war, wäre ich für sie durchs Feuer gegangen. In den kurzen Augenblicken, in denen sie unter den Schlägen meines Vaters zusammenbrach und nicht aufstehen konnte, blieb mir fast das Herz stehen.

Ich dachte, das ist schon das Ende. Ich war entschlossen, in die Küche zu gehen und mich mit einem Messer abzustechen. Ich konnte mir ein Leben ohne sie nicht vorstellen. Wie kam es, dass ich mich im Laufe der Jahre so verändert habe? Wie konnte ich nur so blind werden? Unbewusst begann ich, genau das für sie zu empfinden, was er versucht hatte, mir einzubläuen, als ich ein Kind war. Vor dem ich mich, ungeachtet der Folter und der Schmerzen, die er mir zufügte, gewehrt hatte.

Die Liebe zu ihr hielt mich am Leben. Und dann verließ ich sie plötzlich, als ob sie wertlos wäre. Als ob all das Gute, das ihr Werk war, nie geschehen wäre. Wer weiß, vielleicht war genau das der Grund dafür, dass ich nie wieder das Gefühl hatte, am Leben zu sein. Dass ich mich die meiste Zeit meines Lebens leer und kalt fühlte. Meine liebe Mutter! Sie hatte alles in ihrer Macht stehende getan, um mich zu beschützen. Und ich wusste es nicht zu schätzen. Ich wollte zu ihr hingehen und ihr sagen, wie sehr ich ihr für alles dankbar war. Wie nah und teuer sie mir ist. Dass ich jahrelang umhergeirrt war, ohne mir darüber im Klaren zu sein.

Ich hatte schon einen Schritt in ihre Richtung gemacht, gab jedoch plötzlich auf. Das hatte keinen Sinn. Ich war doch derjenige, der die Schuld an diesem, ihrem Zustand trug. Wozu sie noch mehr quälen? Wozu noch Salz in die Wunden streuen? Nach all dem, was geschehen war, würden

ihr meine Worte doch nur noch mehr Schmerz zufügen, anstatt Mut zu machen ...
»Könnten wir den Saal durch den Hintereingang verlassen?« Ich blickte flehentlich zu einem der Polizisten. »Ich habe keine Lust auf diese Geier und ihre Fotos.«
»An Ihrer Stelle hätte ich sie auch nicht«, lachte er aufrichtig auf. »Leider ist das hier der einzige Ausgang. Aber machen Sie sich keine Sorgen, unsere Kollegen draußen werden uns schon den Weg bahnen.«
»Gut.« Ich schürzte die Lippen, holte tief Luft und setzte mich in Richtung Tür in Bewegung. Außer meiner Mutter war niemand mehr im Saal ...
»Herr Szrympa, sagen Sie uns doch, was Sie jetzt fühlen«, das nervöse gegenseitige Überschreien der Journalisten überraschte mich nicht so sehr, wie ich gedacht hätte. Ich verdeckte mein Gesicht mit der Hand und musste mich nicht einmal besonders anstrengen, um mich nach vorne zu zwängen, den geschickt die Menge auseinanderdrängenden Polizisten hinterher.
»Herr Szrympa, beantworten Sie uns doch wenigstens eine Frage!«, waren Rufe hinter meinem Rücken zu hören. Aber ich hatte keine Lust, mit ihnen zu reden. Ich ging einfach weiter. Bis endlich das Stimmgewirr aufhörte. Wir stiegen in einen Transporter. Die Tür wurde hinter mir zugeschlagen. Motorengeräusch. Kupplung. Erster Gang. Gas.

»'n Kippchen, Herr Sławej?«, der vertraute Władzio winkte mir mit einer roten Marlboro zu.
»Gern«, lächelte ich ihn dankbar an. »Aber hier ist das Rauchen nicht erlaubt, oder?«
»Für Sie machen wir eine Ausnahme«, zwinkerte er mir zu und zündete eine Zigarette an.
»Danke«, erwiderte ich. Ich zog kräftig den grauen Rauch in die Lunge und blickte durch das Fenster auf die schnell vorbeiziehenden Häuser, Menschen und Bäume.
»Das ist wohl eine der letzten Gelegenheiten, um die Welt zu betrachten«, fügte ich leise hinzu. »Ich werde sie in aller Ruhe durch das Fenster ansehen und das Zigarettchen genießen.«
»Kein Problem«, Władzio sah seinen Kollegen vielsagend an und beide drehten sich in die andere Richtung. Sie begannen eine Diskussion über die Ergebnisse des dreizehnten Spieltages der ersten Liga, in der die heimische Mannschaft wieder mal einen Kantersieg davongetragen hatte.
Endlich konnte ich nichts anderes tun, als in die Ferne zu blicken und über mein Leben nachzudenken, denn, erstaunlicherweise, hatte ich die Lust am Nachgrübeln über den Tod verloren, nachdem ich mein Ziel erreicht hatte. Nur die auf dem Dach heulende Sirene störte mich ein wenig.

XXIII

Draußen goss es wie aus Kübeln. Das ganze Fenster bog sich schier durch unter den dicken, öligen Tropfen, die mit Getöse darauf prasselten. In der Zelle wurde es dunkel, doch keiner hatte sich entschlossen, das Licht anzumachen. Ich saß auf meiner Pritsche, an die kalte, zerkratzte Wand gelehnt.

Ich war soweit. Ich gebe offen zu, ich war sogar ein wenig nervös. Jeden Moment sollten sie mich abholen. Ich hatte mich schon vor einer halben Stunde fertiggemacht, und nun saß ich also seitdem in Hemd, Krawatte, Bügelfaltenhosen und polierten, schwarzen Schuhen herum. Seit meiner Kindheit war es schon so. In wichtigen Momenten schätzte ich die Zeit immer falsch ein. Ich legte sie mit einer so großen Reserve fest, dass ich immer noch lange warten musste. Egal, ob es sich um Warten auf dem Bahnhof, an der Bushaltestelle oder im Kino handelte. Ich tauchte als einer der ersten auf und wartete immer.

Mal sehen, wie es heute für mich laufen wird. Kowalski hatte mich während unserer letzten Konsultation angewiesen, wie ich mich verhalten sollte. Es erschien mir einfach, doch trotzdem hatte ich keine hundertprozentige Sicherheit, ob es mir gelingen würde.

»Herr Szrympa, sind Sie soweit?«, fragte der Wärter.

Vom Warten in Beschlag genommen, hatte ich gar nicht gehört, wie er die Tür geöffnet hatte.
»Ja, bin ich.« Ich sprang von meiner Pritsche hoch wie ein geölter Blitz. Meine eigenwillige Reaktion musste ihn erheitert haben, denn er lächelte in seinen Bart. Das verwirrte mich ungemein und ich spürte, dass meine Wangen brennen.
»Na, dann gehen wir.« Der Wärter winkte mir mit Handschellen zu. »Aber zuerst muss ich Ihnen die Ringe anlegen.«
»Ist das denn wirklich notwendig?«, ich verzog mein Gesicht. »Sie wissen doch auch so, dass ich nicht weglaufen werde.«
»Tut mir leid, dieses Mal geht es nicht anders. Wissen Sie, dort werden die von oben sein. Ich will keinen Ärger bekommen«, quittierte er und bevor ich mich umsah, hatte ich um die Handgelenke zwei silberne „Armreifen".
Wäre da nicht das Kettchen, das sie verband, würde ich mich fühlen wie ein Playboy, dessen Hände zwar nicht immer geschmackvoller, doch gut sichtbarer Schmuck ziert.«
Aus der Zelle gingen wir geradewegs in das Dienstzimmer des Direktors, in dem, zu meiner großen Überraschung, der Kommissar auf uns wartete. Er stand in Richtung Fenster gewandt und blickte uns nicht einmal an, als wir hereinkamen.
»Guten Tag, Herr Sławej. Wie geht es Ihnen?«

»Ich grüße Sie, Herr Kommissar. Es ist auszuhalten«, nickte ich in seine Richtung. »Ich wusste nicht, dass man für die Eskorte verhinderter Selbstmörder so dicke Fische verpflichtet, wie Sie einer sind.«

»Sie vergessen eines – auch Sie sind ein dicker Fisch. Sie sind der erste in diesem Land, der wegen versuchten Selbstmordes verurteilt wird. Wir müssen Sie mit allen Ehren behandeln.« Sein scharfer Sarkasmus brannte mir in den Augen wie eine Zwiebel. Ich beschloss, nichts mehr zu sagen. Ich blickte fragend zum Wärter. Dieser erriet meine Absichten und ergriff meinen Arm.

»Also, Herr Kommissar, soll ich ihn schon zum Transporter bringen?«

»Ja, ich werde mich euch gleich anschließen. Ich muss nur noch die „Warenübernahme" quittieren«, antwortete der Kommissar bissig.

Als wir wortlos den langen, weißen Flur entlangliefen, fühlte ich, dass mein Ohr juckt.

»Sicher redet gerade jemand über mi...«, sagte ich zum Wärter, doch ich unterbrach, weil ich merkte, dass er mich beobachtete. Sicher juckte es deswegen. »Ist irgendetwas passiert?«

»Der Kommissar mag Sie nicht, Herr Sławej, nicht wahr?«

»Ich glaube nicht. Können Sie sich nicht vorstellen, warum es so ist?«, erwiderte ich.

»Nein. Warum?«, der Wärter schluckte neugierig den Köder.

»Und was geht Sie das an?«, schnaubte ich.

Dem Wärter musste es peinlich sein, denn er sagte nichts und ließ den Kopf hängen. Doch nach einer Weile nahm er seinen ganzen Mut zusammen und wagte noch einen Versuch.

»Sehen Sie, ich weiß nicht warum, aber ich mag Sie. Sie sind nicht wie diese anderen Gauner. Sie hatten einfach viel Pech im Leben. Und jetzt auch. Würden wir in einem normalen Land leben, dann würden sich Spezialisten um Sie kümmern, um Ihnen zu helfen, nach dem, was Sie gemacht haben. Aber weil dem nicht so ist, werden Sie schuldig gesprochen, zum Tode verurteilt und hingerichtet. Schade um Sie«, sein ehrlicher Blick bestätigte seine Worte. Das überraschte mich. Der Typ kannte sich wohl gut mit Menschen aus.

»Weil ich ein Taugenichts und ein Loser bin.«

»Wie bitte?!«, rief er erstaunt aus.

»Der Kommissar. Er mag mich nicht, weil er mich für einen Taugenichts und Loser hält.«

»Woher wissen Sie das?«

»Weil er es mir gesagt hat.«

»Wann?«

»Während des ersten Verhörs.«

»Also, wissen Sie, das hätte ich nicht von ihm gedacht«, wunderte sich der Wärter. Er schien in Gedanken versunken zu sein, denn er sagte kein Wort mehr bis zu dem Moment, in dem er mich in den Transporter setzte, in dem zwei Polizisten auf mich warteten.

»Nun, Herr Sławej, vielleicht ist es in dieser Situation fehl am Platz, aber ich wünsche Ihnen viel Erfolg.«

»Danke«, erwiderte ich und bemühte mich zu lächeln.

»Władzio, passt gut auf ihn auf. Das ist ein guter Mensch«, wandte er sich noch an einen der Polizisten und ging davon, ohne die Antwort abzuwarten.

Władzio blickte mich an und holte schon Luft, um irgendeinen langen Satz von sich zu geben, doch daraus wurde nichts, denn die Tür öffnete sich und der Kommissar sprang ins Führerhaus. Hatte er irgendeine Abkürzung genommen, oder was? Vielleicht ist er uns auch hinterhergerannt. Ich dachte, wir müssten auf ihn warten.

»Nun, meine Herren? Es wird Zeit für uns!«

Władzio wurde ganz rot beim Luftanhalten, als die Ader auf seiner Stirn jedoch anfing anzuschwellen, ließ er sie mit einem Pfeifen heraus und blickte aus dem Fenster. Ich hörte, wie er plumpe Bemerkungen an die Adresse des Kommissars in seinen Bart murmelte.

Es ist also passiert. Ich fuhr zur ersten Verhandlung. Ich kann nicht behaupten, ich hätte kein Lampenfieber. Ich hatte sogar ein wenig Angst, aber andererseits, wann hatte ich die nicht? Mein Magen brannte. Ich wusste, dass er wehtun würde und hatte deshalb wenig gefrühstückt. Es half aber trotzdem nicht.

Wie viele Menschen wohl zu der Verhandlung kommen werden? Wie grandios wäre es, wenn niemand erscheinen würde, außer dem Richter, den Schöffen, mir und den Zeugen, die aussagen sollten. Leider konnte ich nicht darauf bauen. Schon seit einer Woche las ich in den Boulevardzeitungen Artikel über den Prozess. Was es da nicht alles gab: Prognosen, Spekulationen, Meinungen von Passanten. Diese gefielen mir wohl am besten. Ich stieß auf alle möglichen Reaktionen: angefangen bei Mitgefühl und Mitleid, über Unverständnis und Gleichgültigkeit, bis hin zu Hass.

Manche sahen einen Psychopathen oder einen Pädophilen in mir, andere einen gefährlichen Sektierer. Es fehlte auch nicht an denen, für die ich die Inkarnation des Antichristen war, der zur Erde hinabgestiegen war, um Gottes Werk, wie es der menschliche Körper ist, zu schänden. Irgendwie witzig. Ich war schon immer der Ansicht, dass Menschen nichts so anzieht wie fremdes Leid, doch ich muss zugeben, dass es nicht sonderlich angenehm war, das am eigenen Leib zu erfahren.

Ich war gespannt, ob mein Vater pünktlich aufkreuzen würde. Ich hoffe, dass er nicht mit irgendwas Unerwartetem ankommt, so wie vor Jahren. Ich war nicht erpicht darauf, den ganzen Weg zurückzulegen, nur um zu hören, dass er nicht da ist.

Vielleicht gelingt es mir, sollte er nicht kommen, den Richter zu überreden, mit meiner Mutter anzufangen. Das wäre auch nicht schlecht.

»Nun, Herr Sławej? Wie fühlen Sie sich in geputzten Schuhen und gebügeltem Hemd?«, spottete der Kommissar. »Sicher haben Sie sich wegen den ganzen Mädchen im Saal herausgeputzt, was? Ihre Frau wird ja eher nicht da sein. Wozu sollte sie sich dieses Theater ab dem ersten Akt ansehen? Es reicht ihr sicher schon, dass sie zur Aussage kommen muss.«

»Sie haben sicherlich Recht.« Ich ließ mich nicht provozieren. Noch vor ein paar Wochen hätte eine solche Aussage einen ungezügelten Wutanfall in mir ausgelöst. Heute ließ sie mich völlig kalt. Es war immer so. Wenn mir etwas wichtig war, dann klappte nichts. Jetzt, da ich nur noch Gleichgültigkeit fühlte, klappte alles wie am Schnürchen. Wie seltsam ist doch diese Welt.[4]

Ich hegte die Hoffnung, meine Frau würde vielleicht doch da sein. Nach unserem letzten Treffen in der Haftanstalt war unser Kontakt abgebrochen. Viele Male hatte ich Lust, sie

---

[4] Anspielung auf „*Dziwny jest ten świat*“, einen Song von Czesław Niemen, einer Rocklegende der polnischen Musikgeschichte. – Anm. d. Übers.

anzurufen, um mich bei ihr zu entschuldigen, doch ich wusste, dass es nur ihre Hoffnungen nähren und letzten Endes die Situation noch verschlimmern würde. Ich musste vollenden, was ich begonnen hatte. Diese Augenblicke waren für mich zweifellos die schwierigsten.

Im Stillen hoffte ich nur, dass sie nicht schon jetzt irgendeinen Kerl kennenlernt und anfängt, sich in seinen Armen auszuheulen. Das männliche Ego halt. Selber wollte ich nicht, gestattete es aber auch keinem anderen. In mir schlummerte schon immer Missgunst. Wenn ich heimlich zu den Lieblingen der Lehrer blickte, gestreichelt und verhätschelt, musste mein Gesicht voller roter Flecken gewesen sein. Ich weiß nicht, wie oft es vorgekommen sein muss, dass ich mir so auf die Lippen gebissen habe, dass daraus Blut zu fließen begann. Sollte ich nicht an deren Stelle sein? Mein Vater liebte mich nicht, meine Mutter war unfähig, dafür zu sorgen, dass ich sicher und glücklich war. Also muss ich wohl geboren worden sein, damit mich fremde Menschen umhegen. Der Mensch wandelt doch auf dieser Erde, um geliebt zu werden. So dachte ich damals. Aber ich war noch sehr jung ... Nach Jahren glühenden Wartens und ständiger Enttäuschungen hatte ich endlich einen Menschen getroffen, der des Rätsels Lösung auf den Punkt brachte, indem er sagte, mir fehle schlicht und ergreifend das „gewisse Etwas“. Diese Gottesgabe. Und dass ich nie umhegt, gestreichelt oder geliebt würde. Er stellte fest, dass in meiner Aura Angst, Unwillen und Pessimismus wahrnehmbar seien. Und wer will schon mit einem Menschen zu tun haben, der solche Eigenschaften besitzt? Zum Schluss wurde meine ganze komplizierte Persönlichkeit voller Verworrenheiten lakonisch mit einem Wort quittiert: „Zelot“. Das tat weh. Es tat vor allem weh, weil es mir in einem Alter widerfahren ist, in dem alle jungen Menschen die Köpfe voller Ideen haben. Sie sind von ihrer Außergewöhnlichkeit überzeugt. Egal auf welchem Gebiet, aber sie wollen außergewöhnlich sein. Schön. Intelligent. Stark. Aus Mangel an Alternativen sah ich meine Außergewöhnlichkeit im Leiden. Ich redete mir immerzu ein, ich sei stark, weil ich trotz aller Widrigkeiten des Schicksals immer noch existierte. Wenn Gott mir das Leben geschenkt und mich so oft geprüft hat, dann doch vermutlich deshalb, um mich – wenn er schlussendlich mit den Prüfungen aufhört – mit irgendeiner außergewöhnlichen Aufgabe zu betrauen. Und ich war ja wohl gar nicht so schlecht im Ertragen *Seiner* Prüfungen.

Nach dem, was ich von meinem Freund erfahren hatte, hörte ich auf, an Gott zu glauben. Ehrlich gesagt, ich hörte auf, überhaupt an irgendwas zu glauben. Anfangs bemerkte ich es nicht, aber ich begann, mich in mir einzuschließen. Ich wollte ein graues, unbedeutendes Menschlein sein. Vielleicht würden sie mich dann, wenn mich niemand mehr bemerken würde, in Ruhe lassen und mein Leben würde verhältnismäßig schnell und schmerzlos vorübergehen. Ich hörte auf, für meine Rechte zu kämpfen. Um meine eigene Meinung. Schließlich hatte ich keine eigene Meinung mehr. Und so flossen die Jahre dahin, und ich lebte wie ein Wurm unter einem Felsen. Und dann schließlich lernte ich *sie* kennen.

Sie trat eines Tages in mein Leben, ohne zu begreifen, dass sie in eine Falle getappt ist wie eine magere Fliege in das Netz einer hungrigen Spinne. Also was hätte ich tun sollen? Ich stürzte mich auf das Festmahl. Und dann stellte sich heraus, dass sie nur dem Anschein nach mager war. Ich weidete mich an ihr, so viel ich konnte. Ich versuchte, alles aus ihr herauszusaugen, was sie hatte, doch sie war immer in der Lage, mir noch mehr zu geben. Und überdies wollte sie mich auch nicht verlassen.

Sie sah in mir nicht eine Ekel erregende, schmarotzerhafte Spinne, sondern einen interessanten Menschen. Es war Liebe. Für mich war dieses Gefühl vollkommen neu. Wie? Jemand liebte mich? Mich? Heilige Mutter Gottes! Das passte überhaupt nicht zu meiner Theorie von dem dem eigenen Schicksal überlassenen, armen Ding. Was nun? Sich auf diese Beziehung einlassen und aufs Neue den Kampf aufnehmen, um einen Platz in der Herde der aggressiven, egoistischen Individuen, die sich selbst Menschen und ihre Herde Gesellschaft nennen? Oder sich weiterhin vom Leben treiben lassen? Vielleicht kann man ja beides miteinander vereinbaren? Das wäre interessant. Sich nach Außen als harter Kerl verkaufen, als Familienvater, und im Inneren ein weinerlicher Versager bleiben.

Aber wird das klappen? Werde ich ausreichend überzeugend sein, um zu überdauern? Werde ich überhaupt zu wahrer Liebe fähig sein? Meine Emotio hatte eine Entscheidung gefällt, noch bevor die abgestumpfte Ratio das Problem überhaupt bis zum Schluss analysieren konnte. So geriet ich in die Ehe. Anfangs war alles seltsam.

Ich fühlte mich wie ein kleines, ungezähmtes Äffchen. Mich hatte jemand aufgenommen, der mich liebte. Dem ich wichtig war. Ich lebte in ständiger Anspannung, irgendetwas Falsches zu machen und verlassen zu werden. Ich stimmte allem zu. Dann begann ich, langsam und widerborstig, zahm zu werden. In mir wuchsen die ersten Gefühle. Es war faszinierend, jemanden so Schönen und Großartigen an meiner Seite zu haben. Jemanden, der nicht nur nimmt, sondern auch gibt. Der dir zuhört. Dich liebkost. Tröstet. Für den deine Probleme wichtig sind. Ich hatte den Eindruck, aus einem Koma erwacht zu sein, nach dem ich alle Gefühle von neuem lernte. Ruhe. Selbstsicherheit. Freundschaft. Liebe.

Zum ersten Mal in meinem Leben fühlte ich mich frei. Glücklich. Ganz langsam hörte ich auf, ein verschreckter, sich unter dem Felsen versteckender Wurm zu sein. Aber leider gelang es mir nicht, trotz all der großartigen, mir bis dahin fremden Gefühle, zwei alte Bekannte loszuwerden. Schmerz und Angst. Den Schmerz, den mir mein Vater zugefügt hatte, und die Angst dass ich, egal wie sehr ich mich anstrengte, so oder so das verlieren würde, was ich jetzt über alles liebte: meine Frau. Dank ihrer Unterstützung kehrte ich allmählich ins Leben zurück. Aber ich war zu langsam. Ich wusste, dass ich ohne diese beiden verhängnisvollen Gefühle noch schneller Fortschritte machen könnte. Zwar kam ich voran, doch fühlte ich mich wie ein Wagen mit angezogener Handbremse. Gas bis zum Anschlag, viel Anstrengung und vergeudete Energie, doch nur wenig Fortschritt. Wenn man doch nur diese Bremse lösen könnte. Aber wie?

Ich fand Arbeit. Ich dachte, das würde helfen. Ich ging Tag für Tag hin, gab mir alle Mühe, mich für sie zu begeistern. Doch daraus wurde nichts. Wenn ich mit der Arbeit begann, dachte ich schon wieder über ihr Ende und den Moment nach, in dem ich wieder nach Hause komme und wir zusammen beim Abendessen sitzen und reden würden.

Und schließlich kam dieser denkwürdige Tag. Meine Frau teilte mir mit, dass sie sich sehr ein Kind wünschte. Ich erstarrte. Ich? Vater? Unmöglich. Ich würde sicher genauso sein wie mein Alter. Nur wie sollte ich ihr das sagen? Ich schob also vor, dass uns unsere finanzielle Situation das nicht erlauben würde, was letztlich auch keine Lüge war. Doch um meinem Standpunkt mehr Glaubwürdigkeit zu verleihen, überspitzte ich sie ein wenig. Ich brachte alle Argumente für und wider an und manipulierte die Fakten so, dass die negativen überwogen. Nach stundenlangen Diskussionen gestand mir meine Frau mit gesenktem Kopf zu, Recht zu haben. Sie war ruhig, doch ich wusste, dass ich sie damit sehr verletzt hatte. Es war der erste Riss in unserer Beziehung. Sie liebte mich immer noch, aber sie lief immer trauriger herum. Mir dieser Tatsache bewusst versuchte ich, mich zusammenzureißen und meiner Karriere neue Fahrt zu verleihen. Vielleicht irgendeine Beförderung? Das würde sicherlich helfen. Eine bessere finanzielle Situation war ein besserer Ausgangspunkt für Familienplanung. Leider war ich in der Arbeit unten durch. Man hatte mich bereits in die Schublade der zwar nicht blöden, jedoch leidenschaftslosen Sesselfurzer gesteckt, und niemand ließ sich von meinen Argumenten überzeugen, ich wäre auch größeren Herausforderungen gewachsen. Vermutlich deshalb, weil ich selbst nicht ganz daran glaubte. Ich erinnerte mich an meinen alten Freund von vor Jahren und an die schlechte Aura. Trotz alledem beschloss ich, es noch einmal zu versuchen, bevor ich aufgeben würde. Ich bemühte mich heimlich um alle möglichen Stellen in vielen verschiedenen Firmen. Schließlich war ich nicht dumm. Aber nichts passierte. Ich wurde nicht ein einziges Mal zu einem Vorstellungsgespräch eingeladen. Das war der letzte Sargnagel. Die Albträume, die mich einst quälten, kehrten zurück. Ich wachte nachts schweißgebadet auf. Wieder begann ich, die Achtung vor mir selbst zu verlieren. Ich konnte mein eigenes Spiegelbild nicht mehr ertragen. Was war ich nur für ein Mann? Ich konnte nicht einmal meine Frau glücklich machen. Das einzige Geschöpf, das ich wirklich liebte. Ich konnte nicht für Nachwuchs sorgen. Ich war einfach ein Feigling. Ein nichtsnutziger Loser.

Als das Thema Kind nach einem Jahr wieder aufkam, konnte ich die aufdringlichen Bitten meiner Frau nicht nur mit der finanziellen Situation abtun. Ich musste nach irgendetwas greifen, das ihr Mitleid erregen würde. Ich begann, ihr von meiner schwierigen Kindheit zu erzählen und dass ich Angst hätte, kein guter Vater zu werden. Meine Frau nickte verständnisvoll. Dann schloss sie sich für ein paar Stunden im Schlafzimmer ein. Ich hörte, wie sie weinte. Mein Gott, wie aalglatt ich doch war. Ein Wurm.

Als das Thema zum dritten Mal aufkam, erwiderte ich, dass ich keine Kinder haben wolle. Dass, wenn sie sich welche wünsche, sie sich von mir scheiden lassen müsse. Ich dachte, sie verlässt mich. Tief in meinem Inneren betete ich sogar darum. Ich liebte sie über alles und wollte, dass sie in ihrem Leben nichts als Glück erfährt. Ich wusste genau, dass sie es nicht an meiner Seite finden wird. Doch sie ging nicht. Eines Sommermorgens kam sie zu mir und sagte, sie akzeptiere meine Entscheidung und würde nie wieder mit mir über Kinder reden. Weil sie mich liebte.

Dann ging sie zur Arbeit, und ich stand da wie gelähmt. Nur meine Augen folgten ihren federnden Schritten und blieben am Zipfel des leichten, mohnroten Kleides hängen.

An diesem Tag erreichte mein Selbsthass seinen Zenit. Ich wusste, dass ich dieses Problem irgendwie lösen musste. Egal, wie viel Zeit es mich kosten wird, doch ich werde es lösen ...

»Herr Szrympa«, der Wärter zupfte an meinem Ärmel. »Wir sind angekommen. Steigen Sie bitte aus.«

»Jetzt schon? So schnell?«, fragte ich verwundert. Ich hatte gar nicht bemerkt, wie vor dem Fenster des Streifenwagens das Gerichtsgebäude emporgewachsen war. »Es hat aufgehört zu regnen.«

»Ja, hat es«, lächelte Herr Władzio sanft. »Lassen Sie uns gehen. Passen Sie beim Aussteigen auf Ihren Kopf auf.«

Ich nickte zum Zeichen, dass ich verstanden hatte.

»Führt den Angeklagten zum Saal. Ich gehe und melde unsere Ankunft«, warf der Kommissar den anderen zu und lief mit großen Schritten, drei Stufen auf einmal nehmend, in

Richtung des Gebäudes.

»Zu Befehl, Herr Kommissar«, bestätigten Władzio und der andere gehorsam.

Ein paar Neugierige waren stehen geblieben, um mich zu betrachten. Einige schüttelten verächtlich den Kopf. Aber was interessierten mich irgendwelche Fremden ... Wir lenkten unsere Schritte in Richtung des Bauwerkes.

Hier befand sich also Justitias Sitz. Ein Labyrinth dunkler Flure und unzähliger Treppen, voller Richter, Angeklagter, Zeugen und Gaffer.

Meine Verhandlung sollte im dritten Stock stattfinden. Die Wärter standen schon vor dem Fahrstuhl, aber irgendwie war ich nicht so scharf darauf.

»Entschuldigung, glauben die Herren, es würde sich vielleicht eine kleine Klettertour über die Treppe organisieren lassen?«, lächelte ich. »Ihr wisst schon, mir fehlt es in der Zelle an Bewegung. Ich verspreche, ich werde nicht die kleinste Dummheit begehen.«

Die Polizisten blickten einer zum anderen, zuckten gleichgültig mit den Schultern und schließlich warf einer ein: »Warum eigentlich nicht. Ihr Kreislauf wird in Schwung kommen und dort im Gerichtssaal werden Sie munterer sein«, fügte er, stolz auf sein medizinisches Wissen, hinzu.

So tippelten wir also langsam die Treppe hinauf. Erster Stock. Dann der zweite. Endlich der dritte. Die Herren gerieten ein wenig außer Atem. Ich fühlte ein leichtes Brennen in der Lunge, aber davon ist noch keiner gestorben. Schließlich erreichten wir den richtigen Saal. Ich ließ mich auf eine Bank fallen und versank sofort in Gedanken. Solchen über meine Kindheit. Meine vertanen Chancen. Meine nicht gänzlich erfüllte Liebe. Und vor allem über meinen Vater, dem ich das alles verdankte. Und plötzlich verspürte ich wieder das wohlbekannte Gefühl. Angst.

»Die Sache Pański verzögert sich um eine halbe Stunde«, rief eine Frau mit verbrannter Stimme in den Flur hinein ...

XXIV

Als ich noch ein kleiner Junge war, wartete ich ungeduldig aufs Erwachsensein. Ich wollte endlich aus dem Kokon der Kindheit schlüpfen, der mich einengte. Ich schämte mich seiner. Ich träumte von Selbständigkeit. Ich wollte mich selbst verteidigen können. Als ich klein war, gab es niemanden, der mich verteidigt hätte. Die Welt der Erwachsenen erschien mir so einfach. Man konnte sich alles erlauben. Man konnte das tun, wonach man sich sehnt. Es gibt keine Hindernisse, die dich aufhalten können ...

Schade, dass die Welt der Erwachsenen in Wirklichkeit nicht ganz so einfach ist, wie in den Überlegungen eines Kindes.

Wenn ich heute den kleinen, naiven Jungen von damals betrachte, kommen mir die Tränen. Ich versuche, das Beben meiner Lippen zu unterdrücken. Wenn ich nur in die Vergangenheit zurückkehren und ihm sagen könnte, dass das Erwachsensein noch schwieriger ist als die Kindheit. Wenn ich ihm nur sagen könnte, dass es sich nicht lohnt, darauf zu warten. So viel Leid dafür zu ertragen. Wenn ich es ihm nur sagen könnte.

In meiner Vorstellung sehe ich sein enttäuschtes Gesicht. Seinen Schmerz. Aber so wäre es besser. Vielleicht hätte er aufgegeben. Die ganze Hoffnung verloren und mit ihr die Lebenskraft. Wenn er damals gestorben wäre, hätte ich mich nicht die ganzen Jahre über quälen müssen ... Einst hatte ich gehört, dass der Erfolg umso süßer schmeckt, je größer der Schmerz ist, den einem eine Niederlage zufügt. Ich behielt diese Worte lange im Gedächtnis, in der Hoffnung, eines Tages wäre es mir vergönnt, ihren Sinn zu erkennen. Dieser Tag ist nie gekommen. Ich erwartete ihn sehnsüchtig. Nach jeder Niederlage stand ich geduldig wieder auf und machte weiter. Die ganzen Jahre über.

Bis mir schließlich klar wurde, dass ich sterbe. Ich war hungrig nach Erfolg, doch hatte ich ihn nie erfahren. Ich war sogar so tief gesunken, dass ich um Erfolg bettelte wie ein Bettler um Abfälle. Aber niemand gab mir welchen.

Schließlich starb ich. Von mir blieb nur noch eine graue, formlose Hülle. Der Schatten eines Menschen, der ohne Ziel auf der Erde umherwandelt wie ein Geist, der zwischen zwei Welten gefangen ist. Ich sah, wie sich alles andere weiterhin entwickelte. Wie meine Schulfreunde weiter den Weg gehen, der uns vom Leben vorgezeichnet wurde. Erschöpft, doch glücklich. Mein Schatten saß zusammengekauert am Rande ihres Weges.

Des Laufens müde war er ein Hindernis für alles, was ihm nahe stand und ihn noch liebte. Diejenigen, die an meiner Seite blieben, waren zum Tode verurteilt. Genau wie ich.

Als mir das endlich bewusst wurde, wünschte ich mir sehnsüchtig, dass sie ohne mich weitergehen. Um sich wieder des Lebens zu erfreuen.

Ich wünschte mir so sehr, sie nicht auf dem Gewissen zu haben. Doch sie blieben bei mir und ihr Licht verblasste von Tag zu Tag. Und ich überlegte immer angestrengter, warum sie mich überhaupt lieben? Ich hoffe, das wird sich nun ändern. Dass sie endlich aufwachen, nachdem ich hingerichtet worden bin. Begreifen, wie sehr ich sie eingeschränkt habe. Dass die Liebe, die sie mir gegenüber empfanden, nur ein Gift war, das langsam ihre Seelen vergiftete.

Und was den ganzen Rest angeht, diejenigen, die mir feindlich gesonnen sind und sich heute skandierend auf dem Hinrichtungsplatz versammelt haben, da kann man nichts machen. Ich werde es irgendwie ertragen müssen. Sollen sie doch herumschreien und skandieren. Es wird nicht einfach, aber ich werde mein Bestes geben, damit sie sehen, dass mich ihr Hass nicht beeindruckt. Ich bin nicht mehr der kleine Junge, der sich Angst einjagen lässt. Ich bin in der Lage, mit Würde abzutreten, und das werde ich ihnen heute ganz sicher beweisen.

Die Menge kochte, als man mich in den Hof führte. Ich sah um mich herum wilde Gesichter und wie Wolfsrudel heulende Meuten. Der Lärm war ohrenbetäubend. Hier und da wehten Transparente mit dem Bild meines Kopfes darauf. Er triefte vor Blut, wie nach einem Kehlenschnitt. Waren es wirklich menschliche Wesen, die mich umringten? Oder hatte ich doch Hunderte von wilden Tieren vor mir?

»Verrecke! Verrecke!«, brüllten einige Teenager, die bedrohlich gegen die Absperrung in der ersten Reihe drückten und mir mit geballten Fäusten drohten.

Woher kommt in den Menschen so viel Feindseligkeit? Dabei halten wir uns doch für außergewöhnliche Wesen, einmalig in ihrer Natur. Wesen, die über eine Intelligenz verfügen, die so weit entwickelt ist, dass sie uns erlaubt, über andere Arten auf dieser Erde zu herrschen. Wie kommt es, dass diese intelligenten Individuen in manchen Fällen ihren Verstand unterdrücken und sich nur von ihren wildesten Instinkten leiten lassen? Denn was ist denn der Wunsch nach dem Tod eines anderen sonst? Der Wunsch nach seinem Blut? Woher kommt überhaupt die Überzeugung, wir hätten das Recht dazu, über Tod oder Leben eines Nächsten zu entscheiden? Ich habe so oft darüber nachgedacht, was eine Person fühlt, die andere ermordet. Egal, aus welchen Beweggründen. Was fühlt sie, wenn sie in die angsterfüllten Augen ihrer Opfer blickt, die um Gnade betteln und aus denen schlussendlich die Reste des Lebens entweichen? Können solche Mörder in Ruhe weiterleben? Nach Hause zurückkehren, als ob nichts gewesen wäre. Sich ins Bett legen. Vielleicht sogar liebende Ehemänner und Väter sein. Solche Menschen müssen das Töten wie jede andere Arbeit auch betrachten. Es muss unser Urinstinkt sein, der in ihnen erwacht. Der Überlebenstrieb. Nur der Stärkste hat das Recht auf eine Existenz. Wer nicht die Kraft hat, um sein Leben zu kämpfen, hat es nicht verdient. Schade, dass man in der menschlichen Natur so selten auf Altruismus und Empathie stößt.

Was ist mit unserer Menschlichkeit geschehen? Der Mensch ist ohne sie wie alle anderen Tiere auf dieser Erde. Sie ist es, die uns gebietet, unsere Nächsten zu beschützen und für sie und die uns umgebende Welt zu sorgen. Wir sind doch nur ein Teil von ihr. Aber das muss man erst verstehen. Leider sind sich die hier versammelten Menschen dessen eher nicht bewusst. Ihre Menschlichkeit ist irgendwo auf der Strecke geblieben.

Dabei würde doch etwas weniger an Egoismus und Gewalt genügen. Etwas mehr an Geduld und Verständnis für andere. Ich dachte seit langem darüber nach. Ich versuchte, penibel abzuwägen, was solchem Verhalten im Wege steht. Wie soll man denn ein normaler Mensch sein, wenn man als Kind misshandelt, verfolgt oder vergewaltigt wurde? Wenn man einen Krieg überlebt hat. Einen Unfall. Den Tod seiner Lieben. Wo muss man ansetzen, um alle dazu zu bringen, die Gewalt zu unterlassen und anderen gegenüber verständnisvoll zu sein? Derjenige, der immer mit Respekt behandelt worden ist, kann das vielleicht verstehen.

Doch der Großteil derer, die geschlagen worden sind, kennt keine anderen Argumente als die eigene Faust. Eines Tages wurde mir klar, dass wir in einer schrecklichen Welt leben. Einer Welt, die auf dem Kopf steht. Tief in unserem Inneren sehnen wir uns alle nach Ruhe, doch im Leben eines jeden von uns kommt der Augenblick, in dem er auf die andere Seite wechselt. Man wird zum Angreifer.

Die einzige Instanz, die wirklich eine Chance hätte, unser Verhalten zu beeinflussen, ist der Staat. Ein weitsichtiger Staat, dessen Politik nicht auf der kurzfristigen Planung der Budgetausgaben und auf Löcherstopfen beruht, sondern auf der Gewährleistung eines ruhigen Lebens seiner Bürger. Ein Staat, in dem man auf Bildung setzt. Denn ist es nicht so, dass der gebildete Bürger seine Instinkte besser kontrollieren kann? Ein Staat, in dem man junge Menschen nicht erniedrigt, in dem man versucht, ihnen einzureden, sie wären am Ende und könnten nichts mehr im Leben erreichen, wenn sie im Alter von vierzehn schwache Leistungen bringen. Welch grausames Urteil. Mit vierzehn ist der Mensch mit sich selbst beschäftigt. Mit seiner biologischen und emotionalen Entwicklung. Es reicht völlig aus, dass einem der eigene Körper Streiche spielt, die man nicht gänzlich verstehen kann. Wie soll man da auch noch mit den Erniedrigungen seitens der Lehrer klarkommen? Das mit Abstand Absurdeste ist jedoch, dass jeder von uns da durch musste. Jeder von uns war mal jung. Doch erstaunlicherweise vergessen es alle, wenn sie erwachsen und senil werden. Wie vielen Hippies bin ich auf meinem Weg begegnet, die in der Phase ihrer Rebellion von allem kosten wollten, was nur möglich war. Sie schworen sich, ihren Idealen für immer treu zu bleiben. Von ihnen und ihren Parolen überdauerte nichts. Sie verwandelten sich in erbarmungslose Egoisten, die sich nur um ihre eigenen Angelegenheiten kümmern und aus ihren Nächsten soviel nur möglich heraussaugen. Schade, dass wir wegen Geld alles andere vergessen. Liebe. Bildung. Ideen. Menschen, die voller gesellschaftlichen Bewusstseins sind, können doch mehr für ihre Heimat leisten. Sie arbeiten besser, weil sie schneller begreifen, dass, wenn es allen gut gehen wird, auch sie keinen Grund haben werden, sich zu beklagen. Sie sind freundlich zu anderen, denn sie wissen, dass man auch sie achtet. Sie lieben und schätzen, denn sie wissen, wie kurz das Leben ist und wie einfach es ist, es zu verlieren. Sie glauben an Gott und nicht an sich selbst, denn sie sind sich vollkommen der Tatsache bewusst, wie wenig sie wissen, wie klein und zerbrechlich sie sind und nichts bedeuten im Vergleich mit der ungeheuren Größe des Universums. Doch es gibt immer weniger solcher Menschen.

Um das zu ändern, müssen die Menschen verstehen, dass jede Etappe in der menschlichen Entwicklung auf ihre eigene Art und Weise die wichtigste ist und dass man einen Menschen in dieser Entwicklung so gut wie nur möglich unterstützen muss. Dass Kinder ihre Kindheit brauchen, die Jugend ein wenig Freiheit dabei, die Welt in einer neuen, nicht bis zum Schluss akzeptierten Form kennen zu lernen, Erwachsene Arbeit, später Familie, und die Alten Pflege und ein würdiges Warten auf die letzten Momente des Lebens.

Die Sache ist nur, dass es reine Utopie ist. Warum? Weil jede Institution nichts anderes ist, als ein Spiegel der Gesellschaft. Einer Gesellschaft, die seit Jahrhunderten krankt. Unter denen, die über uns regieren, gibt es engagierte Humanisten, großartige Wohltäter, Menschenfreunde. Leider gibt es unter ihnen aber auch schlummernde Psychopathen, Sadisten, Profiteure, Pädophile, Diebe und Egoisten. Wie sollen sie sich einigen? Um das zu erreichen, müssten sich alle wenigstens ein Mal zum Wohle der Allgemeinheit vereinen. Und das ist unmöglich. Es sei denn, jemand kann mir eine solche Gesellschaft zeigen. In ihr wäre ich gern zuhause.

Das ganze Geschrei verstummte plötzlich. Es lag an dem Priester, der mühsam auf die Bühne kletterte, seine alten Hände in die Luft gestreckt. Solche Praktiken waren normalerweise unüblich. Das Recht besagt, dass ein Geistlicher auf Wunsch des Verurteilten zu ihm kommen kann.

Dieses Mal hatte man aber eine Ausnahme gemacht, um die Dramaturgie zu verstärken, die Show zu verlängern und die Einschaltquoten anzuheben. Man hatte den Pfaffen bestellt, obwohl ich gar nicht nach ihm verlangt und es sogar kategorisch abgelehnt hatte. Alles von den Marketingexperten bis ins letzte Detail inszeniert.

Als der Priester ganz oben angekommen war, blieb er, ganz außer Atem, für einen Augenblick stehen. Dann kam er näher und musterte mich langsam. Wir blickten einander an und unsere Gesichtsausdrücke veränderten sich immer wieder, ganz so, als würden wir ein stummes Gespräch führen.

»Nun bist du also am Ende deines Weges angekommen, mein Sohn. Möchtest du noch mit mir sprechen, bevor die Hinrichtung durchgeführt wird?« Seine Stimme war leise, doch ich hörte sie ausgezeichnet, weil sie aus allen Richtungen kam. Dank des Mikrofons, das in der Soutane des Priesters befestigt war, wanderte die Stimme zu den überall hängenden Lautsprechern.

»Ja«, nickte ich, da ich keinen anderen Ausweg sah. »Aber ich habe eine Bitte an Sie, Vater. Könnten wir dieses Gespräch unter vier Augen führen? Verstehen Sie, Vater, worum es mir geht?«

Der Geistliche nickte auch. In seinen Augen sah ich Anzeichen von Unsicherheit. Vermutlich befürchtete er, dass

er deswegen Probleme bekommen würde.
»Ich möchte nicht, dass Sie irgendwelche Unannehmlichkeiten haben, Vater, aber ich kann ni...«, brach ich ab. Der Priester blickte mich so vielsagend an, dass es mir kalt den Rücken hinablief und nahm dann mit einer schnellen, flinken Bewegung die Kopfhörer mit dem Mikrofon ab.
»Buuuh! Oooh!«, kochte es um uns herum. »Setz' das Mikro wieder auf, du alter Penner!«, rief jemand aus der ersten Reihe. Die Jungs von der Security warfen sich in Richtung Bühne und einer von ihnen rannte schon die Treppe hinauf, doch der Priester vollführte eine plötzliche Drehung und gab ihm, die Hand vor sich gestreckt, ein Zeichen, dass er stehen bleiben soll. Einen Augenblick lang hatte ich den Eindruck, Neo aus „Matrix" stünde vor mir. Nur die Sonnenbrille fehlte. Anschließend drückte er das Mikrofon an seinen Mund.
»Ruhe! Seid ihr euch im Klaren darüber, was ihr gerade macht? Wie ihr euch benehmt? Diesem Menschen wird gleich das Leben genommen. Das Recht hat festgestellt, dass er eine Strafe verdient hat. Wir werden uns ihm also nicht widersetzen. Vergesst jedoch nicht, dass es sich nach wie vor um ein menschliches Wesen handelt. Ein Wesen wie ihr. Ein Wesen mit Gefühlen. Der Wille des Verurteilten war es, mit mir unter vier Augen zu sprechen. Ich kann ihm diesen

Gefallen nicht abschlagen. Es ist sein Recht. Ihr seid hier, um seiner Hinrichtung beizuwohnen, aber ihr dürft seine Würde nicht zerstören. Und nun haltet ein in Stille, bis wir fertig sind. Denkt daran: „Wer ohne Sünde ist, werfe den ersten ..."«, ohne zu Ende zu sprechen, wandte sich der Gottesdiener zu mir.
»Das war sehr aufbauend«, lächelte ich dankbar. »Es wird mir sicher helfen, den Tod erhobenen Hauptes zu empfangen.«
»Was wolltest du mir sagen, mein Sohn?«, fiel mir der ehrwürdige Vater ins Wort. »Eine wütende Menge hält nichts lange in Schweigen, wir müssen uns beeilen.«
»Ich ... ich wollte nur ...«, meine Stimme versagte. »Ist ... ist denn irgendetwas auf der anderen Seite? Werde ich dafür bestraft, dass ich in diesem Leben so viele Fehler gemacht habe? Ich will nicht mehr leiden.«
Der Geistliche blickte mich einige Sekunden aufmerksam an, und erwiderte dann:
»Ganz ehrlich, mein Sohn? Ich weiß es nicht. Ich weiß nicht, ob es später noch etwas gibt. Aber ich glaube daran. Genau dieser Glaube ist es, der mich am Leben hält. Er gibt meinem Handeln einen Sinn. Er macht mich stark in den Augenblicken des Zweifelns und erlaubt es mir, mich an den kleinen Dingen erfreuen. Ich versuche um jeden Preis, ihn mir zu bewahren. Obwohl es in derartigen Momenten nicht

einfach ist. Sieh' dir diese Menge an. Verhalten sich etwa so Menschen, die an irgendetwas anderes glauben als an sich selbst?« Er sah mich niedergeschlagen an.

»Aber was haben Sie davon, Vater?«, fragte ich zweifelnd. »Wenn Sie auch nicht sicher sind, was danach kommt ...«

»Mein Sohn, ich sehe, ich stehe vor einem unverbesserlichen Rationalisten. Nichts im Universum ist sicher. Nur weil man etwas nicht beweisen, erkennen oder vermessen kann, bedeutet das nicht, dass es nicht existiert. Du hast gefragt, was mir der Glaube gibt. Ich werde dir antworten. Dank ihm bin ich der, der ich bin. Vor Jahren, als ich noch jung war, hatte ich einen Atheisten zum Freund. Die Thesen, die er verbreitete, lösten Wehmut in mir aus. Eines Tages beschloss er, mit mir zu wetten, dass Gott nicht existiert. Ich erwiderte, dass ich die Wette gerne annehme, weil ich von *Seiner* Existenz überzeugt wäre. Er fragte mich: „Warum bist du dir so sicher? Du kannst es doch nicht überprüfen. Was ist, wenn du verlierst?" „Verlieren?", wunderte ich mich. „Was habe ich denn zu verlieren? Indem ich an Gott glaube, lebe ich nach den Regeln des Humanismus. Ich bemühe mich, jeden Tag mit Würde zu durchleben und mich seiner zu erfreuen, meinen Nächsten zu helfen und im Einklang mit meinen Überzeugungen zu leben. Wenn Gott existiert, habe ich gewonnen, denn durch dieses Handeln bin ich errettet. Wenn es ihn nicht gibt, habe ich nichts verloren, weil ich in

Frieden mit der Welt gelebt, seine Gesetze geachtet habe, und am Tage meines Todes ich mit Stolz und ohne Angst von hier weggehen können werde." Zu der Wette kam es nicht. Anscheinend war mein Freund nicht ganz so atheistisch«, lächelte der Priester glückselig bei der Erinnerung an diese Augenblicke.

»Schade, dass es mir nicht vergönnt war, Ihnen früher zu begegnen, Vater«, sagte ich traurig. »Vielleicht würden wir jetzt hier nicht stehen, wenn es sich ergeben hätte.«

»Besser spät als nie«, erwiderte er. »Bereust du deine schlechten Taten?«

»Ja«, ich nickte, ohne zu überlegen. »Es gab nicht einen Tag, an dem ich sie nicht bereut hätte. Leider war mein Wille zu schwach, um dagegen anzukämpfen.«

»Ich weiß nicht, welche Beweggründe du hattest. Ich sehe, dass du kein durch und durch schlechter Mensch bist. Anscheinend hast du dich eines Tages verirrt. Doch ist es jetzt nicht mehr an der Zeit, an die Vergangenheit zu denken. Versuche, in den letzten Augenblicken deines Lebens im Reinen mit dir selbst zu bleiben. Vergib dir und deinen Nächsten. Das ist das Einzige, was du nach wie vor noch tun kannst.« Der Priester maß mich erneut mit einem Blick voller Mitgefühl. »Ich spreche dich von deinen Sünden los, mein Sohn. Gehe hin in Frieden.« Nach diesen Worten legte er seine Hand auf meinen Kopf und flüsterte etwas in seinen Bart. Als er fertig war, tätschelte er meine Wange und ging davon.

Die wütende und erregte Menge hatte sich von ihren Plätzen erhoben und skandierte nun im Stehen. Trotz unzähliger, in die Höhe gereckter Fäuste erblickte ich das Gesicht meiner Frau.

Sie saß in der ersten Reihe. In der VIP-Loge. Ihre dunkelbraunen Augen streichelten meine Wangen.

»Adieu«, sagten sie langsam, ganz so, als wollten sie mir zu verstehen geben, dass sie mir verziehen hat. Trotzdem verspürte ich in ihnen unendliche Hilflosigkeit und grenzenlose Trauer.

Mein Vater war nicht da. Er hatte sein Ticket an irgendeinen sabbernden Dickwanst verkauft. Dieser wand sich nun, erregt quiekend, mit Pausen für riesige Bissen eines ketchuptriefenden Hotdogs, auf dem Platz neben meiner Frau aufgeregt hin und her. Die Plätze meiner Mutter und meines Bruders waren leer geblieben. Auf meine Bitte hin hat mein kleiner Bruder meine Mutter von der Idee abgebracht, zu der Exekution zu kommen. Sicherlich leistete er ihr gerade zu Hause Gesellschaft, umarmte und beruhigte sie, obwohl ich weiß, dass ihm selbst nicht nach Lachen zumute war. Einer der Beamten, die bei der Exekution halfen, trat zu mir. Erstaunlicherweise nahm ich in seinem Blick keine Feindseligkeit wahr, sondern ebenfalls Mitgefühl.

»Es tut mir leid, Herr Szrympa, aber ich muss meine Pflicht tun. Ich werde Ihnen nun einen roten Punkt auf der Schläfe einzeichnen. Stehe Sie ganz ruhig, dann verspüren Sie keinerlei Schmerz.«

Ich nickte zum Zeichen, dass ich verstanden hatte. Er ergriff daraufhin meinen Unterkiefer mit der linken Hand und zeichnete mit der rechten einen Kreis auf die Schläfe. Ich bemerkte nur ein kaltes Brennen, doch nach einem Augenblick war alles vorbei. Zuvor hatte man mir erläutert, dass der rote Punkt eine Art Zielscheibe darstellen würde. Nur dass man nicht darauf schießen würde, sondern zuschlagen. Mit einem Knüppel. Oder besser gesagt einem Stock, an dessen Ende sich ein langer, dicker Nagel befand. Letzten Endes sah das Ding aus wie eine aus einem Zaun herausgerissene Latte. Ein so genannter „Kielcer Zopf". Damit sollte mir ein Schlag auf die Schläfe versetzt werden. Nach zwei Fehlversuchen oder zu lang andauernden Konvulsionen blieb noch ein Kopfschuss. Aber ich hoffte, dass es nicht dazu kommen würde. Warum sie wohl ausgerechnet dieses Werkzeug ausgesucht haben? Über den Äther kamen doch so viele interessante Vorschläge: Zersägen, Erwürgen, Kochen, Hinabstoßen in eine Schlucht oder Ertränken. Nebenbei bemerkt, was gab es da nicht auch sonst noch an Ideen! Irgendein Minister hatte sogar vorgeschlagen, aus mir ein bewegliches Ziel zu machen, das Jugendliche in einer stillgelegten Kanalisation jagen sollten. Dies sollte der gestressten Jugend, die tagelang bei Ballerspielchen auf die Tastatur einhämmert, unter kontrollierten Bedingungen die Gelegenheit geben, zu testen, ob das Töten in der realen Welt ebenso angenehm und ohne psychologische Konsequenzen ist, wie in der Cyberwelt. Alle lobten die pädagogische Botschaft dieser Hinrichtungsart in den Himmel – eine Verquickung von Pflicht und Nutzen. Noch interessanter war an dieser Option die Tatsache, dass sie sogar eine Begnadigung beinhaltete, falls mir die Flucht gelingen sollte. Man musste zugeben, der Minister hatte eine offene Hand. Das Fernsehen rieb sich in Aussicht einer solchen Show ebenfalls die Hände. Schließlich hatten alle das Nachsehen, denn das Gericht entschied, dass das Anwenden einer Exekutionspraktik, die hie und da in meiner Heimatstadt zur Begleichung von offenen Rechnungen auf der Straße angewandt wurde, zur touristischen Vermarktung der Region beitragen könnte.

»Viel Glück.« Der Beamte warf mir einen kurzen Blick zu und ging davon.

Als er sich entfernt hatte, öffnete sich das Hoftor. Der Tumult schwoll an. Die Transparente mit meinem Kopf über der Menge verschwanden. Bilder eines Bauern aus der Hauptstadt nahmen ihren Platz ein. Dieser ältliche Kerl, kaum hier und da dadurch bekannt, dass er den größten Teil seiner Zeit damit verbrachte, auf Straßen und Eisenbahnschienen Chaos zu verbreiten, war der Glückspilz, der meinem Leid ein Ende setzen sollte[5]. Er hatte Unsummen dafür hingelegt. Er hatte bis zum letzten Augenblick mitgeboten und angeblich die Hälfte seines Bauernhofes verkauft, um zu gewinnen. Obendrauf legte er noch eine Niere seines eigenen Kindes. Die Zeitungen prügelten sich um ein Interview mit ihm. Über Nacht wurde er zur Medienperson Nummer eins, deren Name in aller Munde war. Angeblich wollte er die Gunst der Stunde nutzen, um größtmöglichen Ruhm zu erlangen und eine Karriere als Politiker starten. Es sah ganz danach aus, als ob er auf dem richtigen Weg wäre ...

Er betrat nun die Bühne in einem weißen, paillettenverzierten Anzug à la Elvis. Energischen Schrittes und die Hüften schwingend wie John Travolta zu seiner besten Zeit, setzte er sich in Bewegung. Drei Knöpfe seines Hemdes waren geöffnet und das Hemd unordentlich auseinandergezogen, so dass sich alle an dem Anblick seines breiten, für diesen Anlass extra eingepuderten Brustkorbs ergötzen konnten.

Die Gören aus der ersten Reihe, die vor nicht allzu langer Zeit ihre Fäuste in meine Richtung schwangen, fingen an,

---

[5] Anspielung auf Andrzej Lepper, einen kontroversen polnischen Politiker– Anm. d. Übers.

herumzuquieken wie abgestochene Schweine.
»Aaah! Jędrek! Aaah! Oh mein Goocott!!! Aaah!« Eine von ihnen muss wohl zu lange geschrien haben und ihr ging die Luft in der Lunge aus, denn sie sank plötzlich, wie vom Donner gerührt, zu Boden. Die aufgeregte Menge drückte sie, anstatt sie hochzuheben, gegen die Absperrung. Keiner hatte bemerkt, dass sie hingefallen war. Einen Augenblick später trampelten schon jemandes Schuhe über ihren Kopf. Es sah ganz danach aus, als ob ich nicht das einzige Hinrichtungsopfer dieses Abends sein sollte ...
Jędrek weidete sich an seinem Augenblick. Er war gerade dabei, sich in den Annalen der Menschheit zu verewigen. Woher kam der Platz für ihn? Noch gab es keinen. Aber bald sollte es einen geben. Nach dem Ausradieren meines Namens, der dank des Prozesses für kurze Zeit, wenn auch gegen meinen Willen, dort Einzug hielt, wird es gerade genug freien Platz geben.
Die Leute streckten ihm ihre Arme entgegen. Sie wollten ihn berühren. Bettelten um Autogramme. Und er verteilte sie. Er küsste und drückte Teenies, warf Kusshände nach links und rechts. Er winkte mit seiner Hand wie Kennedy vom Sitz seines Präsidentencabriolets und bleckte seine riesigen, „gebleichten“ Zähne. Als er schon am Podest stand, kam irgendein Mädchen angerannt und überreichte ihm einen Blumenstrauß. Er nahm sie auf den Arm und schritt so stolz

einige Meter, um dann schließlich an der Treppe das Kind seiner Mutter zu übergeben. Die hysterische Frau nahm ihr Töchterchen und begann, an ihr herumzuschnüffeln und sich an die Stellen zu schmiegen, die Jędrek berührt hatte.
»Hast du das gesehen, hast du? Er hat dich berührt. Er! Du wirst Glück haben!«, brüllte sie zu dem benommenen Kind.
Der Anblick des Ganzen erinnerte mich eher an eine Wrestlingshow statt an eine Hinrichtung. Ich fühlte mich wie im Wunderland und nicht wie in der Realität. Das alles war echt der Hammer. Da stelle sich einer noch vor, dass viele Jahre lang einer meiner geheimsten Wünsche ein ruhiger Tod in meinem eigenen Bett war.
Ich blickte noch einmal zu meiner Frau. Der Platz, auf dem sie gerade eben noch saß, war nun leer. Mein Herz erfüllte eine tiefe Trauer darüber, dass ich sie nicht ein letztes Mal sehen konnte. Tief in meinem Inneren hegte ich die Hoffnung, dass sie bis zum Ende bei mir bleibt. Dass sie mich im Augenblick meines letzten Atemzuges begleitet. Sie hat doch so viele Jahre mit mir verbracht. Im Guten wie im Schlechten. Wie war es nur möglich, dass sie jetzt gegangen war? Ein kalter Schauer lief mir über den Rücken. Der Magen verdrehte sich in einem schmerzhaften Krampf. Das Herz hörte auf zu schlagen. Ich durchkämmte benommenen Blickes die Menge. Aber sie war nirgendwo zu sehen.
Der Bauer drehte ein paar Runden um die Bühne. Er hob

die Arme, um die Menge zu ermuntern, seinen Namen zu rufen. Der Lärm in dem kleinen Hof voller Menschen war so groß, dass meine Ohren schmerzten.

Nun kamen zwei Wärter auf mich zu. Einer von ihnen zog den Bademantel von mir herunter, den man mir vor dem Herausgehen anzuziehen befohlen hatte. Ich stand völlig entblößt vor der schreienden Menge. Interessant. Nackt bin ich auf diese Welt gekommen und nackt verlasse ich sie wieder. Den Bademantel packte man sorgfältig in eine Plastiktüte, die unter Begleitschutz zum Safe weggetragen wurde. Angeblich plante die Stadtverwaltung, ihn bei einer Internetauktion zu versteigern, um auf diese Weise den Kauf neuer Limousinen zu subventionieren. Sie hatten mich auch darum gebeten, eine Einverständniserklärung zur Organspende nach meinem Tod zu unterschreiben. Ich hielt schon den Kugelschreiber in der Hand. Ich dachte mir, dass es eine gute Idee wäre, wenn ich auf diese Weise irgendeinem Unglücklichen helfen könnte, der schon alle Hoffnung verloren hat und auf den Tod wartet. Doch als ich die erhöhte Funktion der Speicheldrüsen des Beamten sah, der mir das Dokument hinschob, überlegte ich es mir anders. Ich hatte keine Lust darauf, dass sich irgendein Psychopath mein Herz über den Kamin hängt.

Nach dem Ausziehen banden mich die Wärter erneut an den mitten auf der Bühne stehenden Pfahl an. Als sie sich

entfernt hatten, trat absolute Stille ein. Ich wusste nicht, was los ist. Die Scheinwerfer, die den Pfahl von allen Seiten beleuchteten, blendeten mich plötzlich mit ihrem scharfen Licht.
Ich stand da und wartete darauf, was nun passiert. Wird irgendjemand das Wort ergreifen? Es geschah jedoch nichts, außer dass jemand mitteilte, dass die Zeremonie in zehn Minuten wieder aufgenommen würde, weil gerade eine Werbepause im Fernsehen wäre. Ich sollte also nackt und gedemütigt herumstehen, damit sich andere an Lobeshymnen für Waschmittel, Lebensmittel oder Kredite erfreuen konnten, die Zeit dafür nutzten, auf die Toilette zu gehen oder sich aus der Küche noch ein Bier zu holen. Als sich die Pause ihrem Ende zuneigte, bemerkte ich, dass der Oberzeremonienmeister die Bühne betrat. Er trug einen glänzend schwarzen, eleganten Anzug. Ich erkannte ihn als den Moderator des staatlichen Fernsehsenders Nummer eins. Ein dunkelhaariger Frauenheld. Ich habe ihn nie gemocht. Ich hatte irgendwann mal gelesen, dass er für eine Abendsendung zehntausend Papiere nimmt. Für diese hier hat er sicher auch so viel bekommen.
Er blieb zwei Meter vor mir stehen und entrollte ein Papier.
»Sławej Szrympa, du wurdest des Verbrechens des versuchten Selbstmordes für schuldig befunden. Die Strafe für dieses Verbrechen ist der Tod. Da du dein Recht, in

Berufung zu gehen, nicht in Anspruch genommen hast, ist das Urteil rechtskräftig. Deshalb wirst du durch einen Schlag mit dem Kielcer Zopf hingerichtet. Möchtest du etwas sagen, bevor wir mit der Durchführung der Hinrichtung beginnen?«

»Nein«, flüsterte ich. Ich war völlig allein. Keiner aus meiner Familie war mehr da. An wen hätte ich mich also wenden sollen? Aber, erstaunlicherweise, war ich deswegen nicht traurig. Das erste Mal in meinem Leben fühlte ich mich anders. Es war schwer zu beschreiben. Ich überlegte einen Augenblick, und verstand dann endlich. Ja! Genau, das war es! Sie war nicht mehr da! Sie hatte mich verlassen! Ich fühlte kein bisschen Angst! Ich stand einfach dort in der Mitte und wartete auf das, was geschehen sollte, ohne irgendwelche Furcht. Es war ein großartiges Gefühl. Ich fühlte mich, als ob ich ein freier Vogel wäre, der durch die Lüfte schwebt und alles, was geschieht, von oben beobachtet. Der ganze Hass und die Angst dieser Welt waren unten geblieben. Zu mir drangen nur ihre Reste, aber es interessierte mich überhaupt nicht, denn hier, wo ich gerade war, herrschten Ruhe und Liebe. Ich segelte also sorgenfrei im tiefsten Inneren der mich umgebenden Euphorie. Sie wollten mir die Arbeit abnehmen, mir das nehmen, was des Menschen wertvollster Besitz ist – mein Leben – und ich hatte überhaupt keine Angst.

Wie schade, dass es mir nicht vergönnt war, dieses Gefü
früher kennenzulernen! Dass mein Vater es mir genommen hatte und damit das kleine Menschlein zerstörte, das ich vor vielen Jahren war. Jetzt habe ich verstanden, um wie viel einfacher ich hätte durchs Leben gehen können, wenn ich frei von Angst gewesen wäre. Ohne Angst vor dem eigenen Schatten. Ohne sich vor den kleinsten Hürden wegzudrehen. Ohne nervös hochzufahren beim Hören des leisesten Geräusches.

Schade, dass Eltern in diesem Maße das Leben eines Kindes zerstören können. Schade vor allem, dass ich zugelassen hatte, dass es zerstört wurde. Ich hatte immer gedacht, dass ich ein Opfer anderer war, dabei war ich doch einzig und allein das Opfer meiner eigenen Gedanken. Gut, dass ich es wenigstens jetzt noch verstanden habe. Der Mensch hat eine angeborene Neigung, negative Dinge wahrzunehmen.

Erst, wenn das Ende naht, beginnen wir zu verstehen, wie kostbar all die Augenblicke waren, die wir mit Weinen und Klagen über unser grausames Schicksal verbracht haben. Wir beschäftigen uns mit Kleinigkeiten und vergessen darüber, was am wichtigsten ist. Wir denken an Geld, Karriere, Sex. Wir planen zehn Jahre im Voraus, und dann kommt wie aus dem Nichts plötzlich das Ende und wir haben nicht einmal mehr die Zeit, unseren Lieben zu sagen, wie sehr wir sie geliebt haben.

Wenn ich doch nur früher verstanden hätte, dass man im Leben vor nichts Angst haben muss. Dass man nur dieses eine hat und man sorgfältig jeden seiner Augenblicke nutzen muss. Aber ich habe das nicht verstanden. Mein Leben verlief so, wie es nun mal verlief. Und jetzt ist nicht mehr die Zeit dafür, das zu bereuen. So sollte mein Ende aussehen. Anscheinend war es mir so vorherbestimmt. Es hat sich gelohnt zu leben, wenigstens für diesen einen Moment der Freiheit, in dem zu mir so viel durchgedrungen war, wie andere bis zu ihrem Tod nicht begreifen können ...

»Aaah!« Der Schrei des Bauern holte meinen in den Lüften kreisenden Geist auf die Bühne zurück. Der Mann stand vor mir, atmete schwer und blickte mich triumphierend an. Ich begriff, dass „Aaah" bedeutete: „Ich bringe dich um."

»Aaah!«, dieses Mal holte er aus. Ich schloss die Augen und holte zum letzten Mal in meinem Leben Luft. Es ist wirklich unglaublich, welch wunderbaren Duft frische Abendluft hat. Wenn meine Frau nur wüsste, wie sehr ich sie lie...